獅子王子と運命の百合

NAGI
RIOKA
李丘那岐

JN211816

CHOCOLAT
BUNKO

ILLUSTRATION 北沢きょう

C O N T E N T S

本作の内容はすべてフィクションです。
実在の人物、事件、団体などにはいっさい関係がありません。

☆

逞《たくま》しい体躯《たいく》を覆《おお》う白い服、頭には白いスカーフ、黒いリング。裾《すそ》を風にはためかせ、飛行機のタラップをゆっくりと降りる。大地をしっかり踏みしめてから、空を見上げた。

──同じ太陽なのに、ずいぶんと違う顔をしている。

雲ひとつない快晴《かいせい》なのに太陽がギラついていない。真夏のはずだが、どこか奥ゆかしささえ感じる。太陽や季候が国民性を作るというのは、あるのかもしれない。

この国に来た目的は、嫁捜し……ということになっている。しかしそんなのはでたらめの口実《こうじつ》だった。なのに、歩を進めるごとになぜか「いる」と強く感じる。

この国には、自分の理想である白百合《しらゆり》のような女性がいる。

しかし、こんな根拠のない直感は信じない。自分にそういう神がかり的な力はないと、自分が一番よく知っているから。期待しなければ、失望することもない。

幼い頃から孤独の中で諦めを友に生きてきた。そこから抜け出すことは考えていない。諦めなかったのは、この地に来ることだけだ。

『ラシード様、こちらへ』

先に降りていた男二人に誘導され、歩き出す。三人ともカンドゥーラという白いワンピースのような民族衣装を着ている。砂漠の装束《しょうぞく》は、湿気《しっけ》の多いこの国では少々重い。

ラシードはヘッドスカーフを外した。ふわりと豊かな金の髪が風をはらむ。緩くウエーブしたやや長めの髪は、優しい日差しでもキラキラとゴージャスに輝いた。

褐色《かっしょく》の肌に、古《いにしえ》の彫像《ちょうぞう》のような彫りの深い顔立ち。金の眉と榛《はしばみいろ》色の瞳は鋭《するど》く隙《すき》がない。左右対称の真ん中を貫《つらぬ》く鼻筋《はなすじ》、やや厚めの唇《くちびる》。頬《ほほ》から顎《あご》にかけて薄く髭《ひげ》が覆っている。厚い胸板の堂々《どうどう》たる体躯。長い足で悠然《ゆうぜん》と歩く姿は、サバンナを行く百獣《ひゃくじゅう》の王の貫禄《かんろく》。

『ファリド、近くの神社で神楽《かぐら》をやっている。見に行くぞ。巫女《みこ》だ』

浮かれた言葉が貫禄を半減させた。本国ではありえない軽薄《けいはく》な調子に、二人の従者《じゅうしゃ》は目を丸くする。ラシード自身、自分らしくないと思ったが、自分らしさなどこの国の人間は誰も知らない。

『ジンジャ？　ミコ？』

『わからずともよい。私に従え。来なくてもよいけどな』

従者も護衛も必要ないと言ったが、聞き入れてもらえなかった。しかしそれもしょうがない。来られただけでよしとする。

初めて自分の意思でもぎ取った、期限付きの自由。ずっと憧《あこが》れていたこの小さな島国で自分のやりたいことをする。

歩みに迷いはない。調べは万全《ばんぜん》。自分の行く道は自分で決める。その口元には無意識に薄い笑みが浮かんでいた。

一

いつもはひっそりと闇に沈んでいる鎮守《ちんじゅ》の森が、松明《たいまつ》に赤く浮かび上がっている。風流《ふうりゅう》な音に導《みちび》かれるように、人々は神社の境内《けいだい》、その片隅にある神楽堂に集まる。

普段は屋根が少しばかり立派な古い掘《ほ》っ立《た》て小屋《ごや》にしか見えないが、三方の木戸《きど》を外すとそこは舞台になる。

板壁に直接描かれた松の木をバックに、白い水干《すいかん》に緋袴《ひばかま》の巫女が二人、鈴《すず》を手に舞う。篠笛《しのぶえ》の素朴《そぼく》でどこか切ない旋律《せんりつ》、切れのいい鼓《つづみ》の音、太鼓《たいこ》が場の空気を盛り上げ、巫女の鈴がシャランと鳴って清浄《せいじょう》をもたらす。

年に一度、この場所で奉納《ほうのう》されている神楽舞。

その背後の楽隊で、加鳥喜祥《かとりきしょう》は白装束に身を包み、篠笛を吹いていた。

すでに身に染み込んだ旋律を滑《なめ》らかな指使いで奏《かな》でる。太鼓を打つ兄がこちらを睨《にら》んでいることには少し前から気づいていたが、気づかないふりで吹き続けた。

走りすぎだと言いたいのだろう。しかしここは心のまま、舞の雰囲気《ふんいき》のまま、ブレーキをかけることなどしない。それが神の意思だ、と勝手に思っている。

後で叱《しか》られるかもしれないが、そんなのは気にしない。五人兄弟の四男坊は、図太《ずぶと》くなくてはやってられない。

都会の外れにある由緒《ゆいしょ》正しき神社は、喜祥にとっては家だ。楽隊はみな宮司《ぐうじ》の息子で、舞っている二人は孫娘。神社の主な行事はほぼ身内でまかなわれる。

子だくさんなのは人手不足解消のためなのでは、と思いたくなるほど、昔から人使いが荒かった。幼い頃から家の仕事を手伝うのは当然で、高校生まで喜祥は巫女装束を着て神楽を舞わされていたのだ。娘が生まれなかったが故に。

「喜祥の神楽舞はそりゃあ美しくて。あん頃は賑《にぎ》わってたなあ。ファンも多くて、ストーカーみたいなのもおった」

神楽が始まると、毎年必ず近所の年寄りに言われること。年寄りというのは同じことばかり言うものだが、それにしてももう聞き飽きた。

喜祥は今年で二十五歳。もう七年も前の話だ。

男ばかりの六人兄弟、他の五人は神社の息子らしく純和風の薄い顔立ちなのだが、喜祥だけがハーフのようなメリハリのある顔をしていた。小学生の頃は美少女として有名で、変な男につきまとわれたりもしたのに、巫女姿で舞を舞わせるのだから、親は鬼《おに》だ。

しかしそれは、他の兄弟と同じ扱《あつか》い。みんな中学生までは巫女をやらされていた。喜祥が高校生までやらされたのは、それ目当てで来る客が多かったから。つまり客寄せに利用されたのだから、やっぱり鬼だ。

今舞っているのは長兄の双子の娘。長兄似の愛嬌《あいきょう》のある顔で、なかなか人気がある。

喜祥だけが誰にも似ていない。いわゆる鬼子《おにご》だった。小さい時からことあるごとに、母が外国人と浮気してできた子だという噂《うわさ》が流れたが、両親はそれを笑い飛ばした。絶対にありえないと。

『子は神様からの授かりもの。顔かたちなどは天の配剤《はいざい》であり、似てるか似てないかなんてどうでもいいことだ。この子の親は私たち以外にいないのだから』

　父は宮司らしく大きく構え、母は「名誉毀損《めいよきそん》で訴える」と息巻《いきま》いていた。

　そして母に、母方の祖母がトルコ辺りの人で、隔世遺伝《かくせいいでん》なのだと教えてもらったのだ。

　真珠《しんじゅ》のような白い肌、赤みがかった茶色の瞳、日本人にしては高い鼻。ふっくらピンクの唇。自分でもきれいな顔だと思うことはあるが、嬉しいと思ったことはない。

　男なのだから、きれいな顔より格好いい顔がよかった。王子顔より武士顔がいい。薄い顔の兄弟の中では、次兄が比較的そんな顔で、昔は羨《うらや》ましがっていたけど、羨んだところで顔は変わらない。

「喜祥、てめえ、聞いてるのか⁉　好き勝手走りやがって。じいちゃんに習ったのと全然違うだろうが」

　案の定、舞台がはねて、長兄に怒鳴《どな》られた。

「違わねえし。ちょっとしたアレンジは加えたけど……。気持ちよく吹いた笛の方が神様も喜ぶ」

　喜祥は平然と言い返した。

「てめえが気持ちいいかどうかなんて、どうでもいいんだよ！　周りの迷惑考えろ」

「迷惑？　おい、志真《しま》、名実《なみ》、気持ちよく舞えたよなあ？　迷惑だったか？」

　喜祥は話の矛先《ほこさき》を兄の双子の娘たちに向けた。双子は揃《そろ》って首を横に振る。

「んーん、迷惑じゃないよ、きっちゃん」

「おまえら父親を裏切るのか⁉」

「だってお父ちゃんいつも嘘はよくないって。志真、気持ちよかったもん」

「名実もよかったもん」

「だよなー」

娘たちの言葉に兄は頭を抱え、喜祥はその隙に逃げ出した。

真面目で四角四面《しかくしめん》な長兄は、きっと早々にハゲちらかすだろう。鬱陶《うっとう》しい兄だが、嫌いではない。

大学を出て就職した時に家を出ようかと思ったのだが、会社が通勤圏内だったので、金が貯まるまではここから通うと言って三年。金はそこそこ貯まったし、家を出てもなんら問題はないが、踏ん切りがつかない。

嫌なら実家住まいなどやめてひとり暮らしをしている。

はっきり言ってしまえば、寂しいのが嫌なのだ。

彼女がいれば出ようと思うのかもしれないが、今はそういう相手もいない。昔から「口を開くとだいなしな美形」と言われ、変質者やミーハーなファンは引き寄せても、普通の女性にはモテなかった。

なんとなくいい感じになって付き合って、なんとなく疎遠《そえん》になって別れるというパターン。自分の人生には、恋愛的なドキドキが足りない。

それでも家族や友達と賑やかにやれれば満足だった。

境内では客も引き、後片付けが始まっていた。手伝おうとして、自分がまだ動きにくい白装束を身につけていることに気づく。汚すとまた兄に怒られるので、着替えるために社務所《しゃむしょ》へと向かった。

暗くて人気《ひとけ》のない道を軽い足取りで抜けていく。幼い頃から歩き慣れた道だ、目を瞑《つむ》っていても歩ける。などと調子に乗っていたら突然、目の前に大きな物体が現れた。

「わっ」

進路を塞《ふさ》がれて体当たりしてしまう。跳ね返されてよろけたところ、肩《かた》を掴《つか》まれた。その瞬間、ゾッと鳥肌《とりはだ》が立った。

獣だ――と反射的に身を竦《すく》ませた。

「おまえは……」

しかし、頭上から降ってきたのは男の声だった。人間だ……。そう思った瞬間に身体から力が抜けた。

当たり前だ。いくら深い森があるといっても、ここは都内だ。人を襲うような大きい獣がいるわけがない。なぜそんなことを思ったのか、一瞬前の自分を不可解《ふかかい》に思い、ぶつかったことを謝ろうと顔を上げた。

しかしまたそこで固まる。

闇の中に金色が際立《きわだ》っていた。美しい金色の獣――そんなことを思って、自分の中で訂正する。

これは、美しい金髪の外国人青年だ。

獣だと感じたのは全身から溢《あふ》れ出る威圧感《いあつかん》のせいかもしれない。しかし同時に貴族のような品も漂《ただよ》わせている。猛々《たけだけ》しさと品格は同居することができるらしい。

輝きを放つ金の髪の、前髪は立ち上がり額《ひたい》が露《あらわ》で、後ろは首筋を隠す程度の長さ。ふさふさとライオンのたてがみのような感じだ。

身長は百九十センチくらいあるだろう。喜祥より十センチ以上も高い。逞しい身体に、襟《えり》の詰まった白い民族衣装。さながらアラブの王子様。

ぽかんとしながらもじろじろ見てしまった。しかし、相手もじろじろとこちらを見ていることに気づき、不躾《ぶしつけ》なのはお互い様と流すことにした。

「すみません」

ぶつかったことを謝って通り過ぎようとしたのだが、

「おい、おまえ……私の牝《めす》になれ」

自分にかけられたらしい言葉に足を止める。とても流暢《りゅうちょう》な日本語だったが、意味がわからない。男の目は確かに自分を見ているのだが。

「は？」

とりあえず聞き返してみた。

「私の牝になれ、と言っている」

男は同じことを、より偉そうに言った。

「あんた、いろいろ間違ってるぞ。俺は男で牝ではない。あんたのものにもならない」

失礼な物言いには、失礼に返した。初対面でおまえ呼ばわりの上に命令形。外国人でなければ、もっと喧嘩腰《けんかごし》になっていただろう。牝になれ、なんて……まさか女だと思われているのか？　いく

ら暗がりでも、この歳で女と間違えられるなんてありえない。

「男でもおまえは牝だ。私のものになれるのは栄誉《えいよ》なことだぞ」

一応男だとわかっているようだが、間違っていると言ってるのに、自信満々で話にならない。しかし難しい言葉は知っているらしい。

「俺は牝じゃないし、そんなの栄誉じゃない」

なにかの言い間違いでも、牝だと断じられればムカつく。昔からこの女顔のせいでいろんな弊害《へいがい》を被《こうむ》ってきたのだ。

「おまえ、血筋に外国人がいるだろう？」

「は？　ばあちゃんがトルコあたりの人って聞いたけど……それがなんだよ？」

唐突《とうとつ》な問いに思わず正直に答えてしまって、そんな自分にムッとする。

「なるほど、先祖返りか」

ジロジロ見られて敵意《てきい》が湧く。こういうふうに見てくる奴にろくな奴はいないのだ。自分もさっきジロジロ見てしまったことは棚上《たなあ》げにする。

「顔は外人っぽいかもしれないけどな、心は日本人なんだよっ」

睨みつけても、相手は無表情。外国人にはできれば親切にしたいが、こういう奴はしょうがない。

「さっき、神楽堂で笛を吹いていただろう？　とてもよい音色《ねいろ》だった」

褒められると、敵意が急速にしぼむ。

「え、ああ、まあ、あれは俺だけど。まあなんていうか……ありがとう」

目を泳がせて礼を言った。顔以外を褒められたのは久しぶりで、特に笛を褒められたのが嬉しくて、口元が自然に緩む。しかし怒っていた手前、それを無理に引き締めた。

「ふむ……単純」

そんな喜祥を見て、男はボソッと呟《つぶや》いた。聞き取れなかった喜祥は、母国語だったのだろうと聞き流した。

「まあ、あんたもなかなか日本語うまいよ」

褒められたら褒め返すのが礼儀と、顔以外を褒めてみた。日本語の意味がわかっているのか謎《なぞ》な部分もあるが、文法はしっかりしているし普通に会話ができている。

「そうだろう。私はもう十年ほど日本語や日本の歴史を勉強している。憧れの国にやっと来られたんだが……まさかここで牝に会えるとは思わなかった」

うまいと褒めた途端《とたん》にこれだ。

「あのなあ、牝っていうのは、動物の女のことだぞ？」

「わかっている。そのへんのことを説明すると長くなるんだが……」

「じゃあもういい。俺は忙しいんだ」

こんなところで油を売っていたら長兄になにを言われるかわからない。

「おまえは人間の男だが、獅子《しし》の牝でもある」

「は？　獅子？　獅子ってライオンのことか？　ああ、頭がイカレてるんだな。悪いが付き合ってやれるほど暇じゃねえんだ」

まともに相手して損をしたと歩き出せば、腕を掴まれた。ビクッとしてしまった自分に舌打ちする。

「離せよ。俺はこれでも空手やってたから、そこそこ強いぞ」

空手をやってたのは本当だが、途中でやめたから自慢できるほどの腕前ではない。それでも腕っぷしにはそこそこ自信がある。

「それはいい。私も母国でちょっとした格闘技をやっている。対戦してみるか？」

男は構えてもいないのに、敵《かな》わないだろうとわかった。体格や腕力の問題だけでなく、男の全身から滲《にじ》み出る自信と余裕で。

「とにかく……なんかわかんないけど、日本人と牝プレイがしたいんなら、そういう店に行け。日本はサブカルワンダーランドだから、探せばなんかあるだろ。なくても、おまえなら頼めばやらせてくれるさ」

腕を振り解こうとするが、ビクともしない。

「他ではダメだ、おまえでないと」

殺し文句《もんく》のようなことを言われたが、ときめくわけもない。

「なんで俺なんだよ？」

「おまえは特別なのだ。私は鼻がいい。おまえからはいい匂いがする」

「わけわかんねえ。完全にイカレてんな。失《う》せろ」

「口が悪いな。品もなければ、奥ゆかしさもない。器も音色も白百合に相応《ふさわ》しいと思ったのに、中身はとんだ粗悪品《そあくひん》だ……」

溜息《ためいき》をつかれてムッとする。

「は？　勝手なこと言ってんな。そっちだって、見た目はアラブの石油王みたいなのに、中身はただの変態《へんたい》じゃねえか！　残念だよ！」

「変態はさておき、本国には油田《ゆでん》があって私は王子だから、大きく外してはいない。私のものになれば、贅《ぜい》の限りを尽くさせてやるぞ」

「そんなのに憧れるのは、夢見る乙女《おとめ》か家事に疲れた主婦くらいだ！　俺は出世して、自分の稼いだ金で贅沢《ぜいたく》する」

「志《こころざし》だけは高いんだな」

「だけ、は余計《よけい》だ。とにかく手を離せ！」

ぶんぶん腕を振り回して、やっと自由を取り戻した。

「穏便《おんびん》に、というのは無理のようだな。しょうがない……」

そう呟くと、男は日本語でも英語でもない言葉でなにか言った。それに応じて、ガタイのいい男が二人現れる。同じ白い民族衣装を着ているので、男の手下なのだろう。

反射的に後ずさり、逃げようとしたら両側から拘束《こうそく》された。

「な、クソ、なにしやがる！」

「なにをするのですか！　が正しい日本語だろう？」

「正しくねえよ！　おまえは悪代官《あくだいかん》か!?」

「悪代官……違うとも言い切れないな。少しの間、おとなしくしてもらおうか」

文句を言おうと開いた口に、小さな粒《つぶ》を放り込まれ、ペットボトルの水を入れられて、大きな手で鼻ごと塞がれる。

「全部飲んだら手を離してやる」

息ができず、じたばたと足掻《あが》くがどうにもならなくて、生きるためには口の中のものを飲み込むしかなかった。嚥下《えんげ》すると手が外され、咳《せ》き込みつつ空気を吸い込む。

ひとまず命の危機を脱したが、ほどなく強烈《きょうれつ》な眠気に襲われた。

睡眠薬か……と思った時にはもう意識は闇の中だった。


目覚めたのはベッドの上。たぶんホテルの一室。石油王も嘘ではないのかも……と思わせる、高級そうな部屋だった。重厚《じゅうこう》な家具に、豪華《ごうか》な装飾《そうしょく》。喜祥の寝ている大きなベッドには屋根があり、縁《ふち》から金の房が垂《た》れ下がっていた。

窓にはカーテンが引かれ、時計も見える場所にはなく、時間はわからない。ベッドはふわふわだが、頭も身体も重くて気分は最悪だった。きっと薬のせいだろう。

あの野郎《やろう》……と金髪の外人を思い出し、腕を動かそうとして違和感を覚える。見れば手首に革《かわ》のベルトが巻かれ、鎖《くさり》でベッドの柱《はしら》と繋《つな》がれていた。

しかし腕を九十度に曲げるくらいの自由はある。頭を上げ、自分の身体を見下ろせば、着物は不《ぶ》気《き》味《み》なほどきれいに整えられていた。袴の先までピンと、まるで紙で作られた形代《かたしろ》のように。だが、足は縛られていない。

「目が覚めたか」

声がして、文句を言おうとそちらに目を向けて、絶句《ぜっく》する。

「な、なんでおまえ、マッパなんだよ⁉」

金髪の男は全裸だった。褐色の肌、逞しい肉体。まるで神話に出てくる神々の彫像のようだ。股《こ》間《かん》を隠そうとする素振《そぶ》りすらない。金色の茂《しげ》みの向こうにぶら下がっているものを見て、隠す必要はないか……とも思った。

「ああ……私はこの姿が日常なのだ。他意《たい》はない。気にするな」

「するだろ……」

近づいてこられると、自然に身体が逃げを打つ。

「おまえが目覚めるのを待っていた。動かないとつまらない。怯《おび》える姿もよいな」

そんなことを言いながら写真を撮る。寝ている姿もきっと撮られたに違いない。

「やっぱり変態か」

「私はラシード・シンラーン。変態ではなくマニアと言ってくれ」

名乗りながら着物の襟を緩めて写真を撮り、片方の袴の裾を太股までまくり上げて、また写真を撮った。

「紛《まぎ》れもなく変態だろうが！」

足を動かして裾を戻し、ついでに蹴り上げようとするが届かない。

「これは芸術だ。和服は素晴らしい」

「ふざけんな！　薬使って拉致《らち》って、縛って写真撮るって、立派な変態野郎だ！　日本じゃこういうのは犯罪なんだよ！」

「訴えてもかまわないが、たぶん私が罰《ばっ》せられることはない。おまえは自分の人権が、国益《こくえき》を損なってでも守られるものだと思うか？」

「国益？　てめえ何様だよ」

「だから王子様だ」

「王子がこんなことするかよっ」

「まあその肩書きは信じなくてもいい。おまえ、名前は？」

問いは黙殺《もくさつ》する。

「読みはキショウでいいのか？」

「な、なんで知って……」

ラシードの手には見覚えのある携帯電話。そういえば袂《たもと》に入れていた。

「勝手に中見てんじゃねえ、変態泥棒王子！　プライバシーの侵害だ」

「本当に口が悪い。調教すれば、可愛い言葉を吐くようになるか？」

ガタイのいい全裸の外国人が、無表情で調教などと言って迫ってくるのだ。怖すぎる。ずりずりと後ずさり、目だけで必死に威嚇《いかく》する。

「そう怯えられると本気で楽しくなってしまう」

足袋《たび》をはいた細い足首を大きな手に掴まれる。反対の手が袴の裾を押し上げながら、ふくらはぎから太股の内側まで撫で上げた。繊細な指使いに、ゾゾッと背筋に震えが走る。

「お、怯えてない！　気持ち悪いだけだ」

足をばたつかせ、強気に怒鳴りつけるが、声が裏返ってしまった。

「足もきれいだな。感度も良好のようだ。惜《お》しむらくは中身。その品性……」

「うるっせえな。人のことをどうこう言えるのか、この変態外人」

できるだけ口汚く罵る。調教なんてされてやるものかと。

「着物はいい、実に色っぽい。……きちんと着ている時の凛々《りり》しさと、乱れた時の艶《なま》めかしさのギャップ。最高にそそる。これが計算されたものなら、日本人は天才だ」

「おまえ、どこで日本語覚えたんだよ……」

マニアックなことを流暢な日本語で喋《しゃべ》る彼に、半ば呆れて問いかけたが、その耳には入っていないようだ。

「華奢《きゃしゃ》な肩を片方だけ出して、顎を上げた時のこの白い首筋」

テキパキと着物を乱し、顎先を掴んで斜め上を向かせ、首筋を舐《な》めるように見て悦《えつ》に入る。喜祥は首をブンブン振ってその手を払った。

「なんなんだよ、おまえ！　こういうことしたいんなら、日本にはいくらでも和服美女がいる。変態でも美形で金持ちなら、多少いかがわしい写真でも撮らせてくれる人はいる」

「だから他ではダメだと言っている」

「なんでだよ！　俺は男は嫌いなんだよ！　昔からおまえみたいな変態にやたらと好かれて……」

今まで見た変態の中では群《ぐん》を抜いて美形だが、そんなのは関係ない。どんなにきれいな姿形でも、変態は変態だ。

「おまえは昔からこういう格好をしていたのか？」

「昔は巫女を……って、んなことはどうでもいいんだよ、俺を解放しろ！」

「巫女⁉　……それはダメだ。見たい」

「少しは自重《じちょう》しろ、変態を全開にすんじゃねえ！」

おかしい。ここはもっと緊迫《きんぱく》した場面のはずだ。見知らぬ外国人に拉致され、手首を拘束されてベッドの上。相手は大柄で全裸。変態趣味を隠しもしない。貞操《ていそう》の危機だ。もしかしたら命だって危ないかもしれないのに……。

緊張感がない。目の前にいるのは猛獣《もうじゅう》だ、油断《ゆだん》するなと自分に言い聞かせる。

「よし、では本題に入るとしよう」

喜祥が気を引き締めたのを見て取ったのか、ラシードは真顔になって、喜祥の膝《ひざ》の上に跨《また》がり腰を下ろした。あっさり足の自由を奪われてしまう。

「え、な、なにする気だ」

慌てて逃げようとしたが、もう遅い。袴の腰紐《こしひも》に手を伸ばされて、焦《あせ》って止めようとするも、鎖がピンと張って、手がギリギリ届かない。

　ラシードはいくつもある腰紐の結び目を丁寧に的確に解いていく。袴の前を緩め、中の腰帯も解いてしまった。

「や、やめろ、やめろって！」

　きつく締められていた腰回りがスカスカになり、危機感は否応《いやおう》なく高まった。やっぱりそういうことをする気なのか。しかし露出《ろしゅつ》されているラシードの股間のものは、まったく昂ぶっていない。

「手荒なことはしない。おとなしくしていろ」

「じゃあなにする気だよ⁉」

「確認だ。まあこれだけ匂っていれば間違いないと思うが」

「匂う？　俺が？」

　着物を着る前に身は清めた。それから何時間経ったのかはわからないが、気になるほど匂うとは思えない。

「そうだ。おまえからは芳《かぐわ》しい百合の花の匂いがする」

「百合？　おまえ……鼻もおかしいのか」

「なんだ、その気の毒そうな顔は。私の嗅覚《きゅうかく》は普通の人間より優れている。しかしこの匂いは、鼻ではなく直接官能を刺激するものだ。我ら一族の、牝の匂いだからな」

　そう言ってラシードは、喜祥の股間を守る最後の砦《とりで》となっていたボクサーパンツを引き裂いた。まるで薄っぺらい紙を引き裂くがごとく、いとも簡単に。

それを見て、違う種類の恐怖心が湧き起こる。凄《すご》い力だ。外国人だから、というものではないだろう。一瞬爪が尖《とが》って見えた気もする。

この男、なにかおかしい——。

青い顔で呆然としていると、布きれと化したパンツが、ポイッと投げ捨てられた。

「あのパンツは私の美意識に合わない。ふんどし、もしくはなにも穿《は》かないのが正解だ」

気に入らなかったから破いたのか。そういえば袴の面倒な結び目は丁寧に解いていた。

「やっぱり変態か……」

「マニアだ」

やっぱり緊張感は長続きしないのだが、股間が危機に瀕《ひん》しているのは確かだった。剥き出しのそこをジロジロ見られれば、自然と顔が熱くなる。怒りと羞恥《しゅうち》で。

自分のそれは憐《あわ》れなほど竦み上がって、その向こうに見える同じ器官との対比が辛《つら》い。

「み、見るな……」

隠そうとするが、手が届かない。

「これは大きさが問題ではない、性能だ。気にするな」

慰《なぐさ》められて余計にムッとする。

「俺の自尊心《じそんしん》的に大問題なんだよ！」

「ほう。では大きくしてやろうか？」

「し、しなくていい！　……触るな、掴むな、あっ、おま、なにを……」

二本の指で小魚のように抓《つま》み上げられ、さらに自尊心が傷つく。付属の袋と共に暖簾《のれん》のようにめくられて、反対の手の指が、袋の付け根あたりを探り始めた。

「この辺り、自分で弄《いじ》ったことはあるか？」

「あ、あるわけないだろ、そんなとこ……触んじゃねえ、変態！」

なにを探しているのか、押すような動きに奥の方がモゾモゾして怒声《どせい》も裏返る。

「では、自分のここに穴があることも知らない、か」

「は？　穴？」

「人間の男には必要のない穴だから、気づかないまま一生を終える可能性もあるわけだが……こうして、こじ開けると……」

袋の付け根辺り。肛門より数センチ前。なにもないはずの場所に、指がねじ込まれた。

「なにして……あ、あああっ……」

その瞬間、全身から力が抜け落ちた。腰砕《こしくだ》けになる秘孔《ひこう》でも突かれたかのように。

心臓が早鐘《はやがね》を打ち始め、全身がドキドキして身体が熱くなる。急に回路が繋がって、血の通っていなかったところに血が通いはじめた感じ。

――な、なんだ、これは……？

自分の変調《へんちょう》に驚き、困惑《こんわく》し、目でラシードに説明を求める。

「よもや我が血族が日本にいるとは。しかも貴重《きちょう》な男体《なんたい》の牝だ」

「な、なんだよ、それ……意味わかんねえ……とにかく、その手、指、離せっ」

ラシードが触れている場所は、神経が剥き出しになっているかのようで、触られると身体がビクッとする。それからふにゃっとして、ゾクゾクする感じがずっと続く。

「気持ちいいんだろう？」

「気持ち悪ぃ、んだよ……触ん、なっ」

抵抗したいのに、まったく力が入らない。声も上擦《うわず》る。

「もっとしてほしい？」

「ほ、ほしいわけ、が……ぁ、あぁ……」

まるで感じているかのような声が出た。女が上げる嬌声《きょうせい》のような……。自分の声だとは認めたくなくて歯を食いしばる。

「ここを牡《おす》のもので突かれると最高にいいらしい。自分ではどうしようもないほど感じて、理性が飛ぶという。おまえの身体はそういう身体なのだ。諦めて受け入れろ」

「なにを諦めろって？　……ふざけんな。これはあれだ、怪我《けが》の治りかけているとこが敏感になるみたいな、あれだ」

「ほう？　おまえはこんなところを怪我したのか。それは大変だ。穴が空いてるぞ」

馬鹿《ばか》にしたような言い方にムッとして言い返そうとしたが、指をさらに突っ込まれて、

「はぁん……」

まったく予期《よき》せぬ声が出た。カーッと顔が熱くなる。なんて声だ。

「素直に感じればいい」

ラシードは戯《たわむ》れに指を動かす。

「るせ……ぁ、ぁ……、やめろ……ぶん殴る、ぞ、てめ……」

震える声ではなんの脅《おど》しにもならない。力を入れたいけどまったく入らないのだ。

「なかなか頑張るな。普通ここを触られたら、マタタビを嗅《か》いだ猫のようにイチコロなんだが。血が薄いから耐えられるのか。日本人の侍 魂《さむらいだましい》か。はたまた個体の性質か……」

ラシードは面白がって指を動かす。中をコリコリされると、背筋がビクビクッと跳ねて、じわりと涙が滲んだ。あまりにも感じすぎて。自分の身体の裏切りに為《な》す術《すべ》もない。

「いい顔だ」

半泣きの顔を楽しげに観察している、その顔を蹴り飛ばしたい。

「だから、これはなんなんだよ!?」

怒りは頂点に達しているが、答えはラシードに訊くしかなかった。

睨みつければ、とりあえず指が抜かれてホッとする。

「話を聞く気になったか？」

「聞いてやるから、さっさと説明しろ！」

「ふむ。命令されるというのはなかなか新鮮《しんせん》だな。では聞け。おまえの中には、我ら古の一族の血が流れている」

「古？　古いってことか」

「そう、原始の種族なのだ。聖書よりコーランより古い。我々は我らを創《つく》りたもうた神だけを崇《あが》めている。そうだな、我ら一族のことを……『獅子族』としておくか」

「……獅子って、ライオン？」

「そうだ。この身の内には、人間の血とライオン……獣の王の血が流れている」

喜祥は眉を寄せた。ラシードを見れば確かにそんな感じもするが……。

「どういう意味だ？　人とライオンの血？　そんな話、聞いたことねえよ」

「そうだろうな。すでにアラビアでも伝説だと思っている者も多い、神話の域《いき》の話だ。しかし、神話や昔話には過去の現実が内包《ないほう》されている。今では空想《くうそう》の生き物とされている妖怪《ようかい》や霊獣《れいじゅう》といったものも、人の目に触れていないだけで、今現在この世界に生きていないとは限らない。それに日本には、神話の時代から連綿《れんめん》と続いている一族があるだろう」

「……天皇家のことか？」

「同じではないが、そのようなものだと思えばわかりやすいだろう。伝説では、我らは神が最初に創った生物のプロトタイプとされている。あまりにできがよすぎたゆえに、人と獣とに分けられた。そして人には知恵《ちえ》を、獣にもそれぞれの強みを授け、欠けたものを補い合って生きるように創り直されたのだ。本来ならプロトタイプは廃《はい》されるところだが、神に愛されていた祖先は、繁殖力《はんしょくりょく》を弱めることで残された。それで自然淘汰《しぜんとうた》されるはずだったのかもしれないが、現代まで細々と血を繋いできた。人間の繁殖力を利用して」

「うーん……アダムとイブとか、そういうの？」

「アダムとイブは人間の始祖《しそ》として伝えられている。我らはそれ以前の種族だ」

神が作り給《たも》うた奇跡《きせき》、とラシードの容姿を賞賛《しょうさん》する者はいるかもしれない。しかしそれはそれ。にわかには信じがたい話だ。

「はあ……。で、その獅子族って今どれくらいいるの？」

「我がシンラー王国はアラビア半島の中ほどにある小国だが、国民は千人ほどで、獅子族はその三分の一ほどとされている」

「少なっ。国も小さいな。よく滅《ほろ》ぼされなかったもんだ」

「周辺の国には神聖視されている。攻めてくるとしたら神をも恐れぬ蛮族《ばんぞく》だ。それに、我らは強さを誇示《こじ》することも、国土を拡大することも望まなかった。いらぬ欲をかけば災《わざわ》いを招くと、賢《さか》き者なら知っている」

「ふーん……。俺にもその血が流れてるって？　国の外にもいるのか？」

「もちろん国の外にもいる。長い年月が経って、血は薄まり拡散《かくさん》されている。繁殖力がなければ、数を多く打って実を結ばせるしかないからな」

　そう言ってラシードは薄く微笑んだ。

「やりまくりってことかよ。嫌な一族だな」

「言っておくが、一族の者はだいたい見目麗《みめうるわ》しくモテる。言い寄られるのに応えただけのことだ」

「人のこと拉致っておいて、よくそんなことが言えるな」

　全裸の美形を睨みつける。言い寄った記憶はない。

「確かに拉致したが、私は教えてやっているだけだ。我らは人間と同じ見た目だが、種も卵も人間とは違う。交配はできるが、人間の遺伝子の方が強いため、獅子族が産まれる確率は低い。その中でも稀《まれ》に、人間としては男だが、獅子族としては牝という個体が産まれることがある。国内にも数人が確認されているだけの希少種《きしょうしゅ》だ」

「俺がその希少種だって？」

「そうだ。この穴がその証《あかし》」

「あ……指、入れんなっ」

思い出したように指を入れられ、簡単に腰砕けになる。

「おまえのここは、獅子族を産むためだけにある。獅子族の卵は常に子宮にあり、精子を待っている。女で牝の子宮には、人間と獅子族、両方の卵があり、人間の方に着床《ちゃくしょう》しやすい。男で牡の精子は両方混じっていて、人間の精子の方が強い。つまり、一番産まれる確率が高いのは人間、大きく間を空けて混血、そしてごく稀に純粋《じゅんすい》な獅子族が産まれる」

穴に指を突っ込まれると、思考が鈍《にぶ》くなってしまう。しかしラシードが言わんとしていることはなんとなくわかった。

「すげー嫌な予感がするんだけど……。まさかおまえ、俺に獅子族の子供を産めとか、そういう馬鹿げたことを言うつもりじゃ……ないよな？」

「繁殖力が低いというのは、着床率が低いということだから、数打つ必要がある。私は獅子の血がきわめて濃い。おまえに種付けすれば、血の濃い獅子族が産まれるだろう」

「はあ!? ふ……ふ……ふざけんなっ！　冗談じゃない、俺は男だ、種付けってなんだ、産むわけねえだろ！　獅子族のことなんか知るか、俺は日本の、大和民族の、男だ！」

「まあ、おまえの気持ちもわかるが……見つけた以上、見逃せない。国に連れて帰る」

「行かねえよ！」

「では、今ここで突っ込むか。やれば牝は従順《じゅうじゅん》になる」

「は？　従順になんかならねえし……いや、やめろ、試しにやってみるとかは……」

今の自分の危機的状況を思い出した。腕は拘束され、穴に指を突っ込まれ、相手はすでに全裸。この男がその気になれば、一秒で遂行《すいこう》可能だ。阻止《そし》しようがない。

せめてもの抵抗で太股をぴったり合わせて大腿筋《だいたいきん》に力を入れる。

「無理矢理《むりやり》というのも楽しそうだが……牝には優しくする主義だ」

「俺は牝じゃねえ……けど、男としてその主義には賛成だ。無理矢理はよくない」

犯されるのだけは、なんとしても回避《かいひ》したい。

「そうだな。強引に入れて従順にするより、この口に『入れて』とお願いされてから入れる方が楽しそうだ。おまえにねだられるのを想像すると、ゾクゾクする」

ラシードはニヤッと笑って、喜祥の唇を人差し指で押さえた。柔《やわ》らかさを楽しむようにぷにぷに押されて、喜祥は首を横に振って払いのける。

「絶対言わねえけど、その気にさせてみればいい、おまえの牡の魅力《みりょく》とやらでな！」

絶対に言わない自信があるからこそ挑発《ちょうはつ》した。目の前の危機を回避したい一心で。するとラシードの笑みが深くなった。面白い玩具《おもちゃ》を見つけた、というような顔に、少しばかり後悔するが、もう後には引けない。

「ではそれを日本滞在中の楽しみにするとしよう。今日はもうなにもしないから、ここで寝ろ。今は深夜だ、朝になったら送ってやる」

そう言ってラシードはベッドを降りた。とりあえず危機が去ってホッとする。

拉致されたのに、なにもしないという口約束が守られるとなぜか信じている。自分にはどうやら危機感が足りない。そしてラシードには罪悪感が足りない。

「おまえ、もっとなんか言うことないのか？　人に変な薬飲ませて、拉致っておいて」

「私に謝れと？」

「そうだ、謝れ」

怪訝《けげん》な顔をする男に、強く頷く。

「ほう……。まあ、謝らないがな。少々強引だったのは認めるが、真実を教えてやろうという親切心からの行動だ。神の御心《みこころ》だ」

「ふざけんな！　俺はそんなの知りたくなかった。知らぬが仏《ほとけ》って言葉もあるんだよ！」

「自分の身体のことだ。知らぬは恥、だと思うが？」

ああ言えばこう言う。イントネーションは多少おかしいところもあるが、語学力としては二十五年この国で生きている自分と変わらない。

「てめえ……」

「おとなしく寝ろ」

掛け布団を掛けて出ていこうとするラシードを慌てて呼び止めた。

「手、これ外せよ」

ベッドに繋がれたままでは、トイレに行くことも、逃げ出すこともできない。

ラシードは小さく笑って手首の拘束具を外してくれた。

「こんなのどこで手に入れるんだ……」

「欲しいものがすぐに手に入る。日本は確かにサブカルワンダーランドだ」

国から持参《じさん》してきたわけではないらしい。拘束具がすぐに手に入る国。自由が誇らしいような、モラルの低さが恥ずかしいような。

ドアに向かうラシードの背中を見ながら、袴の紐を結んで、そっとベッドから降りると、無防備《むぼうび》な背中に飛びかかった。首に腕を回し、体重をかけて喉を絞め、容赦《ようしゃ》なく落としにかかる。

しかしラシードはその腕を掴むと腰を折り、こちらの体重など猫程度にしか感じていないように、きれいな背負い投げを決めた。

受け身はとったものの、一瞬で負けを悟る。

「そんなにじゃれつきたいなら、私のベッドに連れて行ってやるぞ？」

「いや、ここで、ひとりで、寝る」

大の字に伸びたまま、見下ろしてくる勝者に答えた。

「そうしろ。ドアの外には獅子族の牡が二人立っている。外敵は駆除《くじょ》するよう言ってあるが、出ていく者に関してはなにも言っていない。出ていくのは自由だが、おまえは今、牡を誘う匂いを放っている。外に出た途端に襲われても私は関知しない」

そう言い置くと、ラシードは部屋から出ていった。説明責任は果たした、とでもいうように。誘う匂いと言いながら、ラシードの股間のものは一ミリも興奮を示してはいなかった。襲われるなんて眉唾《まゆつば》かもしれない。でもそれを試してみる気にはなれなかった。

わりと全力で首を絞めにかかったのに、怒るどころか、じゃれつく小動物のようにいなされた。圧倒的な力の差。きっと従者もそれと同等以上の強さに違いない。

逆らうのは危険だと本能が訴える。すごすごとベッドに戻り、布団の中で丸くなった。

頭がグラグラするのは、飲まされた薬のせいか、聞かされたとんでもない話のせいか。いや、投げられたせいかもしれない。

もうなにも考えたくないと目を閉じた。兄の怒った顔が一瞬脳裏《のうり》をよぎったが、考える間もなく眠りに落ちていた。

二

「起きろ」

声がして、股間をまさぐられる。

「ぁ……っ」

指で穴を弄られてパチッと目が覚める。

目の前に金髪の男。白シャツと黒のパンツを身につけている。顔がスッキリして見えるのは、髭がなくなっているせいだ。アラブの石油王というより、ヨーロッパの貴族といった雰囲気。だが指は人の股間にある。

「どういう起こし方だよっ」

我に返って飛び起きる。いきなり貞操の危機だ。

「熟睡《じゅくすい》しているおまえこそどうなんだ？　股ぐらに手を差し込まれても起きないとは、平和ボケだな、日本人」

言い返す言葉もない。悔しくてただ睨みつける。

「ふむ……そういう顔をされると、今すぐ従順にしてやろうかという気分になるな」

顎を掴んで持ち上げられた。目を細め、口の端を上げたその顔は、世界的にプレイボーイと認められるだろう魅力的な顔だった。しかし喜祥はその手を叩き落とす。

「牡の魅力で俺を落とすんじゃなかったのか？　俺は嘘つきが嫌いだ」

睨みつけてもラシードは楽しげに笑っている。その余裕がムカつく。

「ところで、これが何度も鳴ってうるさかったから、出てやったぞ」

そう言ってラシードが差し出したのは、喜祥の携帯電話。連絡もなしに着物のままいなくなったから、心配したのだろう。

「出てやったっておまえ……なに言ったんだよ⁉」

「私が強引に飲みに連れ出した、ということにしておいてやった。偶然会った昔の友達で、懐《なつ》かしさから飲み過ぎて潰れたからホテルに泊まった。明朝、家まで送り届けると約束したから、車に乗れ」

「なんで恩着《おんき》せがましいんだよ。おまえのせいだろうが！　送ってもらわなくて結構だ」

「ここは都心だぞ。その格好で歩いて帰るか。ナビによると三時間くらいのようだが」

袂に入れていたのは携帯電話だけ。財布も着替えもすべて社務所に置いていた。無一文《むいちもん》では電車にも乗れない。タクシーは金銭的に使いたくない。この白装束はかなり目立つだろうが、コスプレだと開き直ればなんとかなる。

「いい運動じゃねえか。三時間くらい歩いても全然平気だ」

「まあ、砂漠ではないし死にはしないだろうな。ノーパンで。頑張れ」

「ノーパンはおまえのせいだろ！　コンビニでパンツ買ってこい」

「私は使い走りはしない。車に乗るか乗らないかの二択だ。乗ればパンツも穿かせてやる。そんなに警戒しなくても襲いはしない」

「警戒とかじゃねえ。キモい変態には近寄りたくないだけだ」

「ほう。では好きにしろ」

引き下がられてムッとする。今こそ拉致してでも車に乗せろ、と内心思ったが、口には出さず、ドアの外に出る。スーツ姿の男が二人立っていた。鋭い眼光《がんこう》に昨夜のラシードの言葉を思い出して一歩引き、ダッシュする。足は速いのだ。

「さすが牝ライオン」

後ろでそんな呟きが聞こえた気がしたが、振り返りも言い返しもしなかった。

そして、道行く人にジロジロ見られながら歩くこと、ぴったり三時間。

「ただいま……」

げんなりしながら玄関の引き戸を開けた。広い三和土《たたき》に、きちんと揃えられた見慣れぬ高級靴があって、嫌な予感がする。

「ああ、やっと帰ってきた。ラシードさんが親切におまえの携帯電話を届けてくださったぞ。ちゃんと礼を言いなさい」

長兄は客用の笑顔と優しげな声で言った。外面《そとづら》はいいのだ。

居間の大きな掘りごたつ(夏なので布団なし)を囲んでいたのは、母と長兄とその娘たち、そして異国の美丈夫《びじょうぶ》。違和感ありまくりなのに、なぜか和《なご》んでいる。

「なんでおまえが……」

「だから、おまえが出て行った後で、携帯電話を忘れていることに気づいてわざわざ持ってきてくれたんだ。おまえ、喧嘩してホテルから飛び出したんだって？」

「いえ、私が悪かったんです。喜祥が意地っ張りだってことは知っていたのに、こちらも意地を張ってしまって」

外面のいい兄と嘘つきの外国人がニコニコと譲《ゆず》り合う。

「なに友達面してんだよ」

「そんなに怒るな。悪かったと言っている」

「喜祥、神社の息子なら大きな心を持ちなさい。おまえはどうも攻撃的でいけないよ」

すでに母も兄も姪っ子も、みんなラシード側についている。おまえが悪いという顔に、喜祥の眉間の皺はさらに深くなる。

「喜祥、ちょっと二人で話し合おうか」

ラシードが立ち上がり、部屋の外へ促《うなが》される。喜祥は仕方なく自分の部屋にラシードを入れた。

「どういうつもりだ」

胸をど突いて、因縁《いんねん》をつけるかのように問いかける。

「私は以前日本に留学していて、今回短期の予定で来日したアラブ人。久しぶりに喜祥に会えて、テンションが上がって悪ふざけをしたら怒らせた、という設定だ」

「設定って……なんなんだよ、おまえは」

「泊まる場所が決まっていないなら、喜祥の部屋に泊まればいいと母上がおっしゃった」

「喜祥が着ていた白い着物が気に入ったので買い取りたいと言ったら、あげますよと兄上に言われた」

「ああ⁉　ふざけんな」

「おまえ、人が汗水垂らして歩いている間に、なにしてやがる……」

怒りでワナワナと震える、という漫画的表現が、リアルに我が身に起こる。

「ということなので、しばらく世話になる。着物はそのまま私に渡せ。洗う必要はない」

「変態」

「マニアだと言っている」

「神は嘘つきの変態外人に味方するのか⁉」

「私は神に愛されている。これもすべて、神の思《おぼ》し召《め》しというやつだろう」

「俺はこういう家に生まれたから、神を否定する気はないけどな、思し召しとか運命とか、そういうのは信じてねえんだよ。要はおまえが、口がうまいってだけだろうが！」

あっという間に家族を丸め込み、自分の思い通りに物事を進める。どう言えば自分の意見が通るのかわかっている狡《こす》っ辛《から》い人間だ。

「意外に鋭いな。その通りだ。日本人の無防備さは、ある意味、神に愛された民族だからだろう。人を疑うことは悪だと思い、善人《ぜんにん》を演じれば善意で応えようとする。豊かさゆえの余裕もあるか。我らアラブの民は、そう易々《やすやす》と人を信じない。水を奪われれば死ぬ。食料を失えば死が迫る。すべてを疑い、いかに自分に有利に取引するか考えている」

言っていることは理解できた。確かに日本人は甘い。騙《だま》されやすい。ビジネスの世界でもよく言われることだ。

「俺はおまえを信じてない。さっさと出て行け」

「私はおまえのことを心配しているんだ。少しでも獅子族の牡の血が混じっていれば、おまえの匂いに無意識に反応する。変態に好かれると言っていただろう？」

「そ、それは……俺の顔が可愛かったからだ。今はそんなことはない」

「ふーん。でも、子宮は使わないと腐《くさ》るぞ」

「は⁉」

思わず股を押さえた。恐ろしいことを聞いた。

「閉じたままだったならよかったのだろうが、私がこじ開けてしまったからな。定期的に中を掻き回さなければ、入った雑菌《ざっきん》が増殖してやがて腐る。もちろん激しい痛みが……」

「は？　は？　おまえなんで指なんか突っ込んだんだよっ、おまえのせいだろ！」

胸ぐらを掴めば、ラシードがククッと笑い、やがて爆笑した。

「本当に信じやすい……信じてないと言いながら、まるで疑わない。獅子の血が混じっていても、おまえは生粋《きっすい》の日本人だな」

「う、嘘かよ⁉　……なんだよ……」

からかわれたことにはムカついたが、正直ホッとした。嘘の方がマシだ。

「嘘だとは言ってないぞ？」

「は⁉　本当なのかよ⁉」

　内股に力を入れる。ラシードに弄られたところがジクジク痛むような、変な感じがする。

「なんにせよ、蕾《つぼみ》を開かせたことで、より牝の匂いが強くなったのは事実だ。私がそばにいて、おまえの生活圏に危険がないか見定めてやる」

「……し、信じないぞ」

「では真実を話したところで無意味だな。しかし私はおまえのことをもっと知りたい。私が国を離れていられるのは長くても一ヶ月。その間におまえも、私が信用できる人間かどうか、見定めてみてはどうだ？」

　正面から見つめられ、その瞳を見つめ返す。得体《えたい》の知れない変態なのに、なぜかその瞳に嘘はないと思ってしまう。悪人ではないと感じる。甘いのか。すでに騙されているのか。

　しかし、自分の身体のことも含め、もう少し知りたいような気もする。

「母と兄が泊まっていいと言ったのなら、泊まればいい。でも、この部屋に関しては俺に権限がある。ここには泊めない。他の部屋を使え」

　あんな高級ホテルに泊まっている人間が、この大きいだけのぼろ屋生活に耐えられるとは思えない。二、三日もすれば音を上げるだろう。自《みずか》ら引き上げたなら、しつこくつきまとってくることもなくなるはず。執行猶予《しっこうゆうよ》を与えることにした。

「わかった。では取引成立。ありがたく世話になるとしよう」

　勝ち誇ったような顔を見て、早まったか……と思ったが、前言撤回《ぜんげんてっかい》は格好悪い。長くても一ヶ月。

それくらいならなんとかなるだろう。

　他人を家に泊めることに関して、この家の人間は一般的日本人より抵抗がない。困っている人や旅人など、気軽に泊めてきた。それで騙されたこともあるのに懲《こ》りない。

「日本には礼儀というものがある。ビシビシ躾けるからな」

「ふふ……いいだろう。郷《ごう》に入っては、というやつだな」

　日本語の知識に関しては素直に感心する。語彙《ごい》が豊富で、含むところまで理解している。

「おまえ、何歳だ？」

「二十二だ」

「は？　俺より三つも歳下か!?　……老《ふ》けてるな」

　最初が最初だったので敬語は使わなかったが、歳は同じか、一つ二つ上だと思っていた。

「そういうおまえも、私より三つも歳上なんて、子供っぽいし脇が甘すぎる」

　老けていると言われた仕返しか、嘲《あざけ》るように言い返してくる。

「うるせえよ」

「ああでも、同い年じゃないと留学中に知り合ったという設定が難しくなる。私も二十五ということにしておけ。幸い老け顔だしな」

　意外に根に持つ性格なのか。拗《す》ねたような言い方はちょっと可愛かった。そんなふうに思うのは歳下だとわかっただろう。昔から上には反発するが、弟には甘かった。

「なんかいろいろ引っかかりまくりだけど……せっかくだから、日本を楽しんで帰れ」

これだけ日本語がうまいのだから、日本が好きなのは本当だろう。喜祥も英語は喋れるが、ここまでレベルは高くない。それでも習得するのには苦労した。

『やっぱり甘い……隙だらけだ』

ラシードはアラビア語で呟き、厚みのある唇の端を小さく引き上げた。

一週間と経たずに、ラシードは加鳥家に馴染《なじ》んでしまった。

女性陣はラシードが軽く微笑みかけただけでＫＯされ、本当の王子とは知らぬのに、下にも置かぬ王子様待遇《たいぐう》。そうなると男には敵意を抱かれそうなものだが、毎朝、境内の掃除を手伝い、どんな話にも耳を傾けるラシードは、父にも近所の人にも高評価だった。

亡くなった祖父の着物をもらって粋《いき》に着こなしている。連日、酒だ将棋《しょうぎ》だ釣《つ》りだと引っ張りだこで、二、三日で引き上げるどころか、永住《えいじゅう》しそうな勢いだった。

ラシードに対してツンケンしているのは喜祥だけ。なにかきついことでも言おうものなら、みんなに責められる。

「きっちゃん、友達なのに冷たい、ひどい」

「男の嫉妬《しっと》はみっともないよ、きっちゃん」

などと、特に姪っ子たちの冷たい目が辛い。あんなに懐いていたのに、おむつも替えてやったのに、十年の月日を、たった三日で覆《くつがえ》された。悔しい。

ラシードへの敵意は募るばかりだが、老人たちと楽しそうに語らっているのを見ると、悪い奴とも思えなくなる。

いや、表面を取り繕《つくろ》うのはそんなに難しいことじゃない。極悪人ほど善人に化けるのがうまいと、なにかで聞いた気がする。

「喜祥」

祖父がよく着ていたグレーの紬《つむぎ》の着物。祖父は大柄な方だったが、ラシードが着ると裾がつんつるてんだ。しかし似合う。風格があるのだ。二十二のくせに。

「友達みたいに馴れ馴れしく呼ぶんじゃねえ。嘘つき変態王子」

この一週間、ラシードは喜祥にちょっかいを出してはこなかった。普通にホームステイを楽しんでいる。お付きの二人には休暇を与えたと言っていたが、一国の王子がこんなにも無防備で大丈夫なのか。それとも、王子だというのも嘘なのか。

「きっちゃん、ひどーい。友達なのにぃ」

そう言ったのは、可愛い姪っ子ではない。低くて少し甘い男の声だ。

「俺の可愛い姪っ子の真似すんじゃねえ。おまえのせいで俺の株は下がりっぱなしだ」

姪っ子の愛を根こそぎ持っていかれた。格好いい男といえば、きっちゃんだったのに。

「おまえの家族は面白いな。近所の人たちも温かいし、緑豊かでいいところだ」

「まあな。そういえばおまえ、家族は？」

軽い気持ちで訊き返すと、ラシードがしばし押し黙った。

「いるといえばいるが、いないといえばいない」

「は？　おまえ王子なんだよな？」

「ああ。父王は健在《けんざい》、その妃《きさき》は亡くなっている。私は第七王子で、兄妹は十五人いる」

「へえ。じゃあうち以上の大家族ってわけだ」

「確かに大家族といえるが、個の繋がりは薄い。王族はみな自分の宮殿《きゅうでん》を持っていて、顔を合わせることも稀だ。特に私は……。まあ、言ってみれば我が国は国全体が家族という感じだ。日本は家も人も小さくて、ぎゅっと詰まってる感じがいい」

「人も小さい、は余計なんだよ。おまえに比べりゃ小さいけどな」

兄弟がみんな宮殿を持っているなんてまったく想像もできないが、なんだか寂しそうだ。

日本も人と人との繋がりは希薄《きはく》になっているが、加鳥家は鬱陶しいほど濃い。

ここでの生活を楽しいと思うラシードは、寂しかったのかもしれない。

「それより喜祥、おまえは商社で働いているそうだな？　かなり意外なのだが」

「なにが意外なんだよ。俺は昔から頭はよかったんだ。高校生の時はヤンキー界のエリートと言われ……てたのはどうでもいい。とにかく、世界を相手にでっかい仕事がしたくて商社に入った。今はまあ……小さい仕事をしてるかも、だけど……」

だんだん声が小さくなる。

「仕事に不満があるのか？」

「不満じゃない。俺はまだこれからなんだ。今は小さいことをコツコツ頑張る時。でもいずれは世界を相手に大きい仕事を成功させ、社長に登り詰める！」

日々そう自分に言い聞かせ仕事をしている。

スケールの大きいことを言っているが、根底にあるのは、いつも偉そうな兄たちを見返し、自分こそが両親の自慢の息子になる、という小さくて子供っぽい自己顕示欲《じこけんじよく》だ。

「社長か……まあ頑張れ」

大きな手で頭をポンポンと叩かれ、馬鹿にされた気分になる。

「おまえにはわからないだろうけど、社長になるのはすごく大変なんだからなっ」

その手を撥ねのけ主張する。入社三年目ですでに何度も心折れかけている。社長への道のりは果てしなく険しい。

「確かにわからないが、なりたいのだろう？　頑張れ」

「ああ頑張るさ。……で、なんの用だ？」

「私はこれから細川《ほそかわ》さんたちと飲みに行くが、おまえも行くか？」

どうやらそれが本題だったらしい。

「いや、いい。明日仕事だし。細川さんは酒癖《さけぐせ》が悪いから、気をつけろよ」

なんの気なく付け足したら、

「おまえは怒っててても人の心配をするのだな」

そう言ってラシードが微笑んだ。その甘い笑みに、うっかり顔が赤くなる。

「別に怒ってないし、心配もしてねえ。せいぜい酔っ払いに絡まれてきやがれ」

そうしてラシードは近所のおじさん達と飲みに行った。

加鳥家は夜が早く、みな夜更《よふ》かしなどせずに寝てしまう。喜祥が風呂に入る頃には家はすでに寝静まっており、気の早い秋の訪れを告げる虫の声だけが響き渡っていた。

布団に入って目を閉じる。普段、寝付きはいい方なのだが、なんだか身体が落ち着かない。主に股間の辺りが。

生まれてこの方一度だって、自分が男だということに疑いを持ったことなどない。なのに、そこに穴があって、子宮まであるという。そんなの受け入れられるわけがない。

ずっと目を逸らしてきたが、指を入れられた時の感覚が消えなくて、不意によみがえっては身体に震えが走る。一瞬で腰砕けになる快感なんて味わったことがなかった。

それでも、無視していればなくなるというのなら一生無視し続ける。腐るというのは、たぶん嘘だろう。そう思うけど、気になって仕方がない。

怖いけど知りたい。自分の身体の真実を……。

ラシードは飲みに出たまま。戻っても離れの部屋に直行するはずだ。

覚悟を決めて、パジャマにしているスウェットパンツに手をかけ、下着ごと下ろした。

布団の上に仰向《あおむ》けに寝たまま、いつもは右手で握るものを左手で袋ごと持ち上げ、右手をその下方へと伸ばす。こんなところ、触ろうと思って触ったことなど一度もない。

肛門から前に向かって指を滑らせる。なにもない……なにも……祈るように、指をゆっくり慎重に動かす。しかしすぐにビクッと身体が反応した。

なにかある。これは穴……いやいや皺だろう。皺がちょっと深くなっているだけ。

指をやんわり動かしてみると、指先が少し入っただけで、あの快感が身体を駆け抜けた。歓喜《かんき》する身体と、絶望する心。触らなければよかった……と、後悔しても遅い。もうそこから指を離せない。もっと深く入れたい……という欲求としばし戦う。

どんなふうになっているのか、まずは目で確認してみよう。そんな逃げ場を見つけ、やっとそこから指を離すことができた。起き上がって膝で歩き、机の引き出しの中から手鏡を取り出すと、布団の上に戻って座り、脚を広げた。鏡を己《おのれ》の股間に向ける。

――なにやってんだ、俺……。

不意に情けなさが込み上げてきたが、無視して鏡に目を向けた。女性なら穴があるはずの場所に、深い一筋の皺。皺だと思った瞬間にそこがひくついて、穴だとわかった。

穴だと認めてもらいたいのか……。自分の身体に別の生き物を飼っている気分になる。

見なければよかった。しっかり目に焼き付いてしまった。

穴がある、という現実。そこが強烈に感じる、という事実。認めたくないけどもう認めるしかない。

ここから、どうすればいいのか。指を入れて深さを測る？　いや、それは無理だ。絶対したくない。けど、入れたい……。

せめぎ合うのは理性と本能。心と身体。

ラシードに触られた時のゾクゾクするような快感を身体は強く要求するが、意地が押しとどめる。しかしこのまま寝ることはできそうにない。

股間を凝視してひとり葛藤《かっとう》する。全神経は一点に集中し、周囲への注意力が欠けていた。

「私がしてやろうか？」

背後からの声に、心臓が破裂《はれつ》するかというほど驚いた。

振り返れば、部屋の入り口の襖《ふすま》が開いていて、柱に背を預けたラシードが立っていた。着流しで腕を組みニヤリと笑ったのを見て、顔から血の気が引いた。

「知りたいのだろう？　自分の身体のことだ、その探究心は正しいぞ」

偉そうに言いながら近づいてくるラシードが悪魔に見えた。鏡を投げ捨て、片手でパンツを引き上げながら後ずさる。

「な、な、勝手に入ってくるんじゃねえ、出ていけ！」

「ほろ酔い気分で帰ってきたら、芳しい匂いが漂っていた。私を誘っているのだろう？」

「そ、そんなわけあるか！　こっち来んな」

「私が手ずから気持ちいいやり方を教えてやる。遠慮するな」

「遠慮なんかしてねえよ。手ずからって……てめえ何様だ！」

日本語に関して何らの不足もないばかりか、過分《かぶん》に詳しいことはもうわかった。

「王子様だ。傅《かしず》いて我が精子を乞《こ》えばよい」

目の前に仁王《におう》立《だ》ちされ、見下ろされる。

「せ、精子⁉　誰が乞うか、バーカ！　俺は女じゃねえって言ってんだろ！」

「自分が牝だと、今確認していたではないか。男として育ってきたのだから無理もないが、牝の部分を弄れば、牝の本能が目覚める。牝のそれが欲しくてたまらなくなり、入れられると気持ちよくてたまらないのだそうだ。みな恍惚《こうこつ》としている。おまえも試してみればいい」

ラシードが屈《かが》み、顔が眼前《がんぜん》に迫ってくる。酔いのせいか目が潤《うる》んでいて色っぽい。じっと見つめられると胸がドキドキする。うっとりしかけて、ハッと我に返る。これも牝の本能、なのか？

「た、試さねえよ、もう二度とこんなとこ触らない。匂いとかさせないから出ていけ！」

ブンブンと首を横に振って、一瞬の迷いを消し去る。

「ふむ、落ちないか。では……普通に抱いてやろう」

そう言ってラシードは諸肌《もろはだ》を脱いだ。逞しい上半身が露になる。まさに牡、というフェロモンが噴き出し、強烈な誘引力を感じて焦る。

「ふざけんな、酔っ払い！　普通にってなんだ、普通男は男を抱かねえんだよ」

「なにを言う、男色《だんしょく》は武士のたしなみだ」

「どんな日本史を学んだんだよ。そもそもおまえも俺も武士じゃない。俺は、女を抱くのが好きな普通の男だ！」

「私は女ではない。男を抱く趣味もない。しかし今、おまえを抱きたい。優先されるのは私の意思だ」

「はあ⁉　なんだその勝手な理屈は……来んな、触るな、さわ……ぁ、ぁ……」

のしかかられて、股間の男の部分を触られた。大きな手で包み込まれ、擦られる。それには耐えられたのだが、牝である証拠の穴に指がねじ込まれると、

「あ、はぁぁんっ……あ、いっ、いや、あ、あぁ……」

嬌声が零《こぼ》れ、腰から下の力が抜け落ちた。まったくどういう身体の仕組みなのか。指だけで……。女はみんなこうなるのか。いや、これまでの経験上そんなことはなかった……。

「け、結局するのかよ！　俺に入れてって言わせるって、言った、くせに……」

「ああ、そうだったな。牝の部分に興味を持ったようだから、教えてやろうかと思ったんだが……。では牝の部分を攻めるのはこれまで。安心しろ、種付けはしない」

穴から指が抜かれてホッとする。しかし身体の疼《うず》きはより強くなった。もっと触ってほしいという訴えを無視し、身体を起こそうとしたのだが、ラシードが動かない。

大きな手が男の象徴を再び握った。

「ちょ、え？」

「ここは人間の男の部分だ。ここが気持ちよくなったからといって、牝の部分が引きずられることはない。男として抱いてやろう」

「じょ、冗談じゃ……。俺は同意しない。おまえ無理《むり》強《じ》いはしないって言っただろ！」

「牝には優しくする主義だと言った。おまえは牝か？」

「違う！　けど……男にも優しくしろ」

「ではなるべく優しく抱いてやる。私は男のおまえもわりと気に入っているからな」

「ふざけんな！　気に入ってるならやめろ、男同士、友達でいいだろ」

「友などいらぬ。精神のみの結びつきはわかりにくく、すぐ切れる。人の心は身体に引きずられるものだし、身体も心に引きずられる。切り離すことに意味はない。人間は精神的にも肉体的にも、自分を気持ちよくしてくれる人を求める。だからおまえと身体を結ぶ」

「は？　はあ？　よくわかんねえけど、俺は気持ちよくしてほしくなんかないし、俺の心は身体に引きずられない」

「では、試してみよう」

「た、試すな！」

「おまえが私にキャンキャン噛《か》みつくのはかまってほしいからだ。心が素直になれない人間には、身体から強引にというのも、ひとつの優しさだ」

「どういう解釈《かいしゃく》だよ！　自惚《うぬぼ》れてんじゃねえ。俺は、嫌だから嫌だと言ってる。かまってほしくなん、か……っ」

　ラシードの手が、男の部分を扱《しご》きはじめた。馴染みのある快感が込み上げてきて、吐息が漏れてしまう。

「喜祥は嫌いな人間とは口も聞かないから、おまえは嫌われてない、好かれている方だ、と言われた」

「誰がそんなこと……」

「私は嫌われているようだ、と飲みながら相談したら、皆がそう言った」

「クソじじいどもめ……。そんなのおまえに気を遣ったんだ、社交辞令《しゃこうじれい》ってやつだ、信じんなっ」

股間の手を掴み、どけようとするが、動きを止めることすらできない。

「押しに弱い、頼られると嫌と言えない、とも聞いた」

「相手が女の子ならな！」

「男女差別はよくない。私はおまえを抱きたい。希少種だということを差し引いても、おまえはうるさくて可愛い」

首筋をぺろっと舐められた。舌のざらっとした感触に、また息が漏れた。

「そんなこと言われて、俺が喜ぶとでも……あ、やめろ、胸は……」

「感じるのか？」

Tシャツの裾から入ってきた手が左の乳首を抓み、右の乳首を布越しにペロペロ舐める。

「違……ぁ、んっ……」

感じないと言い返そうとしたのに、変な声が出そうになって口を噤《つぐ》む。

「いい匂いだ。おまえが気持ちよくなると香りも強くなる」

牡を誘うという匂いに誘われているのか、ラシードはもう止まりそうにない。なんだかんだと理《り》屈《くつ》を捏《こ》ねまわしているが、結局は牡に惹かれているただの牡なのだろう。

しかし喜祥も、久しぶりの他人の手による刺激がどうしようもなく気持ちよくて、拒絶しきれない。

「だ、め……やめろっ」

ただ首を横に振り続ける。

「男にモテるようだが、男としたことはないのか？」

「あるわけ……」

「最初が私とは贅沢なことだ」

「はあ⁉　てめぇ……なに偉そうに……ぁ……あ……、クソ、離せ」

押しても厚みのある重い身体はビクともせず、胸を舐められ、性器を扱かれ、今までにない快感が身体を骨抜きにしていく。

自分がこんなに、施される快楽に弱いとは知らなかった。

「やめろ……あ、もう……ダメ、すんなっ、……ん、ん、んんっ……」

それでも必死に堪《こら》えたのだ。しかし長くは保たなかった。

「あ、あぁ……」

ラシードの手の中に放ってしまう。気持ちよく。今までにない快感を覚えながら。

ふわふわ宙を歩いているような気分だったが、すぐに落ちる。イかされてしまった……という敗北感。自己嫌悪。不甲斐《ふがい》なさに打ちひしがれる。

「さて、どうするか。この穴がダメなら、こっちにするか」

そう言ってラシードが押したのは、さらに後ろにある排泄用の穴だった。

「ふ、ふ、ふざけんな！　やったらてめえ、マジぶっ殺す」

本気で睨みつけたが、視界は潤んでいる。威嚇にはほど遠い顔をしているだろう。

「本当にキャンキャンよく吠《ほ》えるな、おまえは。白百合とは違いすぎる。でもまあいい。今日はこれで勘弁《かんべん》してやる」

ラシードは腕の中に喜祥を抱き込んだ。分厚い胸に顔をくっつけた喜祥は、なにか甘い香りを嗅いでゾクッとした。

「な、なんの真似だ」

「寝ろ」

「こんな状態で寝られるわけが……」

「これでも譲歩《じょうほ》してやった。私はおまえを腕に抱いて寝たい。それとも、精も根も尽き果てるまで搾り取って、気を失わせてやろうか？　声もかすれて出なくなるくらいまで……想像したらしたくなってきた。そっちがいいか？」

ラシードの唇が近づいてきて、慌てて顔を背《そむ》ける。しかしできる抵抗はそれだけだった。現時点で腕の中から逃げるのは無理だ。

「クソ、なんで俺がこんな……。絶対なんもするなよ！」

「はいはい」

ラシードは喜祥で遊んでいるだけ。まったくもって余裕なのだ。匂いに誘われても、酔っていても、自分を止められる。その程度の戯れでしかない。

もちろんその程度を超えてもらっても困るのだけど、なんだか釈然《しゃくぜん》としない。

とりあえず、もぞもぞとパンツとスウェットを引き上げる。それでもこんな状態では眠れないと思っていたのだが、目を閉じればすぐに意識が途切れた。


目が覚めると、目の前に褐色の壁。

「おはよう、喜祥」

上半身裸で片肘を立ててこちらを見下ろしている男。乱れた髪も、気怠《けだる》げな微笑みもセクシーで、まるで情事の翌朝のような気分にさせられるのが不快だった。

「ひどい顔だ。寝ている時は百合の花のようだったのに」

喜祥の表情はさらに険しくなった。

「百合百合ってうるせえんだよ」

「私は白百合が好きなんだ。崖《がけ》っぷちに一輪《いちりん》、凛《りん》と咲いている姿が……」

「違うだろ、牝の匂いが百合の匂いだから好きなんだろ」

「牝の匂いは、人によって感じ方が違う。私の従者は、鳥を蒸し焼きにした時の匂いがすると言っていた」

「百合よりそっちの方がマシな気がする……」

「鼻ではどう感じても、下半身を直撃するということは同じだ」

腕が絡みついてこようとするのを避けて立ち上がる。

「甘い空気出そうとすんな。なに我が物顔でここに寝てるんだよ。さっさと出ていけ」

起き上がろうとしないラシードに、襖を指さして退出を命じる。

「きっちゃん冷たーい」

「ひどーい」

可愛い非難《ひなん》の声と共に襖が開いて、姪っ子二人が顔を出した。

「な、なんだよ、おまえら……」

「きっちゃんを起こしてこいって言われたの。そしたら出ていけって。ひどい！」

「は？　こいつが酔っ払って入ってきて勝手に寝たんだ。当然の主張だろ」

「いいじゃない、寝かせてあげても。友達でしょ。きっちゃん、心狭い」

「ありがとう、優しいレディーたち。でも喜祥を責めないでやって」

ラシードは布団の上から十歳女児に微笑みかけた。それを見て頬を染める二人。

「おまえら、みんな出ていけ！」

「あ、きっちゃん、もう遅刻だよーってお母さんが言ってた」

姪っ子たちは喜祥の大声などまったく気にせず言った。時計を見て喜祥は青くなる。

「それを先に言え」

文句を言えば、ツーンとそっぽを向かれる。

「ラーちゃん、朝ご飯できてるよ、一緒に食べよ」

ラシードは二人に腕を引かれて出ていった。取り残されて悲しくなりかけ、それどころじゃないと支度《したく》を始める。顔を洗い、髪を撫でつけ、スーツに着替えると、居間で平和に朝食をとる家族たちの横をバタバタと走り抜けた。

　しかし、玄関を出たところで、足が止まる。

「送ってやろう」

　ブラウンの革ジャンにジーンズを穿いた長い足。大きなアメリカンタイプのバイクに跨がったラシードが、ヘルメットを放り投げてきた。

「お、おまえいつの間にバイクなんか……」

「自由に動き回れる足が欲しくて買った。免許もあるぞ」

「酒、残ってないのか？」

「酒なんてほとんど飲んでない」

「は？　じゃあ昨日は酔っ払ってたわけじゃ……」

「乗るのか？　乗らないのか？　遅刻してもいいのならかまわないが」

　今から駅まで走っても、いつもの電車には乗れない。するとものすごく乗り継ぎに時間がかかり、遅刻は免《まぬが》れない。車でも微妙だが、バイクなら……。

「乗る」

　背に腹は代えられない。今朝は会議がある。遅刻はまずい。

　ヘルメットを被りながら、そもそもおまえのせいだと怒りが湧いてきたが、文句を言う時間も惜しい。

会社までは電車をスムーズに乗り継いでも一時間ちょい。ラシードは慣れない日本の道のはずなのに、滑らかに走って四十五分で辿《たど》り着いた。

「ありがとう、助かった」

礼を言ってラシードにヘルメットを渡し、高層ビルの中へと駆け込んだ。

勤めているのは総合商社。一流の末端くらいに位置している。

エレベーターに乗り込んで、なんとか始業時間に間に合ったと、ホッと息をつく。

「加鳥くん、おはよう。今のバイクの人、誰？　お友達？　それともダーリン？」

近づいてきたのは同じ営業三課の先輩女性。いつも気さくに話しかけてきて、歯に衣着《きぬき》せぬ言葉で男の自尊心を破壊する人だ。なかなかの美人で仕事もできるが、三十代半ばで未婚。なぜ結婚できないのかしら、が口癖《くちぐせ》だが、周囲の男はみな答えを口に出せない。

「おはようございます、高橋《たかはし》さん。ダーリンってなんですか。あれはうちに居候《いそうろう》している外国人です」

正面にバイクをつけたので、注目されているのは感じた。特に女性の視線を。ラシードはどこにいても、半キャップのヘルメットを被っていてさえよく目立つ。

「絵になってたのよ。ハリウッド俳優かって感じの彼と、バイクと加鳥くんのセットが」

「確かにあいつは格好いいけど、変態ですよ」

「ええ、変態なのぉ!?」

「なんで嬉しそうなんですか……」

女心がわからない。いやこれは女心なのか？

「だって、美形の外人が変態だなんて、しかも加鳥くんと仲がいいなんて、面白そう」

「俺はなんにも面白くないです。仲よくもないし」

「仲よくないのに送ってくれたの？　いい奴じゃん」

「まあ、そうなんですけど……」

「ねえねえ、合コンしよ。彼を誘ってよ」

「は？　いや、それは……」

まったく乗り気になれなかった。高橋やラシードがどうこうという前に、合コンというものが苦手なのだ。ただの飲み会ならよいのだが。

「加鳥くんって、きれいな顔してるのに、ノリ悪いよね」

「きれいな顔とノリって関係あります？」

あえてきれいな顔は否定しなかった。二十五年も生きていれば、自分の外見の客観的評価くらいはわかるようになる。

「その顔なら失敗を恐れず、もっと軽ーいノリで女と遊べるでしょ」

「それは偏見《へんけん》です。俺は遊びで女性と付き合ったことはありません」

「いわゆる草食ってやつ？」

「そうじゃなくて、好きでもない女の人の相手をするのが面倒なんです」

「その面倒を押してでも肉欲を満たそうとするのが肉食なのよ」

「……じゃあ、草食で」

あっさり翻《ひるがえ》す。そこにこだわりはない。性欲は普通にあるつもりだが、誰でもいいなどと思ったことはない。なのにラシードに流されてしまった。不覚。

「加鳥くんって掴み所ないわよね。頑固かと思えば素直で、熱いかと思えば冷めてたり」

「そうですか？　自分ではわりとわかりやすいと思ってたんですけど」

家族にはそう言われるのだが。

「たぶん、自分の中での線引きははっきりしてるけど、それがどこか周りにはわかりにくいのよ。譲れない信念《しんねん》があるっぽいけど、この仕事は不本意でも譲らなくちゃならないこと多いし、あんまり向いてないんじゃないかって、ちょっと心配なのよね……」

「……大丈夫です、頑張ります」

「ごめん、ごめん、余計なこと言ったわ。うん、頑張って。まだまだこれからだもん」

高橋は励ますように背中をポンポンと叩いて、ドアが開くとすぐにいなくなった。

商社の営業はみんな早足だ。とにかく忙しい。いくつも仕事をこなさなくてはならない。

喜祥は入社して三年。これからと言えばそうなのだが、すでに実績を上げている同期も多く、取り残された気分だった。

喜祥が行きたかったのは、商社の花形国際営業部。出世コースと言われるここに一年目で配属された同期から、「女なら顔で受注が取れたかもしれないけど、男じゃ顔がよくてもなあ。残念だったな」と露骨《ろこつ》に嘲られて、掴みかかってしまったこともあった。

聞き流せることと、そうでないことがある。自分の顔だけでなく、女性営業マンをも馬鹿にした言葉にカチンと来たのだ。

譲れない信念はあるかもしれない。柔軟性に欠けることも、すぐ感情的になることも営業マン向きではないだろう。それでも、自分で選んだ仕事だ。やれるところまでやりたい。今の自分にできるのは、目の前の仕事をひとつずつこなしていくこと、それだけだ。

朝一番の仕事は、課内の営業会議。会議室には営業先に直行している者を除いた五人がテーブルを囲んでいた。

冒頭《ぼうとう》に課長から、新規の取引案件についての話があった。あまり聞いたのとのない製糸メーカーだったが、予想市場規模は大きかった。もちろん、うまくいけば、の話だが。

売りたい会社と買いたい会社の間に立ち、うまく調整サポートするのが商社の仕事。

今回は、製糸メーカーが出す新商品の、需要《じゅよう》を掘り起こすところから始め、それを買いたいという会社を探し、売り込むのだが、まずはその仕事をするための契約を勝ち取らなくてはならない。

「競合《きょうごう》が他に三社あるらしい。繊維関係は専門商社が強いから、取るのはなかなか難しいかもしれないが、今後発展する可能性の大きい分野だ。なぜうちに話が来たのかよくわからないが……これは加鳥にやってもらう。やる気はあるか？」

課長に突然指名され、喜祥はハッと顔を上げた。

「え、俺ですか⁉　あ、はい、やります、やらせてください！」

大きな声で返事すると、上司先輩一同が苦笑した。

「意気込みは満点だな……」

喜祥は課内ではまだ一番の下っ端で、必要書類の作成など、先輩のフォローが主な仕事だった。こんな大きな仕事をメインで任されるのは初めてだ。あまり期待されていないのは感じるが、だからこそ成功させて見返したい。

会議が終わり、課員一同に「頑張れよ」と声をかけられる。

「はい、頑張ります！」

頑張れば報われるというわけではないが、頑張らなくては始まらない。気合いを入れて、資料に目を通す。専門的な用語が多く、かなり勉強が必要そうだった。競合他社はこういう分野に詳しいはず。知識は蓄《たくわ》えただけ武器になる。

まずは腹ごしらえとビルの外に出たところで、

「お、加鳥じゃん。久しぶり。階が違うと会わないものだな。国内は……五階だっけ？」

上がったテンションが、だだ下がりする男と遭遇《そうぐう》する。以前揉《も》めた同期の内藤《ないとう》だ。

内藤の所属する国際営業部は十七階にあって、まるで高層マンションの高層階に住んで低層階の住人を見下す成金《なりきん》のごとき価値観で、下の階の部署を見下す。同じ会社だというのに。話しても不《ふ》毛《もう》なので、無視して通り過ぎる。

「おーい、無視かよ。飯食いに行くんだろ？　一緒に行こうぜ」

なぜか内藤は追いすがってくる。隣には若い女性社員が二人。

「なんでわざわざ飯のまずくなる奴と一緒に行かなくちゃならないんだ」

「そう突っかかるなよ。負け犬みたいだぞ？」

「ほざいてろ。俺はてめえみたいな小者、相手にしないんだよ」

「俺が小者？　少なくともおまえより大きいつもりだが」

そう言って顎を上げる。身長は内藤が数センチ高いが、そういう意味じゃないことはわかった上でやっているのだ。嫌な奴だが、上司に媚《こ》びたり取引先に取り入ったりするのはうまくて、営業マンとしては上なのかもしれないと思うと余計に腹が立つ。

「阿呆《あほ》に付き合ってる暇はない」

「待てよ。彼女たちがおまえと食事したいんだって。おまえ顔だけはいいからな」

そう言われて女性たちに目を向ける。曖昧《あいまい》な笑みを浮かべている二人に見覚えはない。

喜祥が断ることはわかっているのだ。誘うのは嫌がらせ。そして断った喜祥のことを度量の小さい男だと女性に吹き込む。だからといって一緒に行っても、口では勝てない。

「喜祥？　ちょうどよかった、一緒にランチしよう」

モヤモヤしていると横から声がかけられ、近づいてきた大きな男に肩を抱かれる。見て確かめるまでもない存在感。昼の日差しの下《もと》、輝く金の髪と褐色の肌の異国人。

その姿を見た女性二人はポカンとし、内藤が珍《めずら》しく怯《ひる》んだ。

立っているだけで注目を集め、人に敗北感を与える男。しかし本人は、周囲の注目などそよ風ほどにも感じていない。

「なんでおまえと飯になんか……」

内藤とはまた違う意味で嫌だ。

「お礼はするものじゃないか?」

朝のお礼を早速回収されるらしい。しかし昼飯を奢《おご》るくらいで済むのならありがたい。

「わかった」

「では行こう」

「あ、あの、ご一緒しちゃダメですか⁉　もちろんお邪魔《じゃま》でなければ、ですけど……」

二人の女性はラシードに熱い眼差しを向けて誘った。最後に謙虚《けんきょ》さを付け加えたが、己の容姿への自信がにじんでいる。日本の美女との食事、嬉しいでしょ?　という感じだ。

「喜祥がいいなら、私はかまわないけど?」

「うーん……」

ラシードと内藤とよく知らぬ女性に囲まれての食事は、できれば遠慮したい。

「あの、私たちだけならどうです?　内藤さんはまた今度ってことで」

内藤との険悪《けんあく》なやり取りを見ていた女性たちは、断られる気配を察知したのか、即座《そくざ》に内藤を切り捨てた。ラシードと食事をするために。

苦虫を噛みつぶしたような顔になった内藤はいい気味だったが、少しばかり同情する。とはいえ、女性たちの勢いに逆らってまで救済する気にはなれなかった。

「じゃあ、まあ、いいけど……」

「わーい、行きましょう、行きましょう」

「なにがお好きですか？　和食のおいしいお店もありますよ？」

女性二人はラシードの両側に陣取《じんど》り、にこやかに誘導する。喜祥とて自分がラシードのおまけだということは承知している。それでもラシードと二人きりよりはマシだ。

「加鳥、あれは何者だ？」

切り捨てられたわりに内藤は冷静だった。負けた相手がラシードだからかもしれない。

「あれは……ただの旅行者だ」

この上無視するのも気の毒かと、一応答えてやった。

そこにラシードが戻ってきて、喜祥の肩を抱き、また歩き出す。

「なんだよ、離せよ、暑苦しい」

「あの男となにを話してた？」

こちらの言い分を無視して問いかけてくる。

「別に。それよりおまえ、まだこんなところにいたのか。午前中はなにをしてたんだ？」

「いろいろだ。私は日本のいろんなことに興味がある」

「あ、私でよければお教えしますよ、日本のこと」

会話に入りたくて仕方ないといった感じの二人は、なんでも訊いてくださいと、ラシードに詰め寄った。それを見て、少し嫌な予感がした。

「そう？　じゃあ訊くけど、きみらは神宮《じんぐう》に行ったことがある？」

「神宮？　え、なに神宮ですか？」

「神宮といったら、神宮だよ」

「あ、えーと、日本にはいろんな神宮があって、このあたりだったら明治神宮とか……」

黒髪の女性が訳知り顔で説明を始める。もうひとりはこういう話題は苦手らしく曖昧に微笑んでいる。たぶんその方が無難《ぶなん》だ。

「明治神宮なら明治神宮と言うよ。日本でただ神宮と言う場合は、あそこでしょ？」

ラシードの言葉に女性たちは顔を見合わせる。嫌な予感は的中《てきちゅう》した。ラシードに日本のことを教えてやれる日本人はあまり多くないだろう。

「お伊勢《いせ》さんのことだよ。伊勢神宮」

喜祥は助け船を出した。

「これくらいは常識かと思ったんだけど」

知識を試したのだろうか。だとしたらなかなかに意地が悪い。

「日本人はあまりそういうことを意識してないんだよ。俺は神社関係者だから知ってるだけで。おまえが日本オタク過ぎるんだ」

「そうだね。でも、日本の若い人はもっと自分の国のことを知った方がいい、外国人が調べてわかる程度のことさえ知らないのに、いったいなにを教えてくれるつもりなんだい？　その点、喜祥の近所のお年寄りは、知識も経験も豊富で話すのが楽しいよ」

笑顔でさらなる毒を放った。話し相手として老人以下だと言われた二人は、顔を引きつらせている。

彼女たちの得意分野であろう、お勧《すす》めのお洒落《しゃれ》な和食料理店でも、挽回《ばんかい》はならなかった。器は洒落ていたが、肝心《かんじん》の料理が大味《おおあじ》で、「チェーン店の定食の方が美味《おい》しい」とラシードに言われる始末。彼女たちがラシードを食事に誘うことは二度とないだろう。

「おまえ……実は女嫌いとか？」

女性たちと別れてから、終始《しゅうし》刺々《とげとげ》しかったラシードに訊いてみた。

「そんなことはない。女も牝も好きだし大事にする。しかし彼女たちは喜祥を怒らせていた男の連れだ。その男を容易《たやす》く切り捨てて他の男に媚を売る。ああいうのは嫌いだ」

「なるほど……。え、おまえどこから見てたんだ？　俺が怒ってたってなぜわかった？」

確かに内藤にはかなりムカついていたが、会社の前なので抑えていたつもりだ。

「匂いがした。おまえの危機だと駆けつけた。自分の牝は救わなくてはならない」

なぜか鼻高々《はなたかだか》に言われる。いろいろ突っ込みたいが、まずひとつ。

「怒ってても匂うのか？」

「感情が高ぶると匂う。私くらいになると感情の嗅ぎ分けまでできる」

やっぱり得意げだ。

「俺には全然匂わないぞ」

「おまえは獅子の血が薄いし、自分の匂いはわかりづらい。私の匂いは……まだおまえの傍ではそれほど感情を高ぶらせていないから匂わないのだろう」

「高ぶらせてない？」

「そうだ。私を興奮させてみろ。芳しい匂いがするはずだ」

「そんなの嗅ぎたくねえし。そもそも俺はおまえの牝じゃない！」

怒鳴りつけて、ラシードをその場に置き去りに、会社へと戻った。

今もきっとプンプン匂っているに違いない。怒りの匂いが。

昨夜、人にあんなことをしておきながら、まったく興奮していなかったというのか。冷静に観察されていただけなんて、あまりに惨めすぎる。我慢してくれたのかと思ったのに、したくなかっただけなんて……。

ラシードの言う「自分の牝」とは、「獅子族の子を産める個体」のことで、大事にするのは、子を産む身体だから。外敵から護るのは牡の務め。

しかし、喜祥にとっては人間の男であることがすべてだ。牝として大事にされてもなにも嬉しくない。

子作りなんて、その行為が多少気持ちよくても……思い出しただけで腰が砕けそうな快感であっても、断固拒否する。

あの男から、お願いだから抱かせてくださいと跪《ひざまず》かせてやるのだ。

決意と共に拳を握り、ふと我に返る。その気になられて困るのは自分だ。力では敵わないのだから。冷静でいてもらおう。子を産まないならいらない、品のない白百合に用はない、と言われるのがベスト。怒る必要などなにもなかった。

カリカリしていたのを深呼吸でリセットし、仕事に戻った。

夜遅くまで資料を読み込んでいたが、翌日はちゃんと起きて、いつもの時間、いつものルートで会社に向かった。

三年間、無遅刻で無断欠勤もない。今のところ真面目なだけが取り柄だが、自分が無能だとは思っていない。やればできる、はず。

初めて大きな仕事を任され、意気揚々《いきようよう》と出社したのに……。

「えー、まあなんというか、特例の体験入社ということで、うちの課にやって来たラシード・シンラーンくんだ。加島、知り合いなんだろ？　おまえがお世話してやって」

スーツを着たラシードが課長の横に立っていた。わけがわからない。

たぶん課内の誰もが同じ気持ちだろう。そんな体験入社など聞いたこともない。

「ラシード・シンラーンです。アラブの小国、シンラー王国から来ました。日本の商社の仕事を勉強したくて、偉い人に無理言ってねじ込みました。大きい外国人が目障《めざわ》りだと思いますが、喜祥以外には迷惑おかけしませんので、少しだけお邪魔させてください」

立派な体躯《たいく》の美形外国人が、日本語で挨拶をした。それだけで好感度は跳ね上がる。ユーモアさえ感じさせる自己紹介に、場の空気が緩んだ。

挨拶が交わされ、みんなすぐに自分の仕事へと戻っていく。珍しいからといって、いつまでもかまっていられるほど暇じゃないのだ。

「おまえ、どういうつもりだ……」

ラシードを部屋の隅へと引っ張っていって凄む。しかしラシードに悪びれる様子はない。

「今言った通りだ。日本の会社を知り、仕事を知り、喜祥のことも知れる。一石三鳥」

「俺のことが知りたいなんて、本当は思ってもいないくせに」

ラシードが知りたいのは、どうすればこの牝を落とせるかということであって、加島喜祥という人間を知りたいわけではない。

「ん？ 知りたいぞ。私の牝のことだからな。なにを怒ってる？」

根本的な価値観の相違《そうい》。話してもわかり合えそうにない。怒ってもしょうがない。

「おまえ、どんなコネがあるんだ？」

「コネ？」

「誰に無理を言ったのかって訊いてんの」

「ああ。社長か会長か、そのへんの偉い人だ」

「そのへんって……役職もよくわかってない相手に頼んだのかよ!? そんなに偉いのか、アラブの王子様は」

「偉くはない。だが、利権《りけん》というやつが絡むと、無理もすんなり通るようになる」

「なるほど。オイルマネーをちらつかせたわけか……。おまえ、まさか個人で油田を持ってるのか？」

「油田はすべて国のものだ。ただ取引に口を出す権限が少しはある。目的のために使えるものを使ったまで。日本人は信じやすくて楽だ」

「おまえまさか、騙したんじゃないだろうな!?」

「騙してなどいない。私は自己紹介をして、頼み事をしただけだ」

「……やっぱ胡散臭《うさんくさ》いな、おまえ」

「私の素性は会社上層部のお墨付《すみつ》きだぞ？　まさか裏付けも取らずにホイホイ騙されるほど愚《おろ》かではあるまい？」

「それはもちろんそうだけど……。しょうがない、俺はしがないサラリーマンだ。上司の命令には従う。でも、こき使うぞ。おまえ、コピー機は使えるか？」

オイルマネーで上司を振り回す王子様をコピー取りに使う。なかなか気分がいい。喜祥はずっと課の一番下っ端だったので、調子に乗って雑務《ざつむ》を頼みまくった。

しかしラシードはなにをやらせても手際《てぎわ》がよく完璧で、だんだん悔しくなってきた。

「なんでそんなに手際がいいんだ。おまえの国は、王子も雑務をこなすのか？」

「そんなわけない。なにごとも要領《ようりょう》だ。そう……おまえの教え方がいいんじゃないか」

そう言われた瞬間、口元がフッと緩み、慌てて引き結ぶ。

「ど、どうせお世辞《せじ》だろっ」

「そうだな」

あっさり同意されて口をへの字に曲げると、ラシードがプッと噴き出した。

「おまえは本当にわかりやすいな」

笑うラシードに、しばし見惚《みほ》れてしまう。そういえば歳下だった……と思い出す。

普段のラシードは、年齢に合わぬ達観《たっかん》したような無表情。偉そうな上から目線。それが笑っただけで急に年相応になって、なぜか男前度まで増した。

しかし笑われているのは自分だ。見惚れたのも悔しくて、無言で仕事に戻る。

「私はお世辞など言わない。おまえの説明は端的《たんてき》でわかりやすかった。教師とかそういう仕事の方が向いているんじゃないか？」

「それは暗に、俺にはこの仕事が向いてないと言ってるのか？」

「ひねくれるな。おまえの営業としての実力はまだ見ていない。まあなんとなく想像はつくが……」

期待してない、と顔に書いてある。

新規の営業先にラシードを同行させたのは、実力を見せつけて、見返してやろうと思ったからだ。見返せる自信があった。

資料は暗記するほど読み込んだし、商品や相手先の会社についての勉強もした。万全の準備で、最初の顔合わせに臨《のぞ》む。

喜祥は知らなかったが、その繊維会社は創業から百年近い老舗《しにせ》のメーカーだった。戦後は工業用の糸を主に作ってきたが、経営状態は悪化。若い新社長に代わって、新たな繊維の開発に乗り出し、五年かけて完成させたのが、今回の商品だ。

吸水性がなく、抗菌性《こうきんせい》が高い、極細の繊維。織り方によって多用途に使える。これを商社の力でいろんな方面に売り込みたいのだ。

「いやー、驚きました。こんな若くてすごいイケメンがお二人も。芸能事務所の面接官になった気分ですよ。もちろん二人とも即合格です」

そう言ったのは新社長。まだ四十代前半の小柄で神経質そうな男性だ。笑顔の裏に不満が透けて見える。その隣で微笑んでいるのは営業の担当者。三十代半ばくらいだろうか。

「すみません、こんな若造《わかぞう》が来て気分を害されたかもしれませんが、誠心誠意《せいしんせいい》お力になれるよう頑張りますので、どうぞよろしくお願いいたします」

自分が年齢以上に頼りなく見え、相手が軽んじられたと思うことは予想できた。本当は最初だけ課長が同行する予定だったが、急な出張で来られなくなったのだ。しかしそんな事情を正直に説明すれば、それこそ自分のところが蔑《ないがし》ろにされたと思うだろう。

これからの自分の仕事ぶりで、憂《うれ》いや不満を払い、契約を勝ち取らなくてはならない。ゼロからというより、マイナスからのスタートだ。

「で、そちらの方は？」

「失礼しました、こちらは……」

「こんにちは。私はラシード・シンラーンと申します。日本の商社の仕事を勉強しています。非常に将来性のある会社に出向くと聞いたので、ぜひ勉強させてほしいと付いてきました。お邪魔なら外に出ています」

ちょっと片言なのは、勉強中の外国人らしさを演出しているのか。

「そうですか。いえ、どうぞ。まだ顔合わせですし、大した勉強にはならないと思いますが。我が社に将来性があるなんて、そんなこと言われたのはいつ以来だろう……」

社長は遠い目をして涙ぐんだ。どうやら将来性という言葉に感激したらしい。ラシードにそんなことを言った記憶のない喜祥としては複雑な気持ちだった。

顔合わせ後は、新商品の特徴、どういう売り方をしたいのか、販路《はんろ》についての要望などを話した。話が盛り上がったのは、主にラシードのおかげだった。

口がうまい。相手の自尊心をくすぐるのがうまい。本音を吐き出させるのがうまい。

「おまえって、なんなの……」

帰る頃にはすっかり社長はラシードのファンになっていて、また来てくださいと彼を見て言うほどだった。担当者が喜祥に気の毒そうな笑みを向けてきたのは、同情だろう。

「まあ、血じゃないか？」

「獅子族って営業もうまいのか？」

「そっちじゃない。アラブ商人の血だ。その昔、資源に乏《とぼ》しかったアラビア半島は交易《こうえき》と盗賊で成り立っていた。商売に無駄《むだ》な話はない。雑談《ざつだん》で相手を気分よくさせてから取引に入る。交渉には時間をかけ、金銭的にはシビアに、己の要求を通す」

「日本でいうところの浪速《なにわ》の商人、かな。おまえは、金に細かいのは品がないとか言うタイプかと思った」

「我らが金持ちになったのは石油が出て以降、わりと最近のことだ。あの乾いたなにもない地で生き延びるには、一円でも多く相手からむしり取るという気概《きがい》が必要だ」

「なるほど。商取引も生きるための戦いだったということか……」

そういう考え方をしたことはなかった。この取引が成立しなければ命を失うなんて危機に瀕したことはない。また次があると無意識に思っている。

「今はそうする必要もないが、ＤＮＡに刻まれているのだろう」

「それに比べると確かに日本人は甘いんだろうな。でも今回は取引相手も日本人だし、誠意を尽くして信頼を勝ち取る」

「誠意？　まあ信頼は重要だな。頑張れ」

明らかな上から目線。しかもできる男。部下には欲しくない。

翌日、先方《せんぽう》から出た要望を元に、部内で会議して売り方の方針を定めた。他部署の力も借り、用途、販路を選定。先方に提案する内容を煮詰めていった。

並行して喜祥は先方の担当者と会い、距離を近づける努力をする。

二回目からは社長は出てこず、担当者の佐島《さじま》と話をすることになった。ラシードの助言に従ったわけではないが、世間話で打ち解けようとしてみた。しかし逆に相手の心が閉じていくのがわかって、挽回しようと焦るほど空回りする。

「加鳥さん……私と個人的に意思の疎通《そつう》を図《はか》りたいのであれば、業務時間外でお願いできますか？」

これは接待を持ちかけられたと取るべきだろう。商社の営業マンに接待はつきもの。それで仕事を取るのは古いと言われても、有効な手段であることは間違いない。

「あ、はい、ぜひ」

喜祥は笑顔で答えたが、まったく気は進まない。

「私もご一緒していいですか？」

ラシードが申し出ると、佐島は「もちろん」と笑みを浮かべた。佐島もやっぱりラシードのことは気に入っているようだ。顔がいい上に口もうまければ、好かれるのは当然か。

ラシードは取引相手には冗談みたいに愛想がいい。

しかし喜祥には愛想がない。会社に帰りつくと、誰もいないフロアで体験入社の外国人に説教されてしまう。

「おまえは馬鹿正直すぎる。誠意を見せているつもりなのかもしれないが、足元を見られるだけだ。下手なお世辞も逆効果だからやめておけ。要は駆け引きだ。有利に事を進めるためには嘘も必要だ」

「……俺は、嘘はつきたくない」

自分が子供みたいなことを言っている自覚はある。小さな嘘も、その後に大きな利益をもたらすのなら、先方だって大目に見てくれる。理解していても嘘は嫌なのだ。

「嘘も方便《ほうべん》というだろう。私は間違わない。言う通りにすればうまくいく」

「はあ？　何様だよ。おまえんとこの国民はおまえの言う通りにするのかもしれないけど、俺はおまえを信じてない。絶対間違わない人間なんてこの世にいない！」

「私をその辺の人間と一緒にするな」

「獅子族様は間違わないとでも？　ライオンなんてめっちゃ狩り失敗するだろ！」

「ライオンと一緒にするな」

「神に愛された高尚《こうしょう》な民族かなんか知らないけど、間違わないなんてありえないんだよ。俺は間違ってばっかりだけど、俺のやり方でやる」

「私は間違わない。間違ってはならないんだ」

　今度はラシードが子供のようにがんぜなく言い張る。どこか思い詰めたような瞳。いつも余裕のラシードらしからぬ様子は気に掛かったが、反論せずにいられなかった。

「なんだよ、それ。自分に暗示《あんじ》かけてるのか？　やめとけ。間違ってるかどうかなんて取り方次第《しだい》だし、死ぬ時まで結果がわからないってこともある。そもそも……間違ったらリカバリーすればいいんだ。リカバリー力こそが人間力なんだから」

「人間力……」

「そうだよ。人間は間違えるものだから、どうリカバリーするかが重要なんだ。雨降って地固まるとか、災い転じて福となすとかって言葉、おまえ知ってるんだろ？　おまえの好きな昔の日本人も、間違えたってうまくリカバリーできれば前よりよくなるって言ってる。勝負は間違えてから、なんだよ」

　人生で一度も間違わないなんて、そんな奴はいるはずがない。なぜそんなふうに思うのか、思いたいのかもわからない。

　喜祥はなにを言われても言い負かす気満々で身構えていたが、ラシードはじっと見つめてきて、いきなり抱きしめらた。

驚いて開いた喜祥の唇をラシードの厚めの唇が塞ぐ。舌まで搦《から》められて、喜祥は焦ってラシードの胸を叩くが、ラシードは気が済むまで口内を蹂躙《じゅうりん》し続けた。

唇が離れた時には、喜祥は息も絶え絶えだったが、ラシードはただその様子を無表情に見ているだけ。そこから感情は読み取れない。

「おまえ……俺を馬鹿にしてんだろ！」

「してない。したくなっただけだ。急に……抱きしめたくなった」

「は？　したいからって、していいと思ってんのか⁉　犯罪だって言ってもおまえには通じねえんだよな。もういい、どけ！　ていうか、もう帰れ！」

頭の中は混乱していた。今の会話のどこに抱きしめたくなる要素があったというのか。間違わないなんて傲慢《ごうまん》なことを言い張るから、ぶっ壊そうとしただけだ。

まさか、うるさいから黙らせようとした、のか？　それもムカつくが、抱きしめたくなったなんて言い訳よりは納得できる。

喜祥は憤然とパソコンに向かって報告書を作りはじめた。

「一緒に帰る。待っている」

ラシードはそう言って、喜祥の後ろに椅子を引き寄せて座った。

ラシードがなにを考えているのかまったくわからない。おとなしく座っているだけなのに、背後から得体の知れないプレッシャーを感じ、追われるように仕事を終え、結局一緒に帰ることになった。

電車は終電に近い時刻。同じ車両の中には喜祥とラシードの他には三人だけだった。

窓を背にラシードと並んで座り、電車に揺られる。通路を挟んだ向かい側のシートには、隅っこで会社帰りらしい若い女性がひとり、ずっとスマートフォンをいじっている。残り二人はスーツ姿の男性。酔っているのか、疲れているのか、こちらからは顔が見えない体勢でぐっすり寝ているようだ。

暗い車窓に映っているのは、スーツ姿の大柄な金髪アラブ人と、標準的な日本の会社員。客観的に見れば不思議な組み合わせだ。

「喜祥……嘘をつかないのは、過去になにか悲しいことがあったからか？」

ラシードは唐突にそんなことを訊いてきた。

「は？　なんでそんなこと……。まさか匂いがした、とか？」

「そうだ。おまえが嘘はつかないと言った時、ひどく乾いた匂いがした」

「へえ、悲しいって、湿っぽい匂いじゃないんだ……」

匂いでわかるというのは信じがたいが、今までのところ合っている。

でも、話してやるつもりはなかった。思い出しただけで胸がモヤモヤする。

「喜祥」

肩を抱かれ、髪にキスされた。まったく淀《よど》みのない慣れた動作に、一瞬反応が遅れた。

「な、なんだおまえ、なにしてんだよ⁉」

焦って大きな身体を押し、注目を集めないように小声で怒鳴る。幸い若い女性も、寝ている男たちも、気づいた様子はない。

ラシードの身体は押しても動かず、手摺《てすり》のある端っこに座ってしまったので、自分から距離も置けない。

「嘘をついて人を死なせてしまった？　人を傷つけた？　それとも……親に怒られた？　……なるほど、人を傷つけて親に怒られたのか」

突然の尋問《じんもん》に、喜祥はポーカーフェイスを保ったつもりだったが、なぜか当てられる。

「なんでわかるんだよ、エスパー的な能力もあるのか!?」

「そんな力がなくてもわかる。おまえの瞼《まぶた》がピクッと動いた。傷つけた、の時に小さく。怒られた、の時に大きく。匂いとかいう以前に、おまえはいろいろわかりやすい」

近しい人間には昔からよくそう言われた。どうやら表情筋が勝手に動いているらしい。

「そうだよ。嘘をついて人を傷つけて、親にこっぴどく怒られた。その程度のことだ」

「おまえが親の言いつけを守るいい子だったとは意外だ」

「いい子じゃなかったけど……嘘をついたら周りから人がいなくなるって脅されて、それが怖かった。独りになるのが怖くて……」

子供の頃は、家族の誰にも似ていないことを揶揄《やゆ》されたり、女顔を馬鹿にされたりして、よく喧嘩していた。強がっていても心の中は不安でいっぱいで、親がかまってくれることを確認するために悪さしているようなところもあった。

嘘で人を傷つけても、後で「嘘だよー」と言えば許《ゆる》されると思っていた。嘘をつくと周りから人がいなくなるなんて、それこそ嘘だと思っていた。

　でも実際に大切な友達をひとり失った。謝っても許してもらえず、二度と話してくれなかった。悲しいという感情は、たぶんそれを思い出してしまうからだ。

『嘘をつくと、おまえの周りから人がいなくなっていく。終いには独りぼっちになるぞ』

　父のその言葉は効果覿面《こうかてきめん》で、それから喜祥は一切嘘をつかなくなった。躾としては成功だが、喜祥の心には今も、孤独への恐怖が抜けない棘《とげ》のように刺さっている。

「怖いのは、おまえに失いたくない人がたくさんいるからだ。私は孤独など怖くない」

「失いたくない人……いないのか？」

「特には」

　それはそれで悲しい。家族関係が希薄だとは前に聞いたが、王子の周りに人がいないということはないだろう。その中に失いたくない人がいないのは、ラシードが薄情だからなのか。環境が悪いからなのか。

「そっか……。でも嘘はつかない方がいいぞ。まあ、今は俺も、なにがなんでも嘘はダメって、ガチガチに思ってるわけじゃないけど……。おまえの『間違わない』ってのは、かなりガッチガチだよな」

「私が間違わないのは、親に怒られたから、などという理由ではないからな。次元《じげん》が違う」

「ああ、そうかよ。庶民と王子じゃそりゃ次元が違うよな」

「そういうことだ」

「少しは否定しろよ……。おまえさ、まさか国が嫌で逃げてきたとかじゃないよな？」

不意にそんな疑念が湧いた。思えば、アラブの王子様が供も連れずにこんなところにいるのはおかしい。いや、最初は二人いたが、それでも少ない。お忍び旅行ならこんなものか……くらいに、深く考えていなかったのだけど。

「逃げてきたなら、地位を利用するようなことはしない。ただの休暇だ。一ヶ月の」

「せっかくの休暇なら、なんかもっと楽しいことをしろよ」

「休暇だから自由に楽しいことをしている」

そう言ってラシードはニヤッと笑った。

「あ、そう。俺は迷惑だが、おまえが楽しいのならしょうがない」

いや、しょうがなくはないのだが、ラシードの楽しげな顔にホッとして、思わずそう言ってしまった。それまでの表情がひどく重苦しげだったたから。

「喜祥……おまえやっぱり、私の嫁になれ」

唐突にそんなことを言われ、眉を寄せる。ちょっと情けをかけるとすぐ調子に乗る。

「まだ言うか。ならないって言ってるだろ」

「親の言うことなら聞くか？」

「聞かねえよ。そもそも息子に嫁になれなんて言う親はいない」

「そうか？　そうでもない気がするんだが」

そう言われるとそんな気もしてくる。父は特に面白がりそうだ。母だって、息子が五人もいるのだから、一人くらい嫁に出してもいい、などと言いかねない。

基本的に、「神様に顔向けできない生き方でなければ可」なのだ、うちの親は。そして日本の神様は、とてもおおらかでセクシャルマイノリティにも寛容だ。

「お、親は関係ない。重要なのは俺の意思だ。俺は出世して社長になるんだ」

社長になって自慢の息子になる、という気持ちはもう薄い。でも大きい仕事はしたい。

「出世か……。社長に口添えしてやろうか？」

「したら殺す」

「言うと思った。私の喜祥への理解はかなり進んでいる。正確に」

「おまえに理解なんかされたくないんだよ。俺は寝る。駅に着いたら起こせ」

わざと横柄《おうへい》に言い置いて、腕を組んで目を瞑る。寝るなんていうのは話を切り上げるための口実で、寝るつもりなどなかったのだが、いつの間にか眠りに吸い込まれていた。

☆

『警戒心が薄すぎる。あどけない寝顔……というより、アホ面だな、これは』

ラシードは己の右肩に目をやり、溜息をついた。

寝ると言って一分足らずで寝息を立てはじめ、手摺側にではなく、警戒している男の肩を枕に眠っている。

日本人は総じて平和ボケだが、とりわけ加鳥家の人々は警戒心が薄い。みんな人がよくておめでたい。喜祥が孤独を恐れるのは、愛に包まれて幸せに育ったからだろう。

孤独の中で育った自分とは違う。

しかし、最初に喜祥に惹かれたのは、孤独を滲ませる笛の音だった。凛と美しい音色に白百合を連想し、その後に百合の香を嗅ぎ、白装束を着た喜祥を見つけた。

まさに理想、と思ったのだが……口が半開きの緩みきった寝顔を見て苦笑する。

思春期の頃、テレビで偶然に見た一輪の白百合。険しい岸壁《がんぺき》に強い海風を受けながら、気高く凛と咲いていた。その美しい孤独に魅せられた。

白百合が咲いていた日本という小さな島国のことを調べはじめ、文化や歴史を知るほどにのめり込み、どうしてもこの目で見たいと、かなり強引に国を出てきた。

そのために嘘もついたが罪悪感はない。そうしないと出られなかった。人を失うことなど恐るるに足らず。失って惜しい人など思いつかない。

しかし今、この肩にかかる重みを失いたくないと思っている。このアホ面を護りたい。この感情はいったいなんなのか。

寝顔を見ていると、目が細くなって頬が緩むのは、あまりにも間抜けな寝顔に気が抜けてしまうから、という理由だけだろうか。

その時、小さなシャッター音がして、そちらに目を向ければ、同じ車両内で唯一の部外者である女性が、ハッとした顔でスマートフォンを下げた。

微笑みかけてみれば女性は頬を染め、視線を泳がせる。

写真を撮られるのはあまりよろしくない。が、目くじらを立てるほどのことでもない。消してもらうべきか……と思っていると、社内アナウンスが降りる駅名を告げた。

「喜祥、起きろ。着くぞ」

もう少しこのままでいたかったが、仕方ない。しかし喜祥はピクリともしない。

『おい、熟睡か……。ファリド、鞄を持ってこい』

ラシードは喜祥を抱えて立ち上がると、背後に向かって命令した。足を踏み出した時、またシャッター音がした。

「お嬢さん、無断で写真を撮るのははしたない行為ですよ。消してくださいね」

真っ直ぐに目を見て笑顔でお願いしてみると、女性はコクコクとうなずいた。

開いたドアからホームに降り、改札を抜ける。喜祥を抱えたまま。

後ろからついてくるスーツ姿の二人は、同じ車両でさっきまで寝ていた男たち。座面《ざめん》に放置された喜祥の鞄を手に、ラシードの背後に付き従う。

『ラシード様、写真の消去、確認しなくてよいのですか』

『かまわん』

写真が出回ればどういう事態になるかは予想できたが、それもまた面白い。

本国からついてきた従者はずっと、隠密《おんみつ》のようにつかず離れずラシードの護衛にあたっていた。

ラシードは『不要』と言ったのだが、『そうはまいりません』と言われ、喜祥たちには気づかれぬようにと条件をつけて渋々《しぶしぶ》許した。

本国の者が知れば卒倒《そっとう》するだろう。護衛がたった二人、それも遠巻きに、なんて……。

『そちらのお荷物も運びます』

従者のひとりが手を伸ばし、その指先が喜祥に触れようとした瞬間、

『触るなっ』

自分の口から出た鋭い声にラシード自身驚いた。二人の従者も驚いた顔になる。

『余計なことはしなくていい』

『ラシード様……その者をかなりお気に入りのようで』

『私の牝だからな』

『それ以上の感情がおありでは……?』

『ない』

それ以上の感情……とは、いったいなんだ?

急に腕の中の身体を重く感じた。ならばさっさと従者に渡してしまえばいいのに、それができない。最初の時は、当然のようにそうして運ばせたのに……。

この二人は、従者の中では付き合いが長く気心も知れている方だ。だから選んだのだが、それも善し悪しだったか。自分が気づかない感情にまで気づかれる。

「んん……」

身じろぎした喜祥が肩口に顔を埋めた。その安心しきった子供のような仕草と表情に、身体が

カッと熱くなって思わず放り出しそうになった。

なんなのだ、この無防備さは。今後のために少し痛い目を見た方がいいのではないか。こんなのはダメだ。こんな、可愛いのは……。

『ラシード様?』

無表情で固まっているラシードに、従者たちが怪訝そうに声をかける。動揺は顔には出ていないはず。

『なんでもない』

これは荷物だ。そう自分に言い聞かせて歩き出せば、数歩で喜祥が目を覚ました。

目が合った瞬間、この世の終わりという顔になる。やはり喜祥はわかりやすくて面白い。

従者たちはラシードが命じる前にその場から消えた。

三

日の当たる草原の匂いがしたのだ。自然に呼吸が深くなって、いつの間にか眠りに落ちていた。なにか大きなものに包まれているような安心感に、眠りは深くなった。

しかし、目覚めると最低最悪の現実が待ちかまえていた。

深夜の駅前。外灯《がいとう》に照らされオレンジに光る金髪。くっきり陰影《いんえい》のある顔が、ありえない角度で自分を見下ろしていた。お姫様抱っこされているのだ、と気づいた瞬間、この世の終わりだと思った。青くなって赤くなって、ジタバタと暴れれば、その場に下ろされた。

地に足が着いてホッとしたところで、間髪容《かんはつい》れずに説教を喰らう。おまえは馬鹿かガキか、警戒心はないのかと、ラシードらしからぬ荒い口調で言われ、悔しかったがなにも言い返せなかった。警戒どころか、すっかり安心しきっていたのだ。

酔ってもいないのに、抱えられても起きないなんて……。自分でもまったく解《げ》せなくて落ち込んだ。

しかし、会社に行けば落ち込んでいる暇などなかった。

プレゼンの資料作りは佳境《かきょう》で、喜祥は調整に四苦八苦《しくはっく》し東奔西走《とうほんせいそう》。そして担当の佐島とは、接待でやっと少し打ち解けることができた。

「加島くんは誠実《せいじつ》だね。本当、それだけが取り柄だね。頑張ってるのはよくわかるよ」

そんなふうに言われて背中をバンバン叩かれた。

昨今《さっこん》の若者が嫌う「飲みニケーション」だが、やはり有効な手段ではあるのだ。互いのいろんなことがわかる。わかりたくなかったことまでわかる。

二度目の接待で、佐島がとんだセクハラ野郎であることが判明《はんめい》した。一度目の時も少し怪《あや》しかったのだが、気のせいだろうと思っていた。

しかし二度目は露骨だった。男は触っても許されると思っているらしい。

酔いが回るにつれ、喜祥への密着度が増し、肩を組み、ついには股間に手を伸ばしてきた。触れてゾッとして、とっさに手を押しのけた。すると佐島は突然切れて、

「男のくせに玉袋の小さい奴だな！」

と、スラックスの上から股間をムギュッと鷲掴《わしづか》みにした。

「ヒッ」

声が出てしまったのは、その指先がちょうど穴のところを押したから。ビクッと大げさなまでに反応した喜祥を見て、佐島は一転、嬉しそうな顔になった。

「おや？　感じちゃった？　加島くんは敏感なのかなー？　男の指でも感じちゃうんだ」

嬉々《きき》として佐島はまた触ろうとしたが、その手首を大きな手が掴んだ。

「佐島さん、そんな小さいのより、私のを触りますか？」

ラシードはそう言うと、佐島の手を自分の股間へと導いた。

「え？　お、おお、さすが外人さんは大きいねえ」

佐島は驚いた様子だったが、嬉しそうに触っている。正直ホッとした。ラシードは平然と触られているが、助けられたままでは情けない。

「佐島さん、飲みましょう。さあ」

酔いつぶすことしか思いつかず、酒を勧めまくった。幸い佐島はあまり酒に強い方ではなく、日付が変わる前にタクシーに乗せることができた。見送って安堵《あんど》の息をつく。

「喜祥、もう接待はしなくていい。あの契約は取れる」

ラシードはいつになく不機嫌を露にして言った。

「は？　なんで取れるなんてわかるんだよ？」

「態度とかいろいろ……見ていればわかる」

「まだプレゼンもしてないのに？」

「そうだ。あれは最初から全部採用するつもりだ。競わせて、案を出させ、最初に一社か二社を選び、生産のめどがついた頃に落とした案も採用するつもりだ。無駄な接待をしてあんな下衆《げす》を調子に乗せる必要はない。殴ったら取れる契約も取れなくなる」

「あのくらいで殴らないけど……さっき助けてくれたのは、ありがとな……」

ごにょごにょと礼を言う。あのままいろいろされていたら、手が出た可能性もないとは言い切れない。いや、たぶん殴っていた。

「あのくらい、ではない。私の牝に手を出した。しかも穴に触れた。許しがたい。私が殴るところだった」

「俺はおまえの牝じゃねえ。感謝して損した」

ラシードに背を向けて、歩き出す。もう電車はないので、タクシーが拾えるところまで。

「穴を押されて感じたよな？」

「か、感じてねえよ！　そもそもあんなところを開発したおまえが悪いんだろ。とにかく、これは俺の仕事だ。俺のやり方でやる。接待が嫌ならついてくるな。ていうか、会社にもう来るな。お伊勢さん行って赤福《あかふく》食べてこい。すげー美味《うま》いから」

「伊勢には行きたい。案内しろ」

「勝手にひとりで行け！」

怒っているのに怒りきれない。ラシードのペースに、つい巻き込まれてしまう。

「喜祥、もう私のものになれ」

「ならないっつってんだろ、しつこいな」

「他の男に触られるのは我慢ならない」

「あんなの触られたうちに入らねえし、おまえに怒る権利なんかねえし」

「権利はある」「ない」と言い合いながらタクシーを捕まえ、「おまえは私のもの」「ふざけんな」と言い合っているうちに家に到着した。

さっさと自室に引き上げ、すぐに風呂に入る。湯船《ゆぶね》に浸かったところで、なんの断りもなく全裸の大男が入ってきた。

「な、なに入ってきてんだよ、すぐ上がるから少し待ってろ！」

「広いのだから一緒に入ればいい。静かにしないとみんな起きるぞ？」

そんな脅しになぜこっちが屈《くっ》しなければならないのか。

父親自慢の檜風呂《ひのきぶろ》は、子供をまとめて入れられるようにとかなり大きい。大柄なラシードが入っても、大人がもうひとり入るくらいの余裕はある。残念なことに。

仕方なく湯船の隅っこに避難《ひなん》すれば、ラシードは喜祥の対角に入った。密着しないので、男風呂だと思えば別に不自然ではない。

「風呂はいいな。特にこの木の風呂桶《ふろおけ》がいい」

ラシードはご満悦《まんえつ》だ。アラブの王子と檜風呂。ミスマッチだが、なぜか絵になる。

「アラブに風呂はないのか？」

「あるが、こういう湯船はないな。蒸し風呂が一般的だ」

「ふーん……」

湯の上に出ている胸板の広さと厚み。自分が貧相《ひんそう》に感じるが、日本の成人男子としては平均的なはずだ。

「ホテルや宮殿には、特別に石造りの大きな湯船があったりするが」

「日本も普通の家の風呂はこんなに大きくないぞ。うちのは特別だ。昔は兄弟五人、全員で入ってた。すごく賑やかだった」

長兄は口うるさく、次男は早風呂で、三男は神経質、四男と五男ははしゃぎまくる。賑やかな風呂タイムは、大人になるにつれて一人減り、二人減り。今はだいたいひとりだ。

「寂しいのか？」

「別に。風呂はひとりでゆっくり入った方がいい」

「ふむ。喜祥は寂しがりなんだな。遠慮するな。私が四人分くらい相手してやる」

ラシードはそんなことを言って、身を乗り出してきた。ハッと逃げようとした喜祥の腰に腕が巻きつき、引っ張られ、

「う、わ、なに、てめえ」

バシャバシャンッと音がして、気づけば太い腕の中。背中から抱きしめられ、長い脚の間に身体が挟み込まれていて、身動きがとれない。そして手はさりげなく股間へ。

「な、なにしてんだよ、てめえは……離せっ」

風呂の縁《へり》に手をかけて、片手でラシードの胸を押し、逃れようとしたところで、目の前の引き戸がカラカラと開いた。

「喜祥兄、入ってるの？　え？　……えーと……。お邪魔しましたー」

戸がカラカラと閉まる。

「待て、五佳《いつか》！　いつ、か！　違うから、誤解だ、待て！」

慌てて弟の後を追えば、脱衣所で背の高い童顔が、難しい顔で立ち尽くしていた。ふざけていただけだと必死になって説明する。ラシードの手元は見えていなかったはずだ。

「五佳、一緒に入るか？」

焦る喜祥とは対照的な、のんびりした声が背後からかかり、弟は嬉しそうな顔になる。

「うん、入る」

そしてなぜか大の男三人で風呂に入ることになった。映画で見たローマ式の風呂の話などで盛り上がり、風呂から上がるとそれぞれの部屋に戻った。

喜祥は布団に入って天井《てんじょう》を見上げ、昔みたいでちょっと楽しかったな……と思う。

家族もずっと一緒にいられるわけではない。風呂に一緒に入らなくなった兄たちは、順に家を出ていった。長男は帰ってきたが、自分の家族を作っている。そういうものだ。

自分もいずれ、自分の家族を作る。想像してみようとしたが、女性の顔は浮かばず、ラシードの不遜《ふそん》な笑みが浮かんだ。

「邪魔すんじゃねえ」

ひとり呟いて目を閉じた。

四

『あー、あなたね、私のラシード様を惑《まど》わせてる牝男は！』

真っ昼間、会社のビル前の路上。街路樹《がいろじゅ》の下で美少女に絡まれた。黒いミニスカートをひらめかせ、殴りかからんばかりの勢いで近寄ってくる。その背後に黒いスーツの男。

「なんだ、おまえら。ラシードの知り合いか？」

女は早口で、喋っているのはたぶんアラビア語だ。ラシードの部分だけは聞き取れた。

ラシードは今日、なにか用事があると出社していない。

「ラシード様を呼び捨てにするな、無礼者《ぶれいもの》！　とサーラお嬢様は言っている」

女の言葉を男が淡々と通訳する。ラシードほどではないが、流暢な日本語だ。

男にサーラお嬢様と言われた女は、褐色の肌に艶やかな黒髪、勝ち気そうな目をしている。たぶんまだ十代後半。真っ赤なルージュがちょっと似合っていない。露出多めのワンピースなのに色気を感じないのは、言動のせいか、身体のラインのせいか。薄い胸のあたりを盗み見てしまい、罪悪感と共に、やっぱり自分は男なのだと安堵した。

「国に帰れば王子様でも、俺にとってはただの迷惑な旅行者だ。知り合いならさっさと連れて帰ってくれ」

喜祥の言葉を男が通訳し、それを聞いた女は顔を真っ赤にした。

『迷惑ですって！　調子に乗ってるんじゃないわよ。ラシード様は牝なら誰でも抱くの！　あんたが特別ってわけじゃないんだから。おあいにく様』

女はキーキー叫び、男は含み笑いでそれを通訳した。

「はあ!?　なんだそりゃ。俺は抱かれてなんかない！」

焦って言い返して、慌てて口を手で塞ぐ。女はどんなに大きな声を出しても、わかる人間はほぼいない。しかし自分の言葉はみんなにわかる。

周囲を見回せば、外国人の美少女と言い争う姿は注目を集めていた。中には同じ会社の人間もいるだろう。喜祥はラシードと行動を共にしているせいで、社内ではちょっとした有名人になっていた。

『嘘！　あなたからラシード様の匂いがするもの。これは自分のって匂いよ』

「はあ？　そんなの知るか。そもそもおまえら何者だ!?」

『私はサーラ。シンラー王国の貴族よ。ラシード様と結婚する予定なの。ガイム様のお墨付きなんだから』

女はそう言って、ない胸を張った。ガイムとはラシードの兄、第一王子のことだと通訳が説明を付け加えた。

「……へえ」

元々ラシードの「私の牝になれ」には、ハーレムの一員になれ、というニュアンスを感じていたから、騙されたとは思わない。ただほんの少し、胸の奥がモヤッとしただけ。

『なによ、なにか言いなさいよ、悔しくて声も出ないのかしら？』

勝ち誇ったように言われ、思わず鼻で笑ってしまう。

「じゃあさっさと連れて帰ってくれ。未来の旦那様を」

『つ、連れて帰るわよ、言われなくても。無礼な男ね！　これのどこが白百合なのかしら。私、調べたんだから。あなたなんてせいぜいドクダミよ』

「ははは、それは正しいな。でもあんたも、百合よりは薔薇《ばら》って感じだ」

華やかな顔立ちと刺々しいという意味において。

『え？　私が薔薇？　……ええ、まあそうね。あなた、目はいいようね』

ちょっと照れているようなのが単純で可愛い。

「もう少し胸があればな……。あ、訳さなくていいからっ」

思わず言ってしまって、慌てて通訳を止める。それでも男がなにか言おうとしたから、焦ってその口に手で蓋《ふた》をした。その手のひらを、ペロッと、舐められる。

「ヒャッ」

焦って手を引けば、男はニヤッと笑った。どうやらこいつも獅子族だ。そして変態だ。

黒髪、黒瞳、顎に髭。知的な顔立ちはストイックそうで、笑みも冷たい感じがするが、それは隣の女がヒステリックで熱苦しすぎるせいかもしれない。歳はたぶんラシードと同じくらい。身長も同じくらいありそうだが、もっと細身だ。

「ちょっとあなた、今なに言ったの⁉」

サーラは英語で直接喜祥に訊いてきた。

「なんだ、英語できるのか……」

「あなたができないと思ったのよ。ねえ、なに言ったの⁉　どうせ胸のことでしょ！　男はみんなそう。うんざりよ。でもいいの。ラシード様は胸の大きさなんて気にしないって言ったもの。優しい方なの。そもそもあんたなんて胸ないじゃない真っ平らじゃない」

「当たり前だ、男だからな。それと、あいつは優しいんじゃなくて、女の胸に興味がないただの変態だ」

「ラララ、ラシード様を変態ですって⁉　不敬罪《ふけいざい》よ。公開処刑だわ」

「そんな刑罰、日本にはない。俺は今仕事中なんだ。ラシードに用なら……ここに行け」

喜祥は名刺の裏に神社の住所を書いて男に渡した。ラシードが今なんの用事でどこにいるのか知らないが、神社で待っていれば会えるだろう。

「加鳥喜祥くん。ラシードはきみのことをかなり気に入っているらしいね」

男が喜祥に話しかけてきた。

「誰に聞いたんだ？　そんなこと」

「ちょっとした情報源があってね。危険な感じだと聞いて、付き添いに乗《じょう》じて見に来た」

「危険な感じ？」

「ラシードはきみのなにを気に入ったんだろう？」

見た目からはわからないとばかりにジロジロ見られる。

「俺が知るか。あいつは遊んでるだけだ。あと一週間もすれば帰るのに、焦って様子を見に来るなんて、過保護だな」

「過保護……ハハ、ラシードが聞いたらどんな顔をするかな」

二人は白い大きな車に乗り込んで去っていった。たぶんロールスロイス。あんな車で乗り付けられたら、家族はきっと大騒ぎだ。でも二人のことは歓迎するだろう。

誰も拒まない。そういう家族だから自分は孤独に呑まれることなく成長できた。

ラシードが現れてから、急に世界が広がった。アラブ人だとか真っ白な高級外車だとか……遠かった世界が身近になり、獅子族だとか牝だとか……想像もしなかった現実があることを知った。なによりラシード自身が、喜祥の平凡だった日常を掻き乱し、隠れていたもの、隠していたものを暴き出す。身体からも、心の奥の方からも……。

そしてなぜか仕事だけがいやに順調に進んでいた。

昼の佐島はごく普通の営業マンで、セクハラ野郎が顔を出すことはない。接待も、二度目はしつこく催促《さいそく》されたが、三度目の催促はまったくない。不気味なほどに。

そしてどうやら、ラシードの言っていたことは本当のようだった。

このプレゼンは一社選任《せんにん》ではなく、順番を決めるためのもの。そう思って資料を読めば、幅のある書き方がされていた。最初からそう言わないのは、競い合っていい案を出してほしいからだろう。

それがわかっても、自分のやることは変わらない。自社に利益を導き、よりよい技術を社会にもたらすために最善を尽くす。もちろん自分の出世のためにも。

しかし出世欲は、入社時をピークに下がり続けていた。絶対社長になる！　だったのが、部長くらいになれたらいいかな、海外勤務ができればいいかな、などと堅実《けんじつ》な目標に書き換えられていく。それは社会の現実が見えた結果であり、己が見えた結果だ。

今はただ目の前のやるべきことをコツコツ誠実にこなすだけ。

すると、嬉しい報せが飛び込んできた。今回いくつか設定した販路の中で、喜祥が一番力を入れていた介護用品のメーカーが、急に前向きな返答をしてきたのだ。ずっと乗り気でなかったのに、向こうから新しい案まで出してきた。

先方にいったいなにが起こったのかわからないが、これで万全の状態でプレゼンに臨むことができる。

あまりにもうまくいきすぎていて怖いくらいだ。この先になにかとてつもない落とし穴が待っているんじゃないかと思わずにいられない。

しかし自然に頬が緩む。この件を早くラシードに教えてやろうと帰途《きと》についた。

ラシードもこの案件にはがっつり関わっている。課内で販路について話し合った際、見学していたラシードはちょいちょい口を挟んできた。喜祥は黙ってろと言ったのだが、上司がその意見を採用した。悔しかったが、ラシードのおかげで完成度が上がったのも事実だ。

だから早く教えたい。今なら礼を言ってやってもいい気分だ。

しかし鎮守の森に入ったところで、木々がザワザワと騒ぐ音に嫌な感じがした。

「喜祥」

名を呼ばれて、一瞬ラシードかと思った。しかしラシードの声より明るくて軽い。木陰から現れたのは、昼間の通訳の男だった。

「まだいたのか。お嬢さんはどうした?」

「きみの家でもてなされているよ。実にフレンドリーで警戒心の薄いご家族だな」

「それは否定できないけど。通訳が一緒にいないと困るだろう」

「ラシードがいる」

「いるのか」

ラシードが通訳してやっているのかと思うと笑える。それだけあのお嬢さんは特別なのか……。と思った時に、胸の辺りがモヤッとしたが、気のせいにした。

「私の名はアリム。ガイム第一王子の秘書をしている。きみにひとつ確認したいことがあるんだけど……。きみ、ラシードの子を産む気はあるのかい?」

「は? ねえよ」

即答《そくとう》した。不快きわまりない質問だ。

「そう、ないんだ……。それは困ったな」

「なにがだよ?」

「子を産む気のある牝なら連れて帰ればいい。しかし、ないのか……。では、すでに子ができている可能性は?」

「はああ!? ねえよ、あるわけないだろ、アホか」

焦って否定した。しかし不快きわまりない質問には、さらに上があった。

「それは、種付けされてない、ということか？」

「あた、あたりまえだ！　種……とか、俺がさせるわけねえだろっ」

「きみの意思がどうでも、しようと思えばできるはずだ。ラシードなら、簡単に」

「それは、そうかもしれないけど……」

力で敵うとは到底言えない。

「遊びだから手を出さずにいられるのか。本気だから手を出せないのか……」

「遊びに決まってるだろ。自分の国にはいない珍しい生き物で遊んでるんだ。旅の途中のアバンチュール？　みたいな。でもそれも、もうすぐ終わる。国に帰れば正気に戻るさ」

ラシードは国に帰れば自分のことなど簡単に忘れてしまうだろう。でもたぶん、自分にそれは難しい。元々、一度関わったものは手放したくない質《たち》で、犬猫でも少し預かったら、返した後はすごく落ち込む。ラシードの存在感だと、喪失感も大きいに違いない。

「そうかもしれないけどね。ラシードが誰かで遊ぶってこと自体が、僕に言わせれば奇跡なんだよ。僕は生まれた時からあいつのことを知ってるけど、見たことがないから」

「生まれた時から？　え？　幼馴染《おさななじ》み？」

「まあ、そのようなものだよ。知りたくないけど、よく知ってるんだ、あいつのことは。うーん、困ったな」

「だからなにを困るんだよ。ラシードはあのお嬢さんと結婚するんだろ？　それを邪魔する気はねえよ」

「サーラ様のあれはまあ、どうでもいいんだ。ラシードが嫌がるから、ガイム様がけしかけて遊んでるだけで」

「嫌な兄貴だな……」

「それは否定しないけど、ラシードのことを気にかけてるんだ。国に必要な人間だから」

「その言い方だと、国に必要じゃなかったらどうでもいいみたいに聞こえるんだけど」

「実際あの人はそう思ってると思うよ」

「ああ？　マジ嫌な兄貴だな。なんの役にも立たなくたっていいじゃねえか、弟なら。ていうか、うちなら他人でもウェルカムだ」

ムッとして、いない奴に喧嘩を売る。ラシードはどこに行っても役に立つ気がするけど。

「なるほど。確かに珍しい生き物だ」

アリムが笑いながら喜祥に手を伸ばす。その指先が頬に触れようとした瞬間、ヒュッと風を切る音がして、アリムが弾かれたように後ずさった。

「なにをしている、アリム」

背後から低い声がして、振り向こうとした喜祥の首に、太い腕が巻きついた。ふわっと立ちのぼった草いきれのような匂い。包み込まれてなぜかホッとする。

「きみこそどうしたの？　そんな怖い顔をして……痛いんだけど」

アリムはニヤッと笑って、自分の右手の甲《こう》を舐めた。どうやらラシードに引っ掻かれたらしい。

血が滲んでいる。

「私のものに勝手に触れるからだ」

「きみのものではない、と彼は言っているけど？」

「喜祥の意思は関係ない。私が私のものだと決めた」

「えー。きみってそういうこと言うキャラだったたっけ？」

「おまえが知ってることなど、私のごく一部だ」

「そうだったみたいだね」

アリムはニヤニヤ笑いながらラシードを見ている。気安さは感じられるが、仲のよさは感じられない。爪を隠して牽制《けんせい》し合っている感じ。

「てめえら、ごちゃごちゃうるせえよ。俺は俺のものだ。おまえも触るな、ラシード」

緊迫した空気に割って入り、ラシードの分厚い胸を押したが動かない。結局自分が動いて腕の中から抜け出し、アリムにティッシュを差し出した。

「ありがとう。口が悪くてガサツなのに優しいなんて、ギャップ萌《も》えだね」

「おまえもか……」

ラシードとは方向性の違う、マニアックな日本語を使う外国人。

「アリム、おまえはなにをしに来た？」

「サーラ嬢の付き添いだよ。ラシード様が変な牝にたぶらかされてるらしい、絶対邪魔しに行く！　って言うから、仕方なく。僕はきみの日本語の勉強に付き合わされたおかげで、日本語ができるからね」

「おまえが日本語を覚えているとは思わなかった」

「きみと勉強してたのは七年くらい前だけど、僕は頭も記憶力もいいし、日本のサブカルも好きだし」

「自分のことを賢いと思うなら、サーラを言いくるめてさっさと国に帰れ」

「あのサーラに理屈が通ると思ってるの？　きみが帰るように言ってよ」

「言った。泣かれた。あれは本当に面倒くさい」

「抱いてやればおとなしくなるかもよ？」

「ガキはごめんだ」

この二人、実は仲がいいのかも……と思いながらやり取りを聞いていたのだが、ラシードの心底嫌そうな顔に引っかかりを覚えた。

「ん？　未来の妻なんじゃないのか？」

「サーラが？　冗談だろう。私にそんな約束をした女などいない」

ラシードの目が、おまえだけだ……と訴えているように感じたのだけど。

「ラシード、まさかきみ、彼に本気で惚れちゃった、なんてことはないよね？」

「惚れる？　なんだそれは」

勘違いは一瞬で消滅した。牝に特別な感情などない、ということなのだろう。

初対面でいきなり牝になれと言ってきたのだから、惚れているなんて言われた方が嘘っぽい。そう思っても微妙にムカムカする。

「俺だっておまえに惚れるなんてねえよ。さっさと国に帰りやがれ」

突き放して、背を向けた。

アバンチュールを恋の火遊びと訳すなら、ラシードのはアバンチュールですらない。ただの遊びだ。珍種《ちんしゅ》の牝に「入れて」と言わせるゲーム。

男として、友達にならなってもよかったが、それはまったく求められていない。

憤然《ふんぜん》としながら早足で家に帰ると、サーラは寝ていた。双子と一緒に。

「言葉も通じないのに、三人でお絵かきしてはしゃいじゃって。サーラちゃんはあんまりこういうふうに遊んだことのない子なのかしらねえ」

母はそう言ったが、サーラは子というには少々薹《とう》が立っている。しかし三人の寝顔は同じくらい無邪気《むじゃき》だった。

国も人種も、身分も違う。生まれも育ちも違う。それでも、道が交わったこの一瞬だけなら、楽しく過ごすことができる。わかり合おうなんて考えなければいいのかもしれない。

ラシードが帰国する日まで、もうわずかな日数しかないのだから。

「サーラちゃん寝ちゃったから、あなたも泊まっていきなさい。ラシードの隣にお布団敷いてあげるから」

戻ってきたアリムに母が言った。アリムもラシードも微妙な顔になる。

「いえ、サーラ様は連れて帰ります。ラシード様のお隣なんて畏《おそ》れ多い」

アリムは人当たりのいい笑顔を母に向けた。

「あらあらラシードは本当に王子様なのね。喜祥なんて一緒の布団に寝てたのにね」

「は、はあ!?　なに言って……」

なぜ母がそれを知っているのか。喜祥はひとり焦る。

「名実たちが言ってたわよ。違うの？」

「あ、あれは、こいつが酔っ払って布団に入ってきただけで、別になにもないからっ」

「私はなにかあるなんて言ってないわよ？」

「ですよね、里美《さとみ》さん。私は紳士《しんし》ですから、同意もなく手荒なことなど致しません。もうすぐお別れなので、喜祥の部屋で寝てもよろしいでしょうか」

「いいわよー。お布団は自分で持っていってね」

王子だとわかっても、布団は自分で持っていけと言う。母は手荒なことの意味がわかっているのだろうか。

「いや待て。俺は許可してないぞ。来ても入れないからな」

アリムはサーラを抱えて帰り、ラシードは自ら布団を抱えて喜祥の部屋にやってきた。

「入れないって言っただろ！」

入り口で押し返そうとしたのだが、易々と押し切られてしまう。腕力では本当にまったく敵わない。浴衣姿の王子様は、すでに敷いてあった喜祥の布団の横に、自分の布団をぴったりくっつけて敷いた。

「おまえのその馬鹿力って、獅子だからなのか？」

　喜祥はTシャツにスウェットパンツという姿で腕組みをして、布団の上に正座したラシードを見下ろす。喜祥だって腕力が弱いわけではないのだ。

「それもあるだろうな。アリムもそれなりに力は強い。気をつけろ」

「気をつけるって、なにを？」

「組み敷かれたら終わりだということだ」

「は？　俺を組み敷くって、おまえじゃあるまいし」

　ラシードの心配を喜祥は鼻で笑い飛ばした。ラシードは無表情に手を伸ばし、喜祥の腕を掴むと一瞬で布団の上に組み敷いた。至近距離から見下ろされ、喜祥は笑みを消す。

「おまえ、自分が牝だということを忘れているだろう。おまえが欲情すれば、その匂いに牡は引きつけられる」

「欲情なんかしねえよ。まあ、隣に女の子が裸で寝てたら、するかもしれねえけど」

「それだ。牡にとってはおまえが、裸で寝てる女の子だ」

「はあ⁉」

　怒って身体を起こそうとしたが、ラシードが顔を寄せてきて、ピタリと止まる。

「アリムが来たのは、おまえの情報が漏れたからだろう。あいつのバックには嫌な男がいる。どういう魂胆《こんたん》があるのかわからない。他にも変なのが来るかもしれないが、私が種付けした者に手を出す馬鹿はいない。安全のためだ、種付けさせろ」

じっと目を見て言われると、変な勘違いをしそうになるが、どうしても受け入れられない単語があった。

「ふざけんな。どんなに危険でも、種……とか、させねえよ！　おまえがそばにいるから変なのが寄ってくるんだろ。さっさと国に帰れ」

「せめて抱かせろ。私の匂いがおまえを包む」

「い、や、だ！」

「私以外の牡がおまえに種付けするのは許されない」

ラシードは眼光の鋭い獣の顔になった。これはいったいどういう独占欲なのか。

「おまえもおまえ以外も全部許さねえんだよ」

「私を他の牡と一緒にするか。……ものすごく手荒なことをしてしまいそうな気分だ」

「同意なしにはしないって言ったよな⁉」

「強引に同意を得ることもできる」

ラシードの手が股間に伸びてきて、的確にそこに触れた。ビクッと身体が反応し、腰から下はあっさり抵抗する力をなくした。自分でも驚くほど簡単に。しかし——。

「俺は絶対、同意しない」

強い意思を目で伝える。

「こんな強情《ごうじょう》な牝は初めてだ」

「牝じゃねえって言ってんだろ」

「ではなぜ、私はこんなに猛っている？」

「知るかっ」

股間の猛りを押しつけられ、その熱さに怯える。力で敵わないのはもう嫌というほどわかっている。

喜祥の表情を見たラシードは重い溜息をつき、喜祥の上から退いて、横に仰向けに寝た。

「しょうがない、これで我慢してやる」

ラシードはそう言うと、喜祥を持ち上げて自分の身体の上に乗せた。掛け布団のように。

「な、なんだよ⁉」

逃げようとしたら背中に腕が回され、胸と胸がぴったり合わさる。

「胸が真っ平らだな」

「男だからな！」

胸の凹凸《おうとつ》はラシードの方があるだろう。硬い凹凸だけど。

「おやすみ」

「寝られるか！」

胸の上でジタバタする。心音《しんおん》が響き合うようで、なんだかものすごく恥ずかしい。

前にも抱きしめられた状態で寝たことがあったけど、あれは横向きで密着度もこれほどではなかった。それに、太腿の辺りに感じる攻撃的な熱。こんな爆弾を抱えているような状態で眠れるわけがない。

「おまえなら寝られる。いつでもどこでも警戒心の欠片《かけら》もなく眠れる奴だからな」

ニヤッと笑われて顔をしかめる。前科がありすぎて強く否定できないが、これは無理だ。

「寝心地が最悪なんだよ、この肉布団は」

「私の腹の上で眠れるなど、こんな幸運にあずかれるのはおまえだけだぞ」

「幸運？　おまえ、ちやほやされすぎて感覚おかしくなってるんじゃねえの？」

「私は別にちやほやなど……」

「サーラみたいな『ラシード様、抱いてー』って女がいっぱいいるんだろ？　あと、『さすがラシード様です』とか持ち上げる奴」

「そんなことは……いや、あるか。確かに、私と異なる意見を強く主張する人間はあまりいない。私の意向を勝手に汲《く》んで動く者さえいる。日本語でいうところの忖度《そんたく》だな」

「おまえは本当に小難しい言葉を知ってるな。でも、アリムは違ったんじゃないのか？」

「アリムは……子供の頃はよくぶつかっていたが、あいつは小賢《こざか》しいから。長いものには巻かれ、正面からぶつかってこなくなった。そして敵陣へ下っていった」

「敵？」

「第一王子のガイムは私を嫌っていて、なにかと嫌がらせをしてくる。アリムは今、そいつの側近だ。なにをしてくるかわからない。絶対に油断するな」

「そういえば、サーラは嫌がらせ、みたいなこと言ってたな……」

「やっぱりか。どんなに邪険《じゃけん》にしてもめげずに言い寄ってくるのはサーラくらいで、ガイムはしつこくサーラを私にあてがってくる」

「可愛いじゃないか、サーラ。案外、よかれと思って勧めてるんじゃないか？」

「可愛いが、どんなに言い寄られてもまったくその気になれない」

「なるほど。おまえにとってのサーラが、俺にとってのおまえということか」

そう言ってラシードの顔を見れば、心から嫌そうな顔をした。こちらの心情がリアルにわかったらしい。

ラシードの珍しいあからさまな表情がおかしくて、喜祥は思わず噴き出した。ラシードの前でこんなふうに全開で笑ったのは初めてかもしれない。出会いからラシードは喜祥を戸惑わせ、怒らせてばかりだったたから。

しかし喜祥は本来よく笑う方で、笑うと止まらなくなる。

ラシードはしばし目を細めてその笑顔を見つめていたが、喜祥の脇の下に手を入れて持ち上げ、目を合わせた。

遠い昔、父親に「高い高い」されたのを思い出す体勢に、笑顔は渋面《じゅうめん》に変わる。

「喜祥、もっと笑え。笑って、私の隣にいろ」

「それは無理だ。わかるだろ」

「私のことが嫌いか？」

真剣な顔で問われると、勢いで嫌いだとは言い返せなかった。

「嫌いじゃないから、友達にならなれる。おまえは自分と違う意見を言って、口喧嘩をしてくれるいなくなった友達とはアリムのことだろうか。なんだかラシードが図体《ずうたい》の大きな子供に見えてきた。頭を撫でてやりたくなるが、実際は自分が子供のように持ち上げられている。

「……友達はいらない。そんなすぐにいなくなるものは」

相手が欲しいだけじゃないのか」

「私の牝ならずっと一緒だ。それがいい」

ラシードは再び喜祥を胸の上に下ろし、手を尻へ滑らせ、谷間をなぞって穴に触れた。

ゾクゾクッと背筋を快感が這い上がり、奥の方がじわっと濡れる感じがした。もっと、もっと奥を……と、反射的に思ってしまい、歯を食いしばる。

でも、どんなに表情を取り繕っても、ラシードには匂いでわかってしまうのだろう。

身体の欲求を無視して、ラシードの胸を押し、目を合わせて言葉で告げる。

「俺は牝にはなれない。同情や欲情で自分を曲げることはない。おまえに触られると、俺はおまえのことも自分のことも嫌いになる。だからもう、出て行ってくれ」

喜祥が起き上がるのをラシードは邪魔しなかった。隣の布団を畳み、その胸に押しつけて、部屋の外を指さした。

ラシードは布団を受け取ると、溜息をつき、部屋を出て行った。

その背中が少し小さく見える。可哀想《かわいそう》だが無理なものは無理だ。仕方ない。どうしようもない。

牝でない自分は求められていないのだから
ザワつく身体を無視して布団に横になり、天井を見上げる。部屋がいつもよりスカスカしているように感じるのは、でっかくて暑苦しい存在がいなくなったからだろう。

清々《せいせい》したはずなのに、ちょっと寂しい。どうやら自分は鬱陶しいのが嫌いじゃないらしい。そして、人に求められるのが好きなのだ。

ここにいればいいのに……。

しかし、国で待っているのが孤独でも、ラシードは帰るだろう。彼は一族を捨てないという確信がある。

ラシードの自由時間はもうすぐ終わる。それを思うとなぜか胸が痛んだ。


「ラーちゃん、なんでこんなところで寝てるの？」

姪っ子の声で目が覚めた。しかし部屋の中には喜祥しかいない。

襖を開けてみれば、廊下に布団が敷かれていた。その上に浴衣の胸元をはだけさせた金髪の男が横たわっている。怠惰《たいだ》な様子で大きく伸びして起き上がるさまは、大型の猫。キョトンとしている双子に「おはよう」と言って、布団を畳む。

「おまえ、なんでこんなとこで……」

喜祥は思わず双子と同じことを訊いた。

「おまえが追い出したのだろう。近くにいないと変なのが寄ってきてもわからない」

「変なのって……まさかここで見張ってた、のか？」

「護っていたのだ。私のものだからな」

ラシードは当然のことのように言った。その言葉をどう受けとめればいいのか。

「俺はおまえのものじゃない」

「では、先行投資ということにしておこう」

「おまえ、投資家の才能はないぞ」

王子が廊下に布団を敷いて寝たなんて、サーラが知ったら大騒ぎだろう。そんなことをされてもなにも返せない。頼んでも望んでもいないのだけど。

「私は投資でもミスしたことはない。おまえは私のものになる」

「ならねえよ。子供の前で変なこと言うな」

双子が興味津々《きょうみしんしん》で話を聞いているのに気づき、諫《いさ》めた。

「きっちゃん、恥ずかしがらなくていいよ」

「は？」

「名実も志真もへんけんはないから。らーちゃん、きっちゃんは照れてるだけだからね。押しが大事だよ」

「な、なに言ってるんだ、おまえら……」

「きっちゃんは玉《たま》のこしなんでしょ。アラブの王子様にみそめられたんだって」

「誰がそんなことを——」

「みんな言ってるよ。お母さんも、イケメンでお金持ちの王子様なんてうらやましいって。名実たちも見習えって言われたー」

「言われたー」

「はあああ⁉　おまえらの母親……っていうか、うちの家族！　バッカじゃねえの！」

「実にいいご家族だ。喜祥はありがたくもらい受ける。大事にする」

ラシードは片膝を突き、双子の手を取ってキスをした。その王子様的な所作《しょさ》に双子はポッと頬を染めた。

「……おまえ、うちの親になんか言ったか？　まさか牝がどうとか……」

「それは言っていない。ただ、ご両親の許可は必要だと思ったから、喜祥を国に連れ帰ってもいいだろうかとお伺いを立てた」

「なにしてんだよ⁉　まず俺の許可だろ！　俺は許可してねえぞ！」

「おまえが幸せなら万事《ばんじ》オッケーだそうだ。どんな土地でも生きていけるように育てたと言っておられた」

その言葉を聞いて、不覚にもちょっと感動してしまう。しかし今はそんな場合ではない。

「勝手に周りを固めてんじゃねえ」

「将を射んと欲すれば先《ま》ず馬を射よ。外堀《そとぼり》を埋める。昔の人はいいことを言った」

「おまえは本当にアラブの王子か⁉」

「そうだ。日本マニアの、と頭に付ければいい」

「ああクソ、俺はこの国で生まれてこの国で死ぬんだよ。そもそも玉の輿ってなんだよ、俺は女じゃねえ」

護るために廊下で寝ていたなんて、ちょっと絆《ほだ》されそうになったけど、人の意思を無視したやり方には憤《いきどお》りを覚える。家族も少しは「男だから」とか言うべきだ。

俺は牝じゃない。男だ。商社マンだ！と、出勤の支度をして、朝の食卓を和やかに囲む家族を横目で睨んで家を出た。

「なんでついてきてんだよ。おまえはもう出社しないんだろ」

当初の予定は二週間。それは昨日で終わっている。

「おまえを護る」

「なにから？」

「……私以外の牡、と、ハイエナ」

「とにかく、社内にそういうのはいないから、入ってくるなよ」

ラシードは渋々といったふうに、わかったと言って、会社の近くで足を止めた。ホッとして足を踏み出せば、腕を掴まれてビル陰に引きずり込まれた。抱きしめられ、身体をまさぐられ、髪にぐりぐりと頬ずりされて、さらに耳を舐められた。

「な、な、なにしてんだ！」

ラシードを突き飛ばす。人目につかない場所とはいえ、出社前だ。屋外だ。朝っぱらからなにをするのか。

「マーキングだ。一晩抱いていれば全身に匂いも染みたはずだが、追い出されたからな」

「マーキング⁉　てめえ、マジ……嫌いになるぞ！」

ラシードに一番効くだろう言葉をぶつけたら、子供の喧嘩レベルの罵声になった。舐められてジンジンする耳を、手でゴシゴシ擦る。

「嫌われても護る。擦ったくらいで私の匂いは取れない」

「クソ、てめ、マジ、クソ……」

ぶつける言葉が見つからず、汚い言葉をブツブツ繰り返し、思いっきり睨みつけて走り出す。ビルの中へ駆け込み、トイレで耳を洗ってみたが、匂いが消えたのかはわからない。

しかし仕事にかかれば、そんなことを気にしている余裕はなくなった。

もうすぐプレゼンだ。たとえ出来レースでも最善を尽くす。

仕事においてラシードは頼りになるパートナーだった。ただの同僚なら仲よくやれただろう。いや、ラシードは歳下だから、できる後輩にコンプレックスを募らせ、敵意剥き出し……となっていた可能性も高い。

結局、諍《いさか》い合う運命なのか。

しかしそれもあと数日。ラシードは遠い異国に戻り、二度と会うこともない。

それでいいのだと仕事に集中し、終業時間も近づいた夕刻。喜祥の携帯電話が鳴った。

「サーラちゃんがいなくなったって、アリムさんから電話があったの。うちの子たちも一緒みたいで。喜祥くんはなにも知らないわよね？　ラシードくんは一緒じゃない？」

双子の母である義姉からだった。焦りと不安が伝わってくる。

「いや、知らないし、一緒じゃないけど。いなくなったって、迷子？」

「それがよくわからないの。サーラちゃんが一緒に遊びたいって言うから、学校帰りに合流したらしいんだけど、アリムさんが目を離した隙にいなくなっちゃったんだって。あの子たちのことだから、ひょっこり帰ってくるかもしれないけど……。こっちで捜してみるわ。ごめんね、仕事中に」

「それはいいけど……。見つかったら電話して。俺も早めに仕事切り上げるから」

「ごめんね。見つかったらすぐ連絡するわ」

電話を切ると、義姉の不安が伝染したように、モヤモヤと焦燥《しょうそう》が込み上げてきた。

双子は二人いる強みなのか、よく勝手にいなくなった。だから取り越し苦労だと思いたいが、サーラが一緒だと事件に巻き込まれた可能性が高くなる。サーラはいいとこのお嬢様で美少女だ。もし誘拐なら、邪魔な双子がどんな扱いを受けるか……などと考えはじめたら、仕事が手に付かなくなった。

火急《かきゅう》の仕事はなかったので、定時で帰ることにする。

急ぐ心のままエレベーターのボタンを何度も押した。幸いすぐにエレベーターは到着し、無人の箱に乗り込めば、後ろから二人乗り込んできた。どちらも知らない顔だ……と思った瞬間、腹を殴られた。床に膝をつくと、首の後ろになにかが押し当てられ、ビリッと電流が走ってその場に崩れ落ちる。

こんなとこで寝たらまた馬鹿にされる……と思ったが、意識は急速に遠のき、脳裏にラシードの顔が浮かんで、消えた。


寝返りを打とうとして、腹の痛みで目が覚めた。

そこを押さえようとして、手首が背中でひとまとめにされていることに気づく。

「目が覚めた？」

白い猫足の椅子に腰かけ、足を組み、手指《しゅし》の爪を研いでいる白い服の男。白い服は民族衣装のカンドゥーラ。黒髪に端整《たんせい》な顔立ち。

「アリム……」

名を呼べば、薄い唇に笑みが浮かんだ。しかしなにを考えているのかは読めない。

天井が高く、梁《はり》がむき出しの広い部屋。木の床には厚みのあるペルシャ絨毯。ホテルではなく別荘のような一軒家だろう。カーテンはすべて閉ざされていて外の様子は窺えない。

「これは、どういうことだ？」

喜祥が寝かされているのは柔らかいベッドだったが、きつく結ばれた手首が痛い。足首も縛られて芋虫《いもむし》状態。

「ラシードに、気をつけろって言われなかったかい？」

「言われたけど……。サーラは、うちの姪っ子たちはどうした⁉」

「ああ、今頃三人仲よく家に戻っているはずだよ。きみを穏便に拉致するのに、定時退社してほしかったから餌《えさ》に使った。彼女たちにはお礼の甘い餌を与えておいたから大丈夫」

とりあえず子供たちが無事だと知ってホッとしたが、その言い方にはムッとする。

「子供を利用して、人をぶん殴って……。穏便な拉致ってなんだよ、俺になんの用だ？」

自分の身ひとつならなんとかなる。そう思っていることを知れば、ラシードはまた、危機感が足りないとか平和ボケとか言うかもしれない。

「きみに、僕の子を産んでもらおうかと思って」

「は？　なにをとち狂ったんだ？」

「うん、僕だって本当はこんなことしたくないんだ。でも、ラシードより先にきみを孕ませるのが、一番簡単で効率的な方法だと判断した」

アリムは立ち上がり、ベッドに近づいて、喜祥を冷たい笑みで見下ろす。

「先に……？」

「そう、先にってところが重要。わかってるね。ラシードが誰かに執心《しゅうしん》だなんて、この目で見るまで信じられなかったけど、どうやら本当らしいから。国のために、それはよくないんだよね」

「国のため？　おまえんとこの国民はみんなそんな感じなのか？　国のため、一族のためって……」

「まあ物心ついた時から、施設でみっちりそういう教育をされるからね」

「施設？　王族も？」

「ああ、その辺のことはラシードからなにも聞いてない？　わざわざ言わないか。特にあいつは……。きみはどこまで知ってるのかな。ラシードが一族の中で特別な存在だということは？」

「血が濃いとか聞いたけど」

「そう。ラシードは獅子の姿で生まれた、一族待望《たいぼう》の『完全体』だった。我が国では、血の濃さがなにより重要なんだ。生まれた姿で運命が変わる。ラシードの母親は王家の使用人として働いていたが、ラシードを産んですぐに亡くなった。父親はわからない。もしかしたら王族の誰かが手をつけてできた子かもしれないが、そんなことはどうでもよくて。完全体は獅子の血が濃い証。だからラシードは産まれてすぐに王の養子にされた」

「王様の子ってわけじゃないのか……」

「誰の子供かというのはあまり重要ではない。国の子供の多くは、産まれてすぐに王立の育成施設に預けられ、育てられる。母親は産んでも育てる義務はなく、産めばその後の生活は保証される。だからきみも心配はいらない。安心して産めばいい」

「なんだそりゃ。はいそうですかって産むわけないだろ。それに子供も、産み捨てられるなんて可哀想だろ」

言った瞬間にアリムの飄々《ひょうひょう》とした雰囲気が消えた。目つきが鋭く攻撃的になる。

「可哀想？　でも我が国ではそれが普通なんだよ。遠い祖先からずっと、一族が滅ばないため、血を繋ぐためにはどうすればいいのか試行錯誤《しこうさくご》し、とにかく産むことを奨励《しょうれい》して、子供はみんなで助け合って育てることにした。確かに産み捨てと言えなくもないけど、貧しさで死んだり殺されたりする子供は減った」

「それは……」

「きみからすれば、僕もラシードも可哀想な子供なんだろう。母親が死んでるラシードより、僕の方がより可哀想かな。三十三年ぶりの完全体が生まれた次の日に生まれた僕は、尻尾が生えてるだけの、ごく普通の獅子族の子で、生後すぐに施設に預けられた。まさに産み捨てられたわけだけど、僕は自分が可哀想だなんて思ったことはない」

軽率なことを言った。自分だって両親の本当の子供かわからなくて、もしかしたら親に望まれなかった捨て子だったかもしれないけど、今はもうそんなことはどうでもいい。

「うん、そうだな。産まれ方で人生が決まるわけない。可哀想なんて思い上がりだった。謝る。でも俺は、一族のために子を産むなんて考え方に賛同はできない」

そう言うと、アリムの纏う空気が少し和らいだ。

「この状況でも、自分が間違っていると思ったら謝れる、そういうところをラシードは気に入ったのかな。それでも自分の意見は主張する図太さも……。でもラシードにとっては、特別扱いされないことが一番だったかもね。……施設にいる時から、あいつはいつも特別扱いだったから。特別じゃなかった方からしたら、贅沢だと思うけど」

アリムはラシードの一番近くで、扱いの違いに傷ついてきたのだろう。ラシードに対する複雑な感情が見え隠れする。血なんて努力ではどうにもならない。

いつまで二人は友達だったのか。アリムがラシードの日本語の勉強に付き合ったのは、進んでだったのか、仕方なくだったのか……。

友達なんてすぐいなくなると言った、ラシードの顔が脳裏をよぎった。

「でも、ラシードが嫌いだからこんなことをしてるわけじゃないんだろう？」

「もちろんそんなくだらない理由じゃない。このままラシードがきみに惹かれるのは、国のためによくないんだ」

「それがわからない。なんで国なんて大きい話になるんだ？」

「ラシードはね、恋愛御法度《ごはっと》なんだ」

「恋愛、御法度？」

「恋は人を愚かにする。正常な判断を狂わせる。亡国《ぼうこく》の陰に女ありって言うだろ？　我が国でも過去にそういうことがあって、その時は一族が滅亡《めつぼう》の危機に瀕した」

「でもラシードは、第七王子だよな？　王様でも後継者でもないんだろう？」

「ああ。でもラシードは、特別な『予言の子』だから」

「予言？」

「我が国には昔から星読《ほしよみ》と呼ばれる予言者がいて、ラシードが生まれる数年前に、『次に完全体で生まれてくる子供は、国の命運を握る。国の未来はその者の判断に委《ゆだ》ねられる』と予言した。今でも特に年寄りには予言を信じている者が多いけど、さすがに予言にすべてを委ねるようなことはない。国の大事なことは議会で決める。しかし、ことが重要であればあるほど、ラシードに意見が求められた。もちろん参考までにって感じだったんだが、ラシードの選択が間違っていたことはなかった」

せいで期待は大きくなり、間違えられなくなった。まるで間違えることが罪であるかのように恐れている。

それだ。だから自分は間違ってはいけない、なんて考えになってしまったのだ。間違わなかった

「ああ、一度もだ」

「一度も？」

しかし、まさか本当に一度も間違ったことがないなんて、そんなことがありえるのか。

「たまたま、なんじゃないのか？」

「そうかもしれないが、あいつは無駄にカリスマ性があるから。国民人気が高くて、今やすっかり教祖《きょうそ》様みたいな扱いだ。今、国にいないことも国民には伏せられている」

「なるほど……。よく一ヶ月も出られたな」

「嘘をついたんだ。自分の足で嫁を探しに行かなくてはならない、そういうお告げがあったって。今までのいろいろで、あいつは信用されている。でも実際はただの観光、だったはずなんだけど……」

恨《うら》めしげに見られても困る。こっちだって望んでいない。

「でもあいつはちゃんと帰るぞ。あと数日で」

抑圧《よくあつ》から解放された貴重な休日を、はたして満喫《まんきつ》できたのか。楽しいとは言ってたけど。

「離れるとますます想いが募るってこともあるじゃない？　恋の種は早めにきっちり潰しておいた方がいい。きみだってその方が安心だろう？　大丈夫、僕に先を越されたとなれば、あいつの執着

はすぐに冷めるよ」

人の心配をしている場合ではなかった。アリムがベッドの端に膝をかけ、顔を近づけてきた。端整な顔だが、吐息がかかるほど近づかれると、嫌悪感が込み上げる。

「それは誰かの命令か？　あんた、ラシードの敵のところにいるんだろ？」

なんとか気を逸らしたくて言った。

「ああ……ラシードにしてみれば、僕は敵の手先か。でも、今回のはあの人に命令されたわけじゃない。きみの情報は僕が独自ルートで仕入れた。この目で確認したくて、渡航《とこう》するためにサーラを焚《た》きつけた。通訳として費用も出してもらえるからね。最後に主人に日本に行きたいと告げたら、面白そうだから行ってこいと言われた。ガイム様はきっと今頃、宮殿でのんびりしてるよ。王族は種付けが仕事みたいなものだから」

「やな仕事だな……」

「重要な仕事だよ。僕も種付けは得意な方だから、安心して。男牝は初めてだけど」

「得意って、ただの遊び人ってことだろ！」

やり慣れている感は首筋に触れる指使いから伝わってくる。

「ラシードは清純《せいじゅん》とか清楚《せいそ》とかが好きなんだよ。白百合が好きとか言ってただろう？　でもほとんどの牝は、ラシードに自ら脚を開く。それが本能だから仕方ないけど、あいつにしてみれば興醒《きょうざ》めなんだろう」

きつく閉じた脚の間に手がねじ込まれ、指先がパンツの上から的確に、その一点を突く。

「あぁっ、……やめろ！　触んな、てめえ……」

「いいね。僕も無理強いなんてしたことないから、抵抗されるのって新鮮だよ。ただもうちょっと、品と可愛げがあれば好みなんだけどなあ」

どうやら好みはラシードと同じらしい。

「そんなの俺にあるわけ……あ、やめろ、なにする……馬鹿、変態！」

パンツを下着ごとずり下ろされ、尻が丸出しになる。

「罵倒《ばとう》されるのも新鮮。これが面白くて遊んでたのかな、ラシードは。獲物を弄《もてあそ》ぶのはネコ科の習性《しゅうせい》だからね。……でも今日はさっさと済ませるよ。あいつが来る前に」

アリムはそう言いながら楽しげに尻を撫で回す。

「キモい、触んな！　おまえラシードに殺されるぞ！」

「うん、まあ普通なら怒るよね。横から玩具取られたら。でもあいつなら、無表情に立ち去るってのもありだと思うけど。じゃあもういらないって」

「は？　そんなこと……」

ないと思うのだが、そういう態度も想像できてしまう。

「あいつは我欲《がよく》が薄くて、人と争ってまで奪うなんて姿は見たことがない。特別扱いされている引け目なのか、余裕なのか。そういうのもムカつくんだよ……」

結局アリムはラシードにかまってほしいのだろう。そのダシに使われてはたまらない。

指は尻から秘所へと向かう。

「待て、もっと穏便な方法があるはずだ。種付けしたふりをするってのはどうだ？　協力してやる」

「匂いでわかっちゃうよ。それにきみ、嘘つくの下手そうだし」

なぜわかるのか……。確かにすぐバレるだろう。嘘をつく罪悪感にオドオドして。

「大丈夫、目を瞑っていれば終わるよ。ちゃんと優しく、気持ちよくしてあげるから」

「ふ、ふざけんな！　優しくとかそういう問題じゃ……」

腰を持ち上げられ、俯《うつぶ》せにされる。尻だけが丸出しで、逃げようと左右に振ると滑稽《こっけい》なことになる。

「だってきみ、処女《しょじょ》なんでしょ？」

「しょ、処女とか言うな」

響きが恥ずかしい。男の自分がそんな表現をされるなんて。

「しかし匂うね。きみからあいつの匂いがプンプンする。俺の俺のって……」

アリムは耳元に鼻を近づけて、顔をしかめた。朝のマーキングが効いているのか。

「臭いならやめとけ。気持ち悪いだろ、他の男の匂いを嗅ぎながらとか」

「いや。そそられるよ。あいつのお気に入りを奪うって感じがして……ふふ」

「おまえも変態かっ」

マーキングはアリムには逆効果だったようだ。ラシードのものだからこそ価値があるらしい。歪《ゆが》んでいる。

「こういうのを一石二鳥と言うんだろう？　国のためになるし、僕も楽しい。ある意味ラシードのためでもあるから、三鳥か。ということで、きみを僕の牝にするよ」

アリムはニッコリ笑って、指を穴に当てる。指先が触れた瞬間に、ゾッとした。

「ふざ、けんな！　誰がおまえなんかの……」

アリムの「僕の牝」には、ラシードの言う「私の牝」とは違う、強い嫌悪感を覚えた。反発心もより強く、必死の抵抗を試みるが、両手両脚縛られている芋虫状態では、股の間から手を追い出すこともできない。

「だ、ダメ、そこは……触るな！　……あ、……はぁんっ……」

指が中に入ってきて、反射的に声が漏れてしまう。

「がさつなきみの口からそんな可愛い声が出ると……まさにギャップ萌え、だねえ」

「うるせ……っ」

「へえ、本当に牝なんだな。じゃあこれ、たまんないでしょ？　感度はどう？」

指で内壁をぐりっと擦られ、今度は悲鳴のような高い声が出た。

ジンッとして、中がジュンと潤み、全体がヒクヒクする。こうなるのはもう学習済みだ。

「わあ……急に匂い立ったね。これはそそられる。ほら、身を委ねていいんだよ。もっと気持ちよくしてあげる」

耳元で囁かれ、耳朶《じだ》を舐められた。ラシードが朝そうしたのと同じように、同じ場所を。同じよう、だからこそ違いが際立つ。気持ち悪くて、怒りが込み上げてくる。

「クッソ、触ん……なっ、嫌、だ……いやっ……」

首をブンブン横に振る。しかし下半身は動かない。

中で指が動くのが気持ち悪くてならないのに……。なぜこの身体はそれを受け入れるのか。こんな奴のこと、ほんの少しも好きじゃないのに。

「へえ、ここまでされても抵抗できるんだ？　それは男の意地というやつ？　それとも……ラシードへの操立《みさおだ》て？」

だからなんでそんな言葉を知っているのかと言いたいが、口を開けば変な声が出てしまいそうで、ただ首を横に振る。

「まあどっちでもいいけどね。ここは濡れて、僕を欲しがってるから」

その言葉にまた首を振る。欲しがってなどいない。そこはラシードにも許していないのだ。こんな奴に許すくらいなら、まだラシードの方がマシだ。

しかし、中でうごめく指が誰のものかなんて、身体はどうでもよくて、早くそこを突いてほしい、掻き乱してほしいと、腰が揺れる。準備はできていると、濡れて誘う。

「離せ……いやだ、抜け……」

抵抗の意思は口でしか伝えられない。

「本当にラシードはここに入れてないの？」

アリムが指を出し入れしながら、不思議そうに訊いてきた。

「俺が、入れてって言うまでしない……って」

「ああ、そういうゲーム的な。言わないきみも大概《たいがい》だけど、我慢できるラシードも大概だね。ラシードは不感症なのかな、Mなのかな？　それとも……言わせる自信があるのか」

そんな分析をしながらも中で指は動き、その刺激にいちいち反応してしまって体力が奪われる。歯を食いしばる力も次第に緩み、声が漏れはじめた。

指が届かない奥の方から、指ではないものを与えろという強い欲求が湧き起こる。一度も味わったことはないのに、それが快感をもたらすと知っている。

これが本能というやつなのか。

抗うのは難しい。少しでも気を抜けば、あらぬことを口走ってしまいそうな自分が怖い。素直になれば気持ちよくなれるよ……と、唆《そそのか》す声が聞こえる。

でも絶対に言わない。ラシードを裏切るようなことはしない。

指が抜かれ、ホッとしたのもつかの間。

「入れるよ」

それは許諾《きょだく》申請ではなく、決定事項の事前通達だった。心は焦るが、身体は悦《よろこ》ぶ。

「だ、ダメだ、入れ……るな！」

口だけの拒絶。視界が潤んでいるのは欲情のせいか、悔しさのせいか、自分でももうよくわからない。

指とは違う太いものが、そこに押し当てられた。ほんの少しアリムが腰を前に進めれば、その瞬間はやってくる。身体は期待に色めき立ち、心は絶望に塗り潰される。

こんなことなら、あいつに――。そんな想いが脳裏をよぎり、

「いや、だ、ラシー……」

助けを求めるか細い声が口から零れた。

諦めが心を支配し、ギュッと目を瞑ったその時——ガッシャン！　と大きな破砕音《はさいおん》が室内に響いた。

反射的に身を竦ませ、音がした窓の方に目を向ける。

そこに、立派なたてがみの獅子が立っていた。

ガラスの破片《はへん》を踏みしめ、牙を剥き、榛色の瞳でじっとこちらを見る。グルルと唸《うな》ったかと思うと、前足でカーペットを蹴り、アリムに一直線に飛びかかった。

顔面に迫る鋭い爪をアリムは寸前《すんぜん》で避け、ベッドの脇に転げ落ちる。

獅子はベッドの上に着地し、横目にギロッと喜祥を睨んだ。喜祥は俯せ状態のまま、大きな獣を呆然と見上げる。

生で間近に見る猛獣の迫力。たてがみがきれいで立ち姿が格好いい。そんなことを思う余裕も、前足がこちらに踏み出された瞬間に消えた。本能的な恐怖に、じりっと身を捩《よじ》る。

その顔が近づいてきて身を固くすると、牙が後ろ襟を噛んで持ち上げ、首をブンッと横に振って、アリムが落ちたのとは反対の方へと飛ばされた。

「う、わっ、わッ」

ギリギリベッドから落ちるのは免れ、喜祥は恨みがましく獅子を見る。

この獅子は何者なのか。見返してくる榛色の瞳を見て確信する。理屈ではありえないが、これはラシードに違いない。

ピクッと耳が動き、獅子が再び低い唸り声を発した。その視線の先には起き上がったアリム。こめかみには赤いひっかき傷が三筋。

間一髪《かんいっぱつ》で避けたように見えたが、間に合わなかったらしい。傷口から鮮血《せんけつ》が滴《したた》り落ちる。

「驚いた……。まさか、その姿で来るとは……想像もしてなかったよ」

アリムは青ざめた顔をしていたが、なぜか嬉しそうな笑みを浮かべている。

ラシードが前足を一歩進めると、アリムは慌てて手を上げた。

「待った。もうなにもしない。さすがに……降参《こうさん》だ」

アリムは言ったが、ラシードは牙を剥いてもう一歩踏み出す。

「ラシード?」

喜祥がまさかと思った時には、もう飛びかかっていた。それをまたアリムはすんでのところで避けたが、カーペットの上に倒れ、その胸を獅子の前足に踏みつけられる。見下ろされて、さすがのアリムも顔から笑みを消した。

猛獣に襲われる人間。日本ではまず見ることのない光景は、目の前にあるのにリアリティがない。ただの傍観者と化していたが、止めなくてはヤバいのでは、と気づく。

「待て、ラシード。やめろ、殺すなよ?」

まさか殺しはしないと思うが、理性が人間の時並みにあるのかどうかは謎だ。

歩けない喜祥は、転がりながら近づいてベッドから落ちる。すぐ横に落ちたのに獅子はこちらを

見ない。

獲物だけを睨みつけ、牙を剥いて、今にも食らいつかんという姿勢。その口が大きく開かれ、唾《だ》液《えき》が滴る。

「ラシード、ダメだ！」

喜祥は叫んで、噛みつこうとした獅子を叩いた。

それで獅子の動きが止まり、ひとまずホッとする。が、己の矛盾《むじゅん》に気づく。今、確かに叩いた感触があったけど、両手両脚は拘束されたままだ。

獅子はこちらをじっと見て、スッと人間の姿に戻った。

「喜祥……」

全裸の男が驚いた顔でこちらを見ている。

いろいろ引っかかることはあるが、とりあえず人殺しを回避できたのでよかった。

「喜祥、おまえこれ……」

ラシードに言われてそちらに目を向ければ、白く細長いものが自分の尻から伸びている。ふさふさの先っぽをラシードが抓んだが、それはスーッと短くなり、シュルッと消えた。尻の、中に。

幻を見た気分だ。いや、たぶん幻だ。

「ラシードおまえ、姿がライオンになると中身まで猛獣になるんだな。危険極まりない。本気で殺そうとしてただろ」

なにも見なかったことにして、ラシードを責める。

「おまえ……ホワイトライオンなのか」

ラシードは自分がしたことより衝撃が強かったようで、指先に残った白い毛をじっと見ている。

「それより手を解いてくれ。足も」

非現実的なことの連続で自分の常識が空回りしているのを感じるが、現実的にまず自分の格好をなんとかしたかった。手足を縛られて尻がむき出しというのは、どうにも格好悪く情けない。

「見ているのも不愉快な格好だが……それは後回しだ」

改めて喜祥の姿を見たラシードは、一気に冷たい目になり吐き捨てた。そしてベッドからシーツを剥ぎ取ると、喜祥の上に放り投げ、全身を覆い隠す。

「アリム、おまえどういうつもりだ？」

全裸でも堂々とラシードはアリムに対峙《たいじ》した。低い声の奥で、グルルとまだ喉が鳴っている。

「見たまんまだよ。あとほんの少し遅く来てくれればよかったのに」

「ガイムの差し金か」

「いや、逐一《ちくいち》報告しろとは言われたけど、邪魔をしろとは言われてない。あの人はきみが色ボケしてくれた方が嬉しいんじゃないかな。これは僕の一存《いちぞん》でやったことだ」

「なぜ？」

「きみの喜祥に対する様子を見て怖くなった。きみが恋に溺れれば国が危うくなる」

「馬鹿な。私が恋に溺れるなど……」

「それ、酔っ払いが自分は酔ってないって主張するのと同じだから。酒も恋も溺れると自分が見えなくなる。獅子の姿で来たのがその証拠だよ。我を忘れたってことだからね。早めに壊しておきたかったんだけど、手遅れだった」

　殺されそうになったとは思えない軽い調子でアリムは言った。

「国のためだと？」

「そう。国ときみのためだ」

「おまえが私のために動くなど……」

「きみがどう思おうとかまわないよ。僕は僕の信念で動いている」

　静かに睨み合う二人を見上げ、喜祥は溜息をついた。

「あのさ……おまえら二人とも言葉が足りねえよ。言い訳しない美学ってのもあるけど、説明して意思の疎通を図るべき時もあるだろ。ラシードは、アリムが自分を嫌って敵に下ったと思ってるけど、違うよな？　アリムはラシードが必要な人間だと認めてるからこそ、俺という不安要素を取り除きたくてこんなことをしたんだ。恨まれるのは覚悟の上で」

　ラシードは怪訝な顔をアリムに向け、アリムは渋い顔で目を逸らした。

「僕の個人的感情じゃない。すべて国のためだ。ガイム様から自分のところで働けと声をかけられて、あまり評判のよくない次期国王がどういう人なのか、自分で確かめたくて誘いに乗った。ラシードの敵だなんてことはどうでもよかった」

　ラシードに個人的好意はない、という言い訳だけはする。

「ラシードの敵だから、近くで見張っていようと思ったんじゃないのか？」

「それはない」

「ラシードは、アリムのことを友達だと思っていたのに、敵のところに行っちゃったから、裏切られたって思ったんじゃないの？」

「それはない」

二人はムッとした顔を互いに背け、歩み寄ろうという気配はない。

「喜祥、きみはなんなの？　僕らの仲裁《ちゅうさい》なんかしてる場合？」

なぜか鋒先《ほこさき》がこっちに向く。アリムの呆れたような言い方にカチンと来た。

「場合じゃねえよ。おまえらのやり取りに呆れただけだ！　アリム、おまえのしたことは最低だからな。俺は怒ってる。ものすごく怒ってる！」

強く言って睨みつけたが、アリムは肩をすくめただけ。反省の色がないと説教しようとしたら、ラシードにシーツごと抱き上げられた。怒りを含んだ榛色の瞳が目前に迫る。

「喜祥、私も怒っている。気をつけろと言ったはずだ。まんまと攫《さら》われ、こんな匂いを振りまいて、アリムなんかに尻を突き出した……許しがたい」

「す、好きで突き出したんじゃねえ、こいつが……」

「そうだな、おまえだけが悪いわけではない。私は決めたぞ。おまえを私の嫁にする」

ラシードはそう言うと、喜祥を肩の上に担ぎ上げた。まるで米俵《こめだわら》のごとく。

「は⁉　なに言ってんだ、てめえ。こんなの嫁じゃなくて荷物だろ！　ふざけんな！　降ろせ！」

手足を縛られた上にシーツでくるまれ、ラシードの腕でがっちり固定されては、まったくどうにも逃げられない。しかし逃げないと、たぶんかなりまずい。

「おまえをもう二度と他の牡に触らせない。私が絶対に護る」

「いらねえよ！　自分勝手なことばかり言いやがって。すべての元凶《げんきょう》はおまえなんだよ。おまえが来てから、俺も、俺の周りもぐちゃぐちゃだ！」

「いざ、砂漠の我が宮殿へ。少々がさつだが白百合を連れ帰る」

喜祥の苦情を聞き流し、裸の王子は高らかに宣言した。そこに従者が現れ、ラシードの足元から白い服をスルスルと持ち上げて、肩の喜祥を下ろさせることなく、器用に着せつけた。

「アリム、沙汰《さた》は追って出す」

そこは威厳《いげん》を漂わせて言い置き、アリムは静かに平伏《へいふく》した。

玄関前に横付けされていた車に喜祥は突っ込まれ、人権を訴えれば、猿《さる》ぐつわを噛まされた。シーツを頭から被せられて視界も奪われる。

もがいても怒鳴っても、抱きしめる力強い腕に吸収され、疲れ果てたところに草原の匂いがふわりと香り、いざなわれるように眠りに落ちていた。

五

クリアな視界。小さな窓の外は一面のコバルトブルー。

「くそったれ……」

その小窓には見覚えがあるが、ベッドに横になった状態で見るのは初めてだ。

「口が悪いな、我が花嫁は」

「花嫁じゃねえ！」

反射的に言い返して横を見れば、ラシードが枕に片肘を突いてこちらを見下ろしていた。白いカンドゥーラを着ている。喜祥の身体にはブランケットが掛けられていたが、その下は全裸だ。手足は自由になっている。

「これ、飛行機の中だよな？　プライベートジェットかよ、ブルジョアめ！」

なにもかもがムカつく。なんにでも文句を言いたい。

「喜祥、感じてたよな？　アリムに触られて」

「ああ⁉　いきなりなにを言ってんだ、誘拐犯」

「誰にでも感じてしまうのは、牝の性《さが》だからしょうがない。私も日本の空気に馴染んで、警戒心が緩んでいたようだ。二度と他の牡に触られぬよう、我が宮殿でおまえを囲う」

「は？　囲う？　冗談じゃない。俺を日本に帰せ！　今すぐにだ」

「すでに日本を発って四時間が過ぎている。もう戻れない。諦めろ」

「あ、あ、諦められるか！　Uターンしろ」

「できない。言っておくが、私はまだ怒っている。そして、欲情もしている」

のしかかってこられて、顔が目の前に迫る。怒っていてもその表情はあまり変わらないが、ちょっと怖い感じになる。

「……欲情？　おまえ、俺の裸を見ても興奮しないって言ってただろ」

「いつの話だ？　確かに以前の私は牝の裸に興奮などしなかったが、おまえは別だ。そして今、発情期が来たのかというくらい、自分の抑えが利かない。おまえに入れたい」

上から腰を押しつけられ、ゴリッと当たったその熱さと重量感にビクッとなる。差し迫った身の危険に腰が引ける。

「は、発情期なんてあるのか？」

「いや、そこは人間と同じだ。したいと思った時に発情する。しかし私はおまえが起きるのをじっと待ってやった。おまえは相変わらず危機感もなく熟睡して……まあ、薬も飲ませたんだが……。もう待てない。やるぞ」

「おい、今小声でなに言った？　薬って……あ、ちょ、押しつけんな！　やらねえぞ！　ここ、飛行機の中だろ、飛んでるんだろ⁉」

「飛んでいるが、安定飛行に入っている。問題ない」

「大ありだ！　他にも人が乗ってるんだろうがっ」

窓が小さい以外は、まるでホテルのスイートルームのような豪華な内装だった。クイーンサイズのベッドの横には、マホガニーのバーカウンター。その上には白百合が飾られている。ベッドヘッド側には、白い革張りのソファセット。大きな姿見は扉になっているようで、その向こうにも部屋があるのだろう。

「パイロットと乗務員、私の従者、合わせて十人ほどが乗っているが、問題ない」

「俺にはあるんだよ！」

「恥じらっているのか？　大丈夫だ。防音は完璧だし、すぐに気にしていられなくなる」

そう言ってラシードはブランケットを剝ぎ取り、臍《へそ》から薄い茂みへ手を滑らせ、撫でる。

「や、やめろ、触るな！」

手で押しのけようとしても、足をばたつかせても、ラシードは余裕で喜祥の股間のものに指を絡みつかせた。

「これは前にも可愛がってやった。……ああ、胸も感じるんだったな？」

胸の粒をザラッとした舌で舐められ、「ヒッ」と声が出た。ラシードの舌は反則だ。慌てて口を押さえたが、ラシードは勝ち誇ったような顔をしている。

「やめろ……、俺が同意するまでしないって言っただろ……俺は嘘つきが嫌いだ」

「アリムには触らせたのだろう？」

「触らせたんじゃない、手足を縛られて触られたんだ、不可抗力だ！」

「おまえの匂いに包まれているあいつがものすごく不快だった。殺すところだった」

「それくらいで幼馴染みを殺すな」

「それくらいではない。相手が誰でも関係ない。私以外に触らせるな。感じるな」

「なに……ぁ」

反論はキスで封じられ、深く舌を搦められる。まるで心を搦め捕ろうとするかのように。長すぎるキスに逃げを打つが、頬を両手で包み込まれ、延々《えんえん》受け入れさせられる。

「んっ……んんっ！」

口を塞がれたままの抗議は、鼻にかかった喘《あえ》ぎ声のようだ。股間を揉まれると、次第に本物の喘ぎ声に近づいていく。

「や、ぁ……」

「まだ穴には触っていないのに、もう感じている」

濡れた唇が囁く。声がセクシーで、今までのラシードとは違っていた。

「感じてない……」

「嘘は嫌いじゃなかったのか？」

「う、嘘じゃないっ」

ラシードの胸を強く押せば、乳首を抓《つね》られて、ヒュッと息を呑む。

「乳首はツンと尖ってるし、こっちも硬い。なにより匂いが感じていることを教えてくれる。おまえの身体は敏感なのだ。意地を張るのは辛いだろう。素直になれ」

素直になんてなれるはずがない。認めてしまったら歯止めが利かなくなる。

「いやだ、違う、俺は……ぁ、はぁっ」

耳を舐められて声が出た。明らかに感じている声だが、違うのだ。心は、違うのだ。

「喜祥……国に着くまでおまえにマーキングする。私のものだと、おまえにも周囲にもわからせる」

「俺は、おまえのじゃな……いっ、あぁ……」

一番敏感な、押されただけで腰砕けになる穴を押されて、下半身から力が抜ける。

「まず身体に自覚してもらう」

ラシードは小さく尖った粒を舐めながら、穴の中に指を入れてきた。

「あ、や……そこは……嫌、ぁ、あああっ……」

「いい声だ。私の前でなら、声も匂いもいくらでも出していい」

そう言われて歯を食いしばる。せめて声を出さないことで抵抗を示す。

「意地を張ってもあまりいいことはないぞ？」

「……ふぁっ、あ……」

入り口を引っ掻くようにされて、あっという間に声が出た。アリムに感じた嫌悪や抵抗がラシードに対しては薄くて、堪えきれない。奥がひくついて新たな刺激を欲しがる。

「喜祥、私は本当に怒っているんだ。なぜこんなにというほど、激しく。ここに他の男の指が入った、その指におまえが感じた、ただそれだけのことに……」

ラシードは膝立ちになって、カンドゥーラを脱ぎ落とした。露になる攻撃的な身体。

褐色の厚い胸板、引き締まった腰、大腿部にかけてのラインは滑らかで力強い。そして中央に、ラシードの怒りを示すかのようにそそり立つ、牡の証。

美しい身体に見惚れ、同時に怯える。縋りつけば護ってもらえるのだろうけど、歯向かえば無傷では済まないだろう。逃げるのが賢い方策《ほうさく》だが、逃げ場はない。ここは空の上だ。

「喜祥……あの時、私の名を呼んだだろう？」

ラシードは喜祥の顔の横に手を突き、問いかけてきた。喜祥はなんのことかと首を傾げる。

「私に助けを求めただろう？　アリムにやられそうになって」

「助け？　……あ、いや、まさかあんな小さな声……」

名を呼んだというより、呟き程度の音量だったはず。だけどあの時確かに、縋った……。

「私の耳にははっきりと聞こえた。怒りに我を忘れていたが、あれは嬉しかった」

ラシードがふわっと笑ったのを見た瞬間、なにかを撃ち抜かれた。

普段無表情な男前はずるい。少し笑っただけで、よくわからない威力を発揮《はっき》する。

でもたぶん、男前だけが理由ではない。

「おまえ……俺の子供が欲しいのか？」

「子供？　いや、今私が欲しいのは、おまえだ」

即答。言われてそれが自分の欲しかった言葉だと気づく。

「なんで、俺？」

「さあ。なぜかはわからない」

その返答に、上がりかけたテンションが一気に下がった。

「そこは嘘でも、おまえを愛してるから、とか言うところだろ……」

「愛してる？　そこは嘘でもいいのか？　そう言えば抱かせてくれるのなら、何度でも言ってやる」

「いや、嘘はよくないな」

「では率直に。私はおまえを抱きたい。理由はない。おまえが嫌だと言っても、やめる気はない」

「率直すぎるだろ」

　駆け引きもなにもなくて呆れるが、嘘がないのは気持ちいい。偽りの言葉で転がされるより、対等な感じがする。

　しかしラシードの場合、駆け引きなどする必要がなかっただけだろう。

「そういえば、恋愛御法度って……、本当なのか？」

　思い出して問えば、ラシードは眉を寄せた。すぐには答えず、喜祥を抱きしめて首筋に舌を這わせる。喜祥が息を呑んだのを見てから口を開いた。

「そう言われているが、言いつけを守っているわけじゃない。私が恋愛に溺れるなどありえない。したいと思わなかっただけだ。……喜祥、私と恋愛してみるか？」

　榛色の瞳がじっと見つめてくる。

「は？　おま、えっと……え？　恋愛？　おまえと？」

　真っ正面から訊かれると困惑してしまう。予想もしないど真ん中の剛速球を、打ち返すことも捕ることもできず、オロオロと見送った。いつものように「ふざけんな！」と一刀両断《いっとうりょうだん》にすることがなぜかできなかった。男と恋愛なんてするはずもないのに。

「答えは、終わってからゆっくり聞こう」

「終わってから……え？　いや、ちょっと待っ――」

抗弁《こうべん》はまた唇に吸い取られ、乳首の尖りを指でこねられて思考が停止する。

反対の手は腰のラインをなぞり、下腹部へ。喜祥の男の部分を包み込んだ。

「ちょ、ちょっ、待て……って、……あ、あぁ……」

唇が自由になっても、皮膚の薄いところを吸われて息を呑み、下を擦られて息を呑み、待て以上のことが言えない。考えられない。

考える時間を与えても、望む答えは出ないとラシードはわかっているのかもしれない。快感を畳みかけるように、穴に指を入れてきた。

「はぅんっ」

変な声が出て、思わず手で口を塞ぐ。

そこは喜祥にとっての急所だ。男としての自分を殺す場所。

そこを撫でられるとゾクゾクして、じわりとなにかが染み出す。腰から力が抜け、内壁は悦んで指を締めつける。生まれた快感は、瞬く間に全身へと広がり、喜祥を支配する。

これは自分に悦びをもたらすもの。積極的に受け入れろ――そう脳が指令を出す。

もっと弄ってほしい。もっと大きいもので、もっと強く……。

「違う。違う！　俺は男だっ……そんなところは……あ、クソ……やめ……あ、ああっ」

理性と本能がせめぎ合う。いや、男と牝がせめぎ合っているのか。どっちを選ぶべきか、考えるまでもないのに、選べない。

拳を握ってラシードの胸を叩くが、その手を取られ、指を舐められれば簡単に拳はほどけた。指の股をしゃぶられて声が出る。感じている声が。

簡単に手中に落ちてしまう。それが悔しいという気持ちはあるのに、身体が動かない。

それは、快感に支配されてしまったから……。そしてたぶん、相手がラシードだから。

「いや……もうそこ、するな、触るな……気持ち、悪ぃ……」

口だけの抵抗。なけなしの男のプライドを総動員してこの程度。

「気持ち悪い？　本当に？」

ラシードは首筋を舐めながら、中で指を大きく動かし、喜祥の身体をヒクつかせる。

「……ほ、本当に、気持ち悪……」

「こんなに濡れているぞ？　……アリムの時より、いい匂いだ」

ラシードはクンクンと鼻を鳴らし、ニヤッと笑う。入り口のところをぐるっと指でなぞられ、ゾワッと全身の毛が逆立った。滑らかな動きはそこが濡れているからに他ならない。

「……ぁ、ああっ……」

今度は指を抜き差しされて、鼻にかかった声が出た。それでは足りない、という声が。

「気持ちいいんだろう？」

見透かしたように問われる。嘘をつくのか？　と。

「よくな……あ、ああんっ……ンッ……よ、よくても嫌なもんは嫌なんだ！」

気持ちいいのはもう認めざるを得ない。頭がおかしくなりそうなほどいい。それでも、ラシードのアレが欲しいと思う自分なんて認めたくない。

「馬鹿正直。そして強情……本当に面白いな、喜祥は」

「面白がってんじゃ……あ、もうやめ、……するな、それ、嫌っ！」

引っ掻かれる痛みすら気持ちいい。そういうことをラシードは知り尽くしているのだろう。どんどん追い詰められ、逃げ場を失う。

強く歯を食いしばれば、涙がブワッと溢れた。慌てて目を擦る。

その手首をラシードが掴み、目元の涙を舌で拭《ぬぐ》った。

「本当に意地っ張りだな……おまえは」

「うるさ……」

「しょうがない。約束したからな。……でも、マーキングはさせてもらうぞ」

ラシードは溜息交じりに言った。その意味がわからない。マーキングはもうされているだろう。充分に。

穴から指が抜かれ、物欲しげにそこがひくつく。もっと大きいものを与えろ……という身体の訴えを、理性を総動員して無視した。少しでも気を抜けば、死んでも言いたくない言葉を口走ってしまいそうで。

「喜祥……言ってもいいんだぞ？」

見透かしたように、優しい声で促される。

約束は、喜祥が自ら「入れて」と口にすることだった。たった一言でいい。それだけで、硬く大きいもので、中を、奥を、擦ってくれるのだ。存分に。

想像しただけで奥が疼いてどうしようもなくなる。たった一言……。

「……くそったれ！」

求められているのとは正反対の汚い言葉を浴びせた。攻撃は最大の防御《ぼうぎょ》、だ。

ラシードは驚いた顔をして、それから溜息をついた。

「まあ、喜祥らしいけど。……しょうがないな。後悔するなよ？」

ラシードの浮かべた笑みがサディスティックに見えて、ゾクッとした。

その指がまた穴に触れる。身体は期待し、心は怯えた。怒らせてしまって、約束を反故《ほご》にされるのではないかと。

しかし、指はそこを素通りし、さらに後ろの穴で止まった。きつく締まったそこを押され、喜祥は青ざめる。

「まさか、冗談……だろ」

「牝の部分は約束したが、男同士ならいいのだろう？」

「よくねえよ！　おまえ王子だろ⁉　男のケツになんか……プライドはないのか」

「プライド？　なにも感じないから、ないんじゃないか？　私は今楽しいだけだ」

「俺は、全っ然楽しくない！」

「それも含めて私は楽しい」

「鬼か！」

ラシードは笑いながらそこに指をねじ込み、喜祥は息を呑む。前の穴は最初から気持ちよかったが、後ろの穴は指をきつく拒む。違和感と嫌悪感でいっぱいになるのは、ある意味ありがたかった。心と身体が乖離《かいり》しないから。

「遠い昔、身体の大きな外来人を恐れ、鬼と呼んでいた、という説もある。ならば私は鬼でも間違いではない」

「てめえの無駄知識なんか……、ん、クッ……も、やめろ、マジで気持ち悪ぃ……」

「マジで、ね。まあしょうがないな。こっちの穴はそれ用じゃないし、濡れないから」

ラシードは喜祥の膝裏に手を入れ、押し上げた。白い尻が天を向くと、膝を左右に開かれ、隠されていた部分がすべてラシードの眼前に晒《さら》される。

喜祥は、ほのかに重力に逆らい揺れる、自分の竿を見上げて泣きたくなった。最悪だ。

「白い脚が、まるで開いた花弁《かべん》のよう。その中心から芳香《ほうこう》が……百合の花だ」

ラシードはうっとり見つめ、そこに顔を近づけて、香る穴ではなく、閉じた蕾を舐めた。

「う、わ、やめろっ！　馬鹿、変た、いっ……」

躊躇《ちゅうちょ》もなくペロペロ舐められ、怒りと羞恥で顔が真っ赤になる。体勢的にも頭に血が上り、逃れようともがけば自分の性器が揺れ、視覚のダメージも手伝ってクラクラする。

耐えきれず視線を逸らせば、カウンターの上には気高く清廉《せいれん》な白百合の花。こんな自分とあれのどこが似ているというのか。ラシードの感性はおかしい。

「もう……やめろ……」

ピチャピチャと濡れた音が聴覚にもダメージを与える。そこに再び指が入ってきた。

こっちの穴は異物《いぶつ》の侵入を歓迎しない。心身共に拒むのに、強引に入ってきた指の先が内壁を押した。すると壁の向こう側がザワッと色めき立った。外から押されても感じるなんて反則だ。

「どうした？」

わかっていて訊いてくる男が恨めしい。

「なにも……すげ、気持ち悪ぃだけ」

嘘じゃない。自分の身体が気持ち悪い。後ろの穴に指を入れ、前に向かって強く押すと、牝の部分も、前立腺も、一気に刺激されて気持ちよくなるなんてどういう構造なのか。

これはラシードも手探りらしく、角度を変え、圧を変えして、喜祥の反応を窺う。

喜祥は口に手の甲を押し当て、声と感情を必死に抑えつけた。

「喜祥……そういうの、可愛いぞ？」

キッと睨みつけるとラシードが楽しげに笑う。そして、高々と掲《かか》げられていた尻が下ろされ、体勢が楽になってホッと息をついた。

「喜祥……今日私が抱くのは、男のおまえだ」

そう宣言され、男の証の先端を吸われた。ゾクッと肌が粟立《あわだ》ち、舐められて声が漏れる。

「はぅ……、あ、ん……」

ラシードの口に自分のものが含まれている。王子がなにをしているのか……。

男同士、ならいいのか？　牝扱いでなければ……いや、よくないだろう。

声を出すまいと口を閉じても、リズミカルな動きに合わせて鼻から声が漏れた。

男の部分の快感は直接脳に来る。攻撃的な気持ちが高まって、無意識に腰が動く。

後ろに指を入れられても、前の気持ちよさが勝った。

「あ、あぁ……ん、ん……」

袋を戯れに揉まれ、その弾みで指が穴に触れるとあられもない声が出た。

「やああっ、あ、もう……もう……」

あともう少し、というところでラシードが口を離した。高ぶりきったものが外気《がいき》に晒され、ふるふると震える。

非難がましくラシードを見れば、そういう顔が見たかった、と微笑まれる。悔しいが、早くイかせてほしくて責める余裕もない。

ラシードは後ろの穴から指を抜き、再び喜祥の足を抱えて、指より大きなものをそこにあてがった。

「あ、それは、いや……いらな……」

「悪いな、もう限界だ」

「あ、うぅ……、てめ……ん、んんっ……」

拒む間もなくそれは入ってきた。大きく開かされた入口は閉じようにも力が入らない。じわじわ侵入してくるものの大きさに、裂けてしまうのではと怖くなる。

「ぁ……いや、だ……ラシー……やめっ……」

胸を押すが、ラシードはさらに前傾してくる。抱き潰され、首筋に噛みつかれた。痛みにビクッとすれば、舐めて宥められる。

「喜祥……すごく、いい……」

自分の中にある圧倒的な存在感。それが動いて、擦れて、押される。

「あ、大き……苦し……、んん……も、抜けっ」

身の内で起こる初めての感覚についていけず、なんとか声を絞り出す。

「わかった」

あっさり了承されて驚いたが、本当に中のものが抜けていって、ホッと身体の力を抜いたところで、また一気に入ってきた。

「はんっ――」

さっきより深く入って、身体が痙攣《けいれん》するように震える。

とんでもない騙し討ちに、涙目で睨みつけたが、楽しげな顔を返される。

「本当におまえは警戒心がないな」

「てめえ……」

「途中でやめられるわけがない、こんなに気持ちいいこと。交尾《こうび》が楽しいなんて初めてだ。……いや、子ができないから交尾ではないな。おまえも安心して楽しめ」

「楽しめるわけがな……ぁ、あ、動く、な、あっ……」

ラシードの手が腰をしっかり掴み、より強くそれを打ち付けてくる。熱いものが中を行き来し、激しさがまた熱を生み、身体の内側がとんでもなく熱くなる。

反り返った凶器で壁を激しく突かれているうちに、わけがわからなくなった。それはどこに入っているのか、どこが感じているのか。自分は今、男なのか牝なのか。

「やっ、あ、ん、んんっ……ん、あ、ぁ……」

嫌だ、怖い、男同士を楽しむなんてできない。自分はそうじゃない。

でも、気持ちいい……。自然の摂理《せつり》に反する行為のはずなのに、気持ちいいのだ。男に抱かれて、貫かれて。

自然の摂理とは、性別とはいったいなんだ？

「喜祥……おまえは私のものだ。もう放してやれない」

逞しい腕の中、立ちのぼる猛々しい匂いに包まれ、支配的なことを言われて嬉しがっている。もっと奥を、もっと激しく……と訴える。自分の中に、自分の思い通りにならない生き物が住んでいる。

「俺は、俺のだ」

口に出して自分に言い聞かせた。

「強情だな。……こんな、むせ返るような匂いをさせておいて……」

「それは、あそこにある百合の匂い、だ」

言い返せば溜息が聞こえた。首筋を毛繕《けづくろ》いのごとくペロペロ舐められ、その気持ちよさに中にいるラシードをキュッと締めつける。

「喜祥……煽るな。抑えがきかなくなる」

ラシードはかすれた声で囁き、下半身をさらに激しく動かしはじめた。

「あ、あ、ああっ……」

もっと激しくしてほしい気持ちと、これ以上は壊れてしまうという恐れと。込み上げる感情を、ラシードの熱い棒が激しく掻き回す。

「こっちもいいな……」

ラシードがボソッと言った。その言葉に不快感と苛立《いらだ》ちが込み上げる。比べたのは、過去に抱いた女か、牝の穴か。比べられたことも、その評価も気に入らない。けど、文句を言う余裕はなかった。

「あ、クソ……もうイ、く……嫌だ、抜けっ……」

そう言いながら、自分より逞しい胸板に縋りつき、その背に爪を立てる。

「喜祥……イけ。私を中に感じて」

奥深くに「私」を突き入れられ、息を呑む。目元を舐められて、閉じていた目をうっすら開けば、透き通るような榛色の瞳が自分を見つめていた。その口の端がフッと上がり、牙と赤い舌が見えた直後、「私」が暴走《ぼうそう》を始めた。

「あ、あ、あ……ああ、ああっ」

責め苛《さいな》むような激しい抽挿に、快感が圧縮されていく。

「あ、ああ――っ」

それが弾けて一気に流れ出し、気づけば達していた。

身体が痺《しび》れたようになって力が入らず、拍動《はくどう》に合わせて白濁《はくだく》が溢れる。

「喜祥……気持ちよかったか？」

問われたことにも気づかぬ様子の喜祥の耳を、ラシードが舐めた。

「ぁ……」

それにも感じて、先端から残滓《ざんし》が零れる。快楽に蕩《とろ》けて放心している喜祥の、平素《へいそ》からは想像もつかないしどけない姿を、ラシードは満足げに見つめ、舌なめずりした。

喜祥の中でまだ強く脈打っているものをじわりと引いて、

「もう少し付き合え」

またグイッと突き入れた。

喜祥は息を呑んだが、拒否する言葉は出なかった。

自分は負けたのだ……。ラシードに。自分の身体に。敗者は勝者に従う義務がある。

喜祥の身体の中まで把握《はあく》したらしいラシードは、的確にいいところを突いてきた。イッたばかりなのに、またそこが熱くなってきて困惑する。

「俺は、もういい……」

もう感じたくなくて言ったのに、ラシードは喜祥を感じさせ、口から喘ぎ声をあげさせ、縋りつかせた。それによってラシード自身も昂ぶり、抽挿はまた激しくなっていく。

「喜祥……おまえは私のものだ。その印を、中に刻む」

ラシードは誓約のように告げて、己のもので喜祥を力強く突き上げた。獣が咆哮《ほうこう》するように背をのけぞらせ、奥深いところに精を放つ。

喜祥は腹の中が熱くなったのを感じ、身を震わせた。ラシードの匂いが細胞にまで染み込んでいくようで怖くなる。

印……これが本当のマーキングだというのか。

それでも、やっと終わったのだと思い、大きく息を吐いた。心身共に疲弊《ひへい》し、脱力《だつりょく》して解放されるのを待ったが、ラシードは中から出ていこうとしない。

「なに……もう終わったんだろ？」

「一度放ったくらいで終われない」

「は？　え、ちょ……もう少しって言ったろ。だから付き合ってやったんだ！」

自分が一回イッたから、一回は許すしかないと思った。

「もう少しが一回だとは限らない」

「こ、こっちは初めてなんだぞ！　ちょっとは遠慮しろ」

「遠慮が美しいのは、今を逃しても後悔しない場合のみ。好機《こうき》にはとことん貪るのがアラブ流だ」

「結局、自分の思うようにするんだろ！」

「その通り。おまえが女だというのなら、遠慮してやってもいいが？」

ニヤッと笑われてムッとする。

「都合のいい時だけ男扱いしやがって。俺の尻は、おまえのそのでかいのを突っ込むようにはできてないんだよ！」

「でも、気持ちよかった、だろう？」

ラシードは快感を思い出させるように、腰をゆるく動かした。クチュッと音がして、喜祥は赤くなる。ラシードのもので、中が濡れているのだ。

「よ、よかったとしても、したくねえんだよ！」

「難しく考えず楽しめばいい。まだしばらくは、他にすることもない」

そう言われて機上《きじょう》だと思い出す。それくらい飛行は安定していた。いや、少しぐらい揺れても気づかなかったに違いない。

「そ、そんなによかったのかよ？　男のケツが」

わざとラシードが肯定しにくいような言い方をしたのに、

「ああ、すごくよかった。おまえの、中が」

笑顔で肯定される。しかも言い方がエロくて、中のラシードを締めつけてしまう不覚。

「くそったれ……」

「振り出しに戻ったな」

ラシードは笑いながら腰を動かしはじめた。喜祥の言い分を聞き入れる気は微塵《みじん》もないらしい。

喜祥の反発をも楽しみながら、何度も身体を繋ぎ、何度も喜祥を蕩けさせた。

絶倫《ぜつりん》王子に漸《よう》う解放されて、ベッドの中へ沈み込んだ瞬間、ふわっと身体が浮いた。嫌な浮遊感《ふゆうかん》に思わず横にいた重量物にしがみつく。

「少し気流《きりゅう》が乱れただけだ。心配ない。……もっと乱れてもいいくらいだ」

ラシードは喜祥にしがみつかれて嬉しそうに目を細めた。決まり悪く離れようとするのを抱き寄せ、目元を舐める。

「ペロペロ舐めんな、変態猫野郎」

自分からしがみついたことは棚上げにして罵倒し、突き放す。

「猫ではない、獅子だ」

それでもラシードは怒ることなく楽しげだ。

その顔を見ると、喜祥の中の怒りの感情は急速に萎《しぼ》んでしまう。この期に及んでも危機感は薄く、自分が日本に戻れなくなるとは思っていなかった。

精《せい》も根《こん》も尽き果てて眠りに落ちた喜祥を、ラシードはそっと抱き寄せて眠りについた。

六

砂漠の砂は乾いた液体だ。右に左にさらさらと流れ、定まった形はない。サンドベージュの大海原《おおうなばら》。揺れる波間に突如《とつじょ》現れる、アラブ様式の宮殿。

尖塔《せんとう》アーチを多用した白い石造りの建造物は、砂の海に幻想的に浮かんでいた。

「ここから半径十キロ圏内に人の住む建物はない」

外は灼熱《しゃくねつ》でも、宮殿の中はひんやりしていた。中庭には砂漠であることを忘れるような緑が豊かに茂り、部屋の窓からそれを眺めることができる。室内にいる限りは快適だ。

「砂漠の十キロは東京の十キロとは違う。人が死ぬ距離だ。逃げようなどとは考えるな。まあその格好で抜け出す勇気があれば、だが」

装飾過多のふわふわベッドの上、白い薄絹を纏っているだけの姿はまさに、囚われの姫君。絹は日本製の最高級品で、とても肌ざわりがいいが、サバイバルには向かない。

よもや自分がこんな目に遭おうとは、悪夢だとしか思えない。

「帰らせろ。俺には仕事がある」

現実的なことを言うほど、非現実感が際立った。

「おまえは今日からシンラー国駐在員だ。おまえの会社の了承はすでに取った」

「なに勝手なことしてんだよ、ふざけんな！　俺がどれだけ頑張って今の仕事をやってたか、おまえ知ってるだろ⁉」

「それに関しては少々申し訳なく思っている」

「少々かよ。どうせ出来レースなんだから、誰がやっても一緒だとか思ってんだろ？　それでも俺にとっては大事な仕事だったんだ。そういう一つ一つが経験になって、でかい仕事ができるようになるんだ、おまえに奪う権利はない！」

「権利はないが、やってしまったし、やれたからな。大きい仕事がしたいなら、日本資本のオイルプラントを作る計画に参加させてやる。我が国に外国資本のプラントはない。これほど大きい仕事はないだろう」

　それは確かに大きな仕事だ。しかしいきなり目の前にポンと置かれても、やる気になれるはずがない。自分の力が認められて、必要とされているわけではないのだから。

「そういうことじゃねえんだよ！　おまえにはわからないだろうけど……。とにかく俺は、棚からぼた餅《もち》が降ってきてもなんにも嬉しくないの。手の届かないところにあるぼた餅を、苦労して自分の手でもぎ取って、やったぜ！って叫びたいのっ。俺を日本に帰せ」

「嫌だ」

「ガキみたいな駄々こねても可愛くねえんだよ。これは立派な人権侵害だ！」

「おまえがそれを訴えても聞く者はいない」

「てめえ……」

　せめて空港で逃亡するべきだったと今頃思っても遅い。

機能的で美しい空港は、王子の極秘帰国に際し警備も万全だった。逃げようとしても、逃げる隙などなかったに違いないが。

そこから車に乗り込み、砂漠の中を走って宮殿へ。ここに力なき庶民の声に耳を貸す者はない。独裁者の城だ。

「でも、家族は捜すぞ。いくら能天気《のうてんき》でも、息子が突然消えたら心配する」

「ぬかりはない。急遽《きゅうきょ》帰ることになった私と、我が国でバカンスだと言ってある」

「は？　ぬかってるだろ、それ。そんな急にバカンスに行くなんて、信じるわけが……」

「おまえの部屋の、机の二番目の引き出しにしまってあったパスポートを、母上が渡してくれた。あと、『生水《なまみず》は飲むな』という伝言だ。父上は、『婚前《こんぜん》旅行が恥ずかしくて顔も出せないのか……』と笑っておられた」

「う、うぅ……」

「名実たちは、『私たちも行くー』と言って、ご両親に止められていたな。そのうち招待してもらえるから我慢しろ、と兄上が……」

「もういい」

万事休すだ。うちの家族はラシードを信用しすぎている。そしてラシードとの関係について誤解があり、その誤解を肯定的に受け入れている。本人から連絡がないことをなぜ不審に思わないのか。

「警戒心が薄いのは家系だな」

間違いない。

「当面のおまえの仕事は、私の白百合になることだ。それができれば、オイルプラント建設事業に携《たずさ》わらせてやる」

「はあ⁉　おまえ好みの女になったら仕事を与えてやるってか⁉　俺に身体を売れって言ってるようなもんだぞ、それ。マジ最低だな、おまえ」

「おまえが身体を売ったくらいでオイルプラントの仕事が取れるわけないだろう。私は努力すれば褒美《ほうび》をやると言ってるだけだ」

「失礼だな！　確かに俺の身体にそんな価値はねえけど！　じゃあおまえはなんだ。努力したら褒美をやる？　何様だよ⁉　俺はおまえの犬じゃねえ」

「なにが気に入らない」

「なにもかもだ！」

「では、なにも与えないがここにいろ」

「ふ、ざ、けんな！」

まったく噛み合わない。わかり合える気がしない。なぜ怒っているのかわからないラシードがわからない。国とか身分とか、生まれ育った環境が違いすぎるのだろう。

「ではどうすれば……。そういえば喜祥、私と恋愛をする気にはなったか？」

「このタイミングでそれ訊いて、なったって言うわけねえだろ！」

仕事ではあんなに気が回るのに、なぜプライベートだとこんなに人の気持ちがわからないのか。

ラシードに普通の恋愛はたぶん無理だ。

「まあそれはそれでいい。恋愛となるといろいろ面倒だからな」

達観したように言って近づいてくる。無表情なのになぜか怒っていると感じる。

「なんだよ、近づくな！　おまえだって恋愛する気なんかないんだろ⁉」

逃げようとしたら足首を掴まれ、ベッドに引き戻される。やや乱暴な扱いだったが、柔らかなベッドに受けとめられて痛みはない。しかし、上から肩を押さえつけられれば、強すぎる力に眉が寄る。

「恋愛しなくても、おまえを抱くことはできる」

「同意してない相手を力尽くで抱くのは強姦《ごうかん》だ」

すでに誘拐監禁の罪を犯しているが、この国でラシードが裁かれることはない。つまり強姦も裁かれない。しかしラシードの手の力は少し弱まった。

「同意は後で得る」

「俺は絶対に同意しない」

「おまえは……感じるくせになぜ嫌がる？　なぜ私に逆らう？」

至近距離でじっと見つめられると、落ち着かない気分になる。この榛色の瞳は苦手だ。

「俺は男だから、男に抱かれるのは嫌なんだよ！」

簡単なことだ。常識だ。なのに、嘘をついているような気分になるのはなぜなのか。

「男だから、だけか？」

「俺にとってはそれが大問題なんだよ！」

「そうか。しかしそれはどうにもならないな。しょうがない」

議論の答えは出た、とばかりにラシードは身体を重ねてくる。

「しょうがない、で終わりか!?」

「終わりだ。どうにもならない問題なら、私の意思が優先される。この国で私より優先されるとしたら、父と兄の意思くらいのものだろう」

「じゃあ、その人たちが、俺が欲しいって言ったら譲るのか？」

そんなことはありえないだろうが訊いてみた。

「そうだな……今まで一度も逆らおうと思ったことはないが、その時は下克上《げこくじょう》するか」

「アホか。下克上なんて、それこそ男に惚れておかしくなったとか言われるぞ」

「なるほど……。しかし私はおまえに惚れてはいない」

「……じゃあなんで俺はこんなところに連れてこられたんだ？」

「それは……他の牡に取られないように。それと、おまえといると楽しいからだ」

「楽しい？」

「私はこれまでずっと、国のため一族のために生きてきた。それだけが私の生きる価値だと思っていたし、それ以上にしたいこともなかった。しかし、日本にだけは行ってみたいと思って、行ってみたら楽しくて。自分のしたいことをするのは楽しいのだと知った」

そんなことを言って笑うのを見ると、なにも言い返せなくなる。自分のしたいように生きるのが当然だと思ってきた喜祥には、国のために生きるのが当然という人生が想像できない。多少傲慢でもしょうがないか……、などと思ってしまう。

「種付けも私にとっては義務でしかなかった。しかし喜祥を抱いてトロトロにするのは楽しかった。喜祥のこの可愛い口で『入れて』と言われたら、死んでもいいくらい幸せだろうと思うから、連れてきた」

そう言いながらラシードは、喜祥の唇をぷにぷにと指で押した。そんな結論に達するとは……同情して損した。

「死んでも言わないから、さっさと帰せ」

唇を押す手を冷たく払いのける。

「だから私は、おまえが『入れて』と言うまで種付けはしない」

「言わねえって言ってんだろ、人の話を聞け！　そして俺を日本に帰せ」

楽しく生きてほしいという気持ちはあるが、帰るためにはそれをぶち壊さなくてはならない。自分が悪いことをしているとわからせるのも、ラシードのためだろう。

「この国にはまだ奴隷制《どれいせい》があるのか？　おまえは俺を奴隷にするつもりか？」

「そんな愚かな制度はないし、おまえを奴隷になどするわけがない。私の白百合になってほしいだけだ」

頬に触れられ、顔を背ける。

「だからそれが、俺にとっては奴隷になれって言われてんのと同じなんだよ！　俺は雑草《ざっそう》だ、せいぜいタンポポか野アザミだ。どう頑張っても白百合にはなれねえ」

「我が国に雑草というものはない。すべて貴重な植物だが、おまえは白百合だ。私の」

話はどこまでも平行線だった。頑なな喜祥に業を煮やしたラシードは、薄絹ごとその身体を抱きしめた。有無《うむ》を言わさず首筋にしゃぶりつき、細腰《ほそごし》を抱き、尻を撫でる。

「……ぁっ、……てめ……触るな、俺は、許してねえぞ！」

薄絹の中に顔を突っ込んで、ツンと尖ったピンクの粒を舐め、囓る。

「ああっ！　……バカ、すんなって……」

「おまえを抱いている時は、生きている感じがする」

そう言って楽しそうに笑うのが困る。

「そんなこと言ったって、俺は情けなんてかけねえ、ぞ、……ぁ、んっ……」

ラシードはそれを聞き、乳首を指で捏ねながら、なにか考える顔になる。

「種付けしないのに抱くなんて、おまえだけだ……ではどうだ？」

「どうって、なにがだ⁉　俺は、おまえがなに言ったって、絶対……」

「まあいい。これからは二人きりだ。毎日抱いてやる」

「は？　まいに……って、冗談じゃな……」

薄絹のさらさらとした感触や、ラシードの指使いに、いちいち感じてしまう。敏感な自分の身体が恨めしい。

抱かれる気持ちよさなんて知りたくなかった。気持ちいいと思うたび、自分が女に作りかえられていくようで、怖くてたまらない。

「ここに……アリムは指を何本入れた？」

ラシードは牝の部分を指でなぞり、問いかける。

「知るかっ……あ、やだ、そこは……さわんな、て……」

自分の身体の中心にあって、自分を裏切る場所。そこに指を入れられると、腰から下が蕩けてしまう。

「そういう顔をあいつにも見せたのか」

「そうだよ！　そこは誰にされても感じるんだ！　感じちまうから……嫌なんだ」

感じたくないけど、自分でもどうしようもない。本能に支配されてしまう。とろんと身を委ねたくなるそれに抗うのはひどく疲れる。

「私には素直に感じていいんだぞ？」

「嫌だ」

「感じたくなくても感じるのなら、感じたくて感じる時は、どれほど気持ちいいのだろうな？」

耳元で唆すように囁かれた。

どれほど気持ちいいのか……。想像してしまって、味わいたいという欲求が強烈に込み上げてくる。一度だけ、あの大きなものを入れてもらえばいい……という悪魔の囁きを必死に振り払う。

一度味わったら溺れてしまう。そんな気がするから絶対に嫌なのだ。

男に組み敷かれて、あられもなく感じている自分。そんな自分は絶対に許せない。男のものが欲しいなんて、死んでも言わない。

「もうするな、触るなっ」

入り口を指で弄られる気持ちよさに、肌を粟立たせながら拒否する。

「素直にねだれ。……入れてって言ってみろ」

「無理……嫌っ……俺は、牝じゃな……っ」

耳を舐められてゾクゾクする。声が裏返るので長いセンテンスが喋れず、子供が駄々をこねているような調子になる。

「や……ぁ、ああ、あ、んっ」

口を開けば喘ぎ声になって、自己嫌悪に苛まれる。なぜ、自分が、こんな……。

「ラシー……」

金色の髪を乱暴に引っ張ったのに、馬鹿な男は「なんだ?」と嬉しそうな顔をする。

「ぶっ飛ばす」

潤んだ目に殺意を込め、声を低く振り絞ったのに、ラシードは笑った。

「いいぞ。おまえが私に向ける言葉なら、どんな言葉でも嬉しい。もっと私の名を呼べ」

そんなことを言いながら、口を口で塞いで喋れなくする。

ラシードのキスは濃厚でねちっこい。唇の肉が厚いせいかもしれない。弾力があって日本人の薄い唇じゃ太刀《たち》打ちできない。

猛獣相手に為す術もない小動物になった気分だ。

実際これは猛獣で、やろうと思えば自分を噛み殺すことだってできる。アリムを襲おうとした獅子の姿が脳裏によみがえり、喜祥はわずかに身を固くした。

「どうした？」

「俺は美味くないぞ。食うなよ」

「ものすごく美味そうだが……。私が怖いのか？　喜祥」

間近で見つめられ、榛色の瞳の奥に見つけたのは、凶暴性ではなく深い孤独の陰だった。ああ、だから自分はこの目が苦手なのだ……と気づく。

特殊な一族の中でも異端のラシード。その孤独は計り知れない。

「怖くはない。怖かったら、とっくに従ってる」

「そうだな。牝は牡より強いものだ。私はおまえを食わない。愛《め》でる」

余計なことを言う。牝扱いはＮＧだとなぜわからないのか。

長い舌で首筋を舐められても、味見されている恐怖はなく、毛繕いされているように、くすぐったくて、ゾクゾクして、腹を見せたくなる。それが全身に施される頃には、身体はすっかりラシードのものになっていた。

されるがまま。声を堪えることがせめてもの抵抗だったが、それも次第にできなくなる。

「あ、ぁあ、あぁ……ん、あ、んんっ」

身体がすっかり弛緩したところで、後ろの穴をこじ開けられた。

「そこ、やぁ……だっ……あ、あ、あぁ……」

身体を軽々と抱き上げられ、大きなもので貫かれて、揺さぶられると声が溢れた。

やっぱり怖い。大きくて、壊されてしまいそうで。ラシードの肩口に噛みついてみたが、張りのある強靱《きょうじん》な筋肉に歯が立たない。蚊に刺されたほどにも感じていないようだ。

尚《なお》もきつく抱きしめられ、熱いものを何度も何度も受け入れさせられる。

「ああ、あ、あ……もう、やだ、ぁあ……」

「前にも欲しいか?」

見透かしたように甘く誘いかけられるが、首を横に振る。

「いらな……」

「強情だな。でも、それでこそ喜祥だ……などと思うのは、私が調教されているのか?」

そんなラシードの呟きは、喜祥の耳には届いていなかった。

その背に爪を立て、必死にしがみついていないと落ちてしまいそうだった。どこか深いところに……。

「あ、あ、イく……いや、出ちゃ……あ、ああっ……」

喜祥が果てると、ラシードはいたわるように目元を舐めたが、またすぐに動きはじめる。

責め苦のような快楽がいつまでも続いた。


「こんなに蕩けてるのに、もったいない」

耳障りな水音。内側を擦る指。断続的に込み上げてくる、欲求。

「うっせ、仕事行くんだろ、行け、さっさと！」

朝っぱらから穴を弄り回されて、身体が深夜に逆戻りしそうになる。くっついてくる王子を足蹴《あしげ》にして、カーテンを全開にし、強い日差しで夜の空気を一掃する。

三日ほど、昼夜《ちゅうや》関係なく何度も抱かれて、感じることに少しは耐性がついたようだ。最初は足腰も立たないほどだったが、今は全力で蹴りが入れられるし、罵声も浴びせられる。

ラシードのバカンスは終わり、今日から王宮に出仕《しゅっし》する。しかし行きたくないと駄々をこね、ギリギリまで喜祥に触れていた。いってらっしゃいのキスも無理矢理奪われた。

一方的な新婚ごっこだが、ラシードは楽しそうだった。そんなラシードを見ていると絆されてしまいそうになるが、そうはいかない。

これは重大な人権侵害だ。誘拐だ、拉致監禁だ。

とはいえ、部屋に閉じ込められているわけではない、屋敷内は自由に歩き回っていいと言われている。しかし身につけているのが薄絹一枚では出歩く気になれない。

使用人たちにはすでにこの姿を見られている。最初にこの姿で紹介されたのだ。言葉はわからなかったが、ラシードは客として丁重にもてなせと言ったようだった。しかし使用人たちの視線は冷ややかで、招かれざる客なのは明らかだった。主人が変な男娼《だんしょう》を連れてきた……と思われたに違いない。

おとなしく囲われてやる義理はなく、逃げたい気持ちは山々だったが、装備もなく砂漠に出るのが自殺行為だということくらい、危機感の足りない日本人にだってわかる。

「せめて服をくれ」

ラシードにそう訴え続けて、やっと手に入れたのが白いカンドゥーラ。これもひらひらして心《こころ》許《もと》ないが、女性用の黒いアバヤではなかったのでよしとする。

服をゲットすると、喜祥は積極的に部屋の外に出た。広い屋敷だが使用人は十人ほどしかいないようだ。料理を運んできてくれる者、庭の手入れをしている者など、会えば話しかけてみるのだが言葉が通じない。

「アッサラーム、アライクム」

「ワ、アライクム、サラーム」

挨拶を交わし合った後が続かない。アラブの人は英語が喋れるとなにかで読んだ気がしたが、それはあくまで観光地の話なのだろう。英語で話しかけても、わかりません、という顔をされる。

それ以前に、話したくなさそうな空気を感じた。女性の目は冷ややかで、男性にいたっては鼻と口を押さえてそそくさと逃げていく。

「臭いのか、俺……」

牝の匂いというやつなのか。風呂で洗い流したかったが、ここは水の少ない国だ。ラシードが身体を拭いてくれるので我慢するしかなかった。自分で拭きたいと言うと、拒否されるのだ。もっとゴシゴシ擦りたいのに。

小さな不満が溜まっていく。それを匂いで察したか、

「ここが私の書斎だ。自由に入っていい」

　と、本で埋め尽くされた部屋に通された。その半分ほどは日本語の本で、絵本から専門書まで多《た》岐《き》に渡り、勉強の跡が窺えた。

「ここでアリムと勉強してたのか？」

「あいつと一緒だったのは施設までだ。アリムのことは忘れろ」

　アリムの名を出すと途端にラシードの機嫌は悪くなった。

「そういえばアリムはあの後、どうなったんだ？」

「忘れろと言っただろう」

「仲直りしてないのか？　アリムはおまえが道を誤ろうとしてると思って、正そうとしたんだ。やり方は間違ってたけど」

「それ以上アリムを擁護《ようご》すると、奴に悪いことが起きるぞ」

「今は悪いことは起きてないってことか？」

「若干は起きているが、おまえに関係ない。それに、仲直りするほど元々仲よくもない」

「でもおまえの勉強に付き合ってくれたんだろ？　あんなにうまくなるほど。まあそれが、友情だったのか、忠誠心みたいなものだったのかは、俺にはわからないけど」

　少なくとも当時はラシードも、一緒に勉強してもいいと思っていたのだろう。

「あいつのことはもういい。私のことだけ考えていろ」

「あ？　おまえのこと？　クソ、変態、死ねって毎日考えるのか？　それは俺の気持ちが殺伐《さつばつ》とす

れる。そういうところはわかりやすくて面白い。

「それだけだな」

即答すれば、ラシードは少なからずダメージを受けたようだ。無表情のまま口が真一文字に結ばれる。そういうところはわかりやすくて面白い。


嫌いではないのだ。でも、こんなことをする相手を好きだとは言えない。

ラシードは毎日、仕事から帰ってくると喜祥を抱いた。

「なあ、俺がやってた仕事は、その後どうなった？　ちゃんと契約できたのか？」

ことを終え、寝物語に訊ねた。ずっと気になっていたのだ。もう結果は出たはず。

「できた。大丈夫だ。おまえが整えたとおりに引き継がれて成功した」

「そうか……」

誰かがちゃんとやってくれているだろうことは疑っていなかった。会社とはそういうものだし、周りは優秀な人ばかりだった。それだけのものを整えていたという自負もある。

でもだからこそ、最後まで自分でやって、契約成立の達成感を味わいたかった。

悔しさと安堵が半々……いや、悔しさが八割くらいあるかもしれない。

「でもさ……そもそもあの契約、おまえがうちの会社に持ち込んだんじゃないのか？」

ずっと違和感を覚えていた。

新規の仕事を思い切って若い社員に任せることはあるが、契約成立後に動く金額が大きく、競合が大手ばかりとなれば、経験豊かなベテランに任せ、喜祥はサポートにつけて勉強させるのが妥当《だとう》だ。タイミングも、ラシードと出会った直後だったし、体験入社などと同行してきて、出来レースだという内情も知っていた。

心の片隅で疑いながら、そうであってほしくないという思いから確認しなかった。

「なるほど……警戒心は薄くとも、商社に勤めるだけの頭脳はあったか」

感心したように言われてムッとする。それは肯定であり、ラシードが喜祥を侮《あなど》っていたということ。自分の仕事だと思っていたものも、ラシードに与えられたものだったのだ。

「おまえは基本的に俺を馬鹿にしてるよな」

一気に空《むな》しくなった。すごく頑張ったのに……。

「いや。誠実が取り柄の一生懸命な奴、だと思っている」

「それが馬鹿にしてるっていうんだよ」

「一生懸命さがハムスターのようで可愛いとも思っていたぞ」

「だから！　それが馬鹿にしてるんだろ！　ハムスターってなんだよ！」

「私は褒めている。人に可愛いなんて言ったことはない」

「可愛いは褒め言葉じゃねえ！　……もういい。おまえが俺をどう見てるのか、よーくわかった。やっぱり俺はおまえの玩具なんだな。子を産むっていうオプション付きの」

男としてまったく認められていないのだ。どの方面においても。

「そんなことはない」

「じゃあなにか仕事させろ。なんでもいい」

前のめりに言った。なにかしないとアイデンティティーが保てない。

「……検討する」

「検討結果が三日以内に出ないようなら、俺はおまえに無能の烙印を押す」

「一週間くらいは……」

「はい、無能。おまえが有能な国民のカリスマでも、判断を間違わない予言の子でも、俺にとってはただの誘拐犯だから。人権搾取者だから！」

はっきり犯罪者呼ばわりすれば、ラシードの表情が険しくなった。怒らせたのかもしれないが、謝る気はさらさらない。すべて事実だ。

「予言の子なんて誰に聞いた？　……アリムか。余計なことを……」

喜祥としては誘拐犯や人権搾取者の方に怒ってほしかったのだが。

「国の未来を背負うなんてプレッシャー、俺には想像もできないけど、尊敬も同情もしないぞ。労《いたわ》ってほしいなら他をあたれ」

大和撫子《やまとなでしこ》的な労りや内助《ないじょ》の功《こう》なんてものを求めているならお門違《かどちが》いだ。そんなスキルはないし、やる気もない。

「労ってほしいなんて思ったことはない。おまえはそのままでいい。私の傍らで咲いていてくれたらそれで……」

「だからその白百合幻想は捨てろ。……おまえは俺が傍らにいさえすれば、後ろを向いてても、萎《しお》れてもいいっていうのか？」

「喜祥は萎れないから、後ろを向いていてもそばにいてくれればいい」

「俺だって萎れるっての。でも、ちょっとわかりやすくなった」

結局ラシードは寂しいのだろう。己の孤独を理解してくれる者はいないと諦めているが、それでも誰かにそばにいてほしいのだ。わからないのはなぜその誰かが自分なのか。

「もちろん、こっちを見てくれた方が嬉しいぞ」

慌てて付け加えたような言葉にクスッと笑ってしまう。それはそうだろう。

「俺にそれを望むより、他を探した方が早い」

「早くない。今までそういう人間はいなかった。心動かされることさえ一度もなかった」

「これから、あるかもしれないだろ」

「おまえがいい」

「……それは、なぜ？」

「なぜかは、わからないが……」

結局これなのだ。自分の心にも、人の心にも疎いせいで、都合のいい嘘をつくことも、うまい駆け引きもできない。

この調子では、政治的なことや商取引でもいつか失敗するだろう。今までうまくいっていたのは、単純にラシードが優秀で、神のご加護もあったのかもしれない。しかしどんなことだって結局相手は人間だ。ひとつ読み違えればこじれてしまい、ラシードにその対処は難しいだろう。

「おまえはもっと、自分や人の心に関心を向けろ。でも恋愛は……しない方がいいな」

今のラシードは、初めて執着できる玩具を見つけた子供だ。だけど身体は大人で、腕力は超人的で、気持ちよくなる方法も知っている。かなりタチが悪い。

喜祥の抵抗を楽しんでいるだけなら、アリムの言うとおり、一度種付けさせれば冷めるのかもしれない。それなら一度だけさせれば……いや、一度でも許せば自分が終わるだろう。男としての自分が、完全に。

「おまえの心には関心があるぞ。恋愛は……。おまえは恋愛したことがあるのか？」

「そりゃもちろん」

「相手は誰だ？　どういう気持ちだった？」

「相手は……まあ女の子だけど。その子を大事にしたいとか、誰にも渡したくないとか、そばにいると楽しいとか……」

「私にとって、それはおまえだ。ではこれは恋愛か？　おまえのその女への気持ちはもうないのだよな？」

怒ったように確認される。

喜祥の耳には、おまえが好きだ、過去の相手に嫉妬していると聞こえたが、ラシードの考えを自分の物差しで測るのは危険だ。常識も価値観もまったく違うのだから。

「あったとしてもおまえには関係ない。俺と恋愛がしたいなら、俺を解放しろ」

「解放したらいなくなるだろう？」

「当然だ」

「それなら恋愛などしなくていい。解放はしない」

少し進んだような気がしたが、振り出しに戻った。どうすれば打開できるのか……なにが正解なのかもわからず、苛立ちだけが募る。それはラシードも同じなのか、上にのしかかってきて、乱暴に唇を重ねてきた。

「おい、今日はもう……」

すでに散々やられたのだ。毎日毎夜、男の矜持《きょうじ》を木《こ》っ端微塵《ぱみじん》にされる。

「おまえは私のものだ。身体に教える」

「そういうのが嫌だって言って……」

何度身体を合わせても、心は交わらない。しかしラシードは、身体を溶かせば心も溶けると思っているのか、そもそも心を必要としていないのか、無理に身体を重ねる。

そうして半月ほどが過ぎ、身体はかなり馴染んでしまった。ここでの自分は、男に抱かれて喘ぐ女でしかない。感じるほど苦しくなる。本当、萎れそうだ。

「そろそろこういうの、飽きないか?」

「飽きない。おまえの顔を見るたび、したくなる……」

ギュッと抱きしめられて溜息をつく。逞しい胸の中、去来《きょらい》する感情は諦めか、同情か。

抱かれることに慣れ、理不尽《りふじん》に押しつけられる熱に抵抗を感じなくなっている自分が怖い。最近では、自分を撫でるラシード手を優しいとさえ思ってしまう。

しかし、俯せにされ、尾てい骨の辺りをペロペロ舐められるのには、さすがに慣れない。

「な、なにしてる、やめろ……」

「尻尾、もう出ないか?」

ラシードは不満げに言って指でそこをグリグリ押した。

「ひぁ……あんっ」

変な声が出て真っ赤になる。

「で、出ない! だから、触るな!」

振り返りラシードを振り払おうとした手を逆に取られ、指を舐められた。

「ひっ――」

不意打ちにまた声が出る。

「どこもかしこも感じて大変だな。私は楽しいが」

ニヤニヤ笑われてムッとするが、いろんなところが感じるのは事実。ラシードに抱かれるまで知らなかった自分の身体のことがたくさんある。

「もう一度、あの尻尾が見たい」

「はあ? じゃあおまえはなれるのかよ、ライオンに。俺だってもう一度見たい」

「あれは……無理だな。大人になって完全に変体《へんたい》するのは、怒りに我を忘れた時や、完全に安心しきっている時など、人としての理性が麻痺《まひ》した時だと言われている。だから私が獅子になることは、もう一生ないのだろうと思っていた」

一生、我を忘れるほど心が動くことも、完全に気を抜くこともないと思っていた――。そんなことを当たり前のように言うから、すぐにカッカしたり、すぐに気を許したりする喜祥は、同情のような気持ちを抱いてしまう。甘えさせてやりたくなる。

「喜祥……おまえが私の中の獅子を呼び覚ましたんだ」

ラシードが自分の名前を呼ぶ時、男らしい声にほんの少し混じる、甘えたような響きが好きだ。甘えられると嬉しくなる。五人兄弟の四番目で、兄たちに世話されまくった反動か。弟や姪っ子に甘えられると嬉しくて、やたらと世話をやいて可愛がった。

この大きい男が獅子の姿で甘えてきたら、きっとめちゃくちゃ可愛がるだろう。

「喜祥……」

背中から抱きしめられ、それっきりラシードが動かなくなった。そして溜息。珍しくなにか弱っているようだ。そういえば最近は少し帰りが遅い。

「なにかあったのか？」

「いや」

ラシードの方を向こうとしたら、抱く力が強くなり、うなじに噛みつかれた。顔を見られたくないらしい。

「話せよ。愚痴《ぐち》でもなんでも聞いてやる。無能な誰かはちっとも仕事を見つけてきてくれないし、誰にも必要とされなくて……俺は退屈で死にそうなんだ」

毎日やることといえば、抱かれるか、本を読むか。アラビア語の勉強はしているが、使用人たちは話しかけても相変わらず相手をしてくれない。なんでもいいから外との繋がりが欲しかった。どんな小さなことでも役に立ちたい。

「ラシード、俺を萎れさせるな」

脅迫するように促せば、ラシードは息を吐いて重い口を開いた。

「確かに私は無能なのかもしれない……。おまえが日本で関わっていたあの製糸メーカーには、元々目を付けていた。今回開発された新しい繊維を、我が国では水質改善の装置に利用するべく購入の契約を結んだのだ。しかしアメリカで同じような性能の、もっと安価な繊維が開発されていた。それに気づかず契約したことを兄に非難された。日本の男牝に入れ込んでいたせいで、判断を誤ったのだと言われた」

「は？　なんだよ、それ。世界の中の一社を見逃すことくらいあるだろう」

強引に後ろに向き直り、ラシードの顔を覗き込むが逸らされる。

やっぱり顔を見られたくないようだ。男として情けないところを見られたくないという気持ちはわかる。

「私にはなかったのだ。そんなミスは、今まで一度も……」

「だからそれは、今までがおかしかったんだよ。俺、前に言ったよな？　失敗した時のリカバリー力こそが人間力だって。災い転じて福となせばいいんだ。だいたいおまえ、俺にはかなり判断間違ってるぞ」

言えばラシードは怪訝そうな顔をした。自覚がないらしい。

「失敗したってそれで終わりじゃない。立て直せばいいだけだ。そのアメリカの繊維、実物を取り寄せて性能の比較はしてみたのか？」

「してみたが、大きな差はなかった」

「小さな差はあるんだろう？　あの繊維は編み方でも性能が変わる。日本には紡織《ぼうしょく》に関して優秀な企業も多い。輸送コストなども考え合わせれば……」

「そういうことは私も試算してみたが、それでもやっぱり……」

　ラシードは力なく首を横に振った。

「違約金を払って白紙に戻すってのも、ひとつの手だ」

「それをすれば、私が誤った判断を下したことが公《おおやけ》になり、カリスマ性が失われる」

「嫌なのか？」

「私はかまわない。しかし周りの者たちが嫌がる。私は神が使わした予言の子だから間違えないのだと民は思っている。私が間違ったと知れば、国民は失望し、神のお力にまで疑いを持つかもしれない……と危惧しているのだ」

「予言の子って、そんなすごい存在なのか？　だいたい、最終的には議会で決めたんだろ。おまえひとりでミスを背負うのはおかしくないか？」

「いや、この件はすべて私に一任されていた」

「え、おまえひとりに？　それって、ただの丸投げだろ。手抜きじゃねえか、いくらおまえが優秀だからって……」

「なにを怒っている？　私にはそういう力があるから、今の地位がある」

「でもおまえの力って直感じゃないんだろ？　いろいろ調べてデータを検討してってのは、おまえの努力だ。それによって得た地位だ。神の力じゃない。どんなに優秀でも、人ひとりの力には限界があるんだよ」

幼い頃から人の期待は背負うもので、重圧も義務として受けとめてきたのだろう。それに応えられない自分に価値はないと思っているようだ。しかしそれは独りで背負うべき荷ではない。

「いろんな人に意見を訊け。知恵を借りろ」

「誰に、なにを訊けと？」

ラシードの困惑した顔を見て、本当に今まで誰にもなにも訊かずにやってきたのだとわかった。独りですべて乗り越えてこられたのは、幸か不幸か。

「いろいろその道のスペシャリストとかいるだろ？　繊維や濾過器（ろかき）の研究者とか、現場の人間とか。あと、その横やり入れた兄貴にも訊いてみたらどうだ？　どうした方が国のためにいいと思うかって。もっといい繊維があるなんて、調べなきゃわからないし。国のために調べたのかもしれない」

「ガイムに？　訊く？　あの人は私に嫌がらせするのが趣味なんだ。その材料を探しただけで、国のための案など持っていない」

「本当にそうなのか？　訊いてみたことないんじゃねえの？　ガイムってアリムの雇い主だったよな。ついでにアリムにも意見を訊いてみろよ」

その名を出せばラシードは不機嫌になる。しかしアリムはそこそこ優秀で、国のためを考えていて、ガイムのことも知っている。いいブレーンになるのではないか。

「せっかくミスったんだ、この機会に全部ぶっ壊しちまえ。おまえの思い込みも、国民の思い込みも、神の力任せの体質も」

「壊したら、私の価値がなくなるかもしれない」

「そんなことないだろ。神の力がなくても優秀なんだから。少なくとも俺のおまえに対する態度は今までとなにも変わらない」

「ずっとそばにいてくれるのか？」

「そんなことは言ってない」

ラシードは押し黙り、喜祥をまた腕の中に抱き込んで動かなくなった。性的なことを仕掛けてくる様子はない。どうやら抱き枕代わりにされているらしい。

喜祥は溜息をついて目を閉じた。この国に来て初めて平穏に夜が過ぎていった。

七

目を閉じて篠笛を唇に当て、息を吹き込む。途端によみがえる懐かしい情景《じょうけい》。鎮守の森のざわめき、家族の笑い声、兄の怒声。楽しい気分になって、徐々に寂しくなって、涙が込み上げてきて吹くのをやめた。

これがホームシックというものか……と思い当たって己を笑う。家を離れてまだ一ヶ月と経っていないし、いい歳をして情けない。

ラシードは王宮でひとり戦っているはずなのに。

あの日から三日、ラシードは帰ってきていない。

初めてのミスにどう対処するつもりなのかは聞かなかった。出ていくラシードは、荒野に向かう牡ライオンのような、いい顔をしていたから。

周囲はきっと、ミスはなかったということにしたがるだろう。カリスマはカリスマのままいてもらった方が、なにかと都合がいい。

ラシードがなにとどう戦っているのかはわからないが、頑張れ、という気持ちでまた笛を吹く。

篠笛はラシードがパスポートと一緒に喜祥の部屋から持ち出してきたもの。ラシードはどうやらこの笛の音が好きらしい。しかし、せがまれても吹いてやらなかった。拉致に対するせめてもの抵抗。嫌がらせのつもりだったのだが……。

吹けば、感傷的な気持ちになるとわかっていたからかもしれない。笛は心の奥に潜む感情を揺り動かす。

この宮殿の中にいると、外が灼熱の砂漠だということを忘れそうになる。建物内は空調が効いて快適だし、中庭の小さな水場には鳥や小動物もやってくる。

その中庭をタイル敷きの回廊《かいろう》が囲み、美しいアーチを描く柱の間を風が吹き抜けていく。日陰になったベンチに座り、喜祥は空に向かって笛を吹いていた。

なにもしないというのが苦痛で、なんでもいいから手伝わせてくれと使用人たちに頼んでみたが、誰も相手してくれなかった。草むしりでもしようかと思ったが、この国にむしっていい草はない。日本とは常識が違うのだ。

一曲吹き終えると拍手が聞こえた。使用人が数人、こちらを見て手を叩いていて、嬉しくなって笑いかけたが、みなスッといなくなってしまう。

しかし聴いてくれて、拍手までくれた。音楽に国境はない。仕事のＢＧＭになれると思うと張り合いも出た。

しばらく吹いてから、ラシードの書斎に移動し、アラビア語の勉強をする。会話できればもっとわかり合えるはず。ずっと人に囲まれた生活を送っていたので、話せないのが一番ストレスだった。

ラシードがすぐに家族と馴染めたのも、日本語が話せたからだ。

幸いテキストはたくさんある。パソコンがあればもっといいのだが、逃亡防止のためか外と繋がれるようなものはなにもなかった。

これだけ連絡がなければ、さすがの親も心配しているだろうと思うのだが、そのへんもラシードはぬかりないのかもしれない。

この日もラシードは帰ってこなくて、給仕の女性が「仕事が忙しくて帰れない」という伝言があったと英語で教えてくれた。

「英語、喋れるの？」と聞いたら、「ほんの少し……」と濁《にご》して女性は去ろうとしたが、なにか思い立ったように足を止め、振り返った。

「ラシード様は変わられました。悪い方に変わったと思っておりましたが、今日私は初めてラシード様に名前を呼んでいただきました。ありがとうございます」

驚くほど流暢な英語で一気に言って逃げていった。

「初めてって……」

それまでのラシードがひどすぎるんじゃないかと思ったが、自分がそばにいることでいい変化が起きたと思ってもらえるのは悪くない気分だった。

翌日も気の向くままに笛を吹いた。篠笛は音程が取りにくく、既存《きそん》の曲を吹く場合は、童謡《どうよう》のような簡単な曲が多くなる。思いつく曲を適当に吹いていたのだが、『ふるさと』を吹いたら、心に染みてまた泣きそうになってしまった。

不意に気配を感じ、顔を上げるとそこにラシードが立っていた。四日ぶりなのに不機嫌そうな顔をしている。その理由はなんとなくわかった。

「よお、おかえり」

「私がいないと笛を吹くのか？」

「暇だからな」

言い返せば、二の腕を掴まれ寝室へと引っ張っていかれる。

「痛っ……痛ぇな！　てめえは馬鹿力なんだ、加減しろ！」

ベッドへと突き飛ばされ、腕をさすってラシードを睨みつけた。

「使用人たちが『ふるさと』を聴いて言っていたぞ。胸に染みるいい曲だと」

「お、そうか！」

単純に嬉しかったのだが、その笑顔を見てラシードはさらに不機嫌になった。

「私は初めて聴いたんだが？」

「なにおまえ、拗ねてんの？」

ニヤッと笑えば、ラシードはムッとした顔で黙った。ちょっと可愛いかもしれない。

「もう一回ちゃんと吹いてやろうか？　おまえのために」

「それは……。いや、いい。『ふるさと』は、いい」

「ん？　俺の郷愁《きょうしゅう》を感じて、帰らせてやろうって気になったか？」

「いや。私にはおまえが必要だ。今回の件で強くそう感じた。ずっとそばにいてほしい」

ラシードは立ったまま、いやに真面目な顔で見下ろしてくる。

「なにがあった？」

「おまえのおかげで災い転じて福となりそうなのだ。例の繊維の件」

「へえ、どうなった？　ぶっ壊したか？」

「ある意味壊れたかもしれない。いろんな人に意見を求めたら、変な顔をされた」

「おまえ、今まで本当に独りでやってたんだな……」

専門家に意見を求めるというのは、ごく普通のことのはずだ。なんでも独りでミスもなく……それは神がかりだと思われてもしょうがないかもしれない。

「いろんな人間が、日本製の優位点を上げた。濾過器を運用する会社では、糸の数値的な強度ではなく、縒《よ》れにくい点や、抗菌の持続性を重要視していた。現場の人間は処理のしやすさや、不良品に対する誠実な対応などを褒め、有識者《ゆうしきしゃ》も長いスパンで考えれば日本製がよいと結論を出した」

「へえ。そういうふうに言われるのはちょっと嬉しいな、日本人として」

「日本の繊細で誠実な物作りを褒める者は多く、意外なところで話が弾んだ。我が国には日本のファンが多いようだ」

ラシードの嬉しそうな顔は珍しく、それを見て喜祥も嬉しくなった。

「誰かと話が弾んでるおまえってちょっと見てみたいな。ああでも、日本ではおっさんたちとけっこう弾んでたな。怒られてもいたし」

「そうだ、なぜ怒られたのかわからないことも多かった。私はすべて正しいと思っていたからな。しかし、人の意見も判断材料のひとつとして取り入れるべきだと認識を改めた」

「それはいいことだ。おまえはもっと人の話を聞いた方がいい。俺の話も……」

「喜祥、おまえはやはり私の嫁になるべきだ」

「おい、聞け！　どうしてそうなる⁉」

ラシードはベッドの縁に膝をかけて、前のめりに顔を寄せてきた。

「私はなぜかおまえの言うことは聞けるのだ」

「いやいや聞いてねえぞ。俺はずっと日本に帰りたいと言っている」

「聞き入れられないこともある」

あっさり言い返されてムッとしながら、心のどこかでホッとしている。自分でも解せない感情だった。ラシードの執着が変わっていないことを知って安心するなんて……。

たった数日放置されている間に、いろんなことを考えたのだ。

もう飽きられたのかもしれない。このインターバルでラシードの熱も冷め、今頃女を抱いているのかもしれない、などと。悔しいがずっとラシードのことばかり考えていた。

頬にラシードの手が触れ、久しぶりの感触に心臓が騒ぎ出す。今まで特に意識しなかったラシードの匂いを感じ、それに包まれたいと身体を寄せかけて、ハッと止まる。

——今、自分はなにをしようとした？　まさか……自分から抱かれようとしたのか？

そう思い至った瞬間、ラシードの手をパンッと払いのけていた。自分の中に生まれた気持ちごと、強くはねつけた。

ラシードは怒ったのか、スッと離れていった。その顔を見られなくて俯く。

「ガイムにも会ってきた」

突然話が変わり、驚いて顔を上げれば、ラシードは近くの椅子に腰かけていて、特に怒った様子はなかった。よかったのだが、なんだか拍子抜《ひょうしぬ》けしてしまう。

「ガイムって……あの兄貴か。それはよかった。どうだった？」

「アメリカ製の件は、たまたま気づいたから言っただけ。それを強く推す気も、争う気もないから、議会で比較検討し、国のためにいい方を選べばいい、と言っていた」

「なんだ、そんな悪い人じゃないじゃないか」

「そうだな、思ったほどには……。しかし、なにを考えているのかさっぱりわからない、食えない性格なのは間違いない。アリムも転がされている感じだった」

「アリムにも会ったのか？」

「あいつはガイムの側近だからな。国のためにガイムの動きを監視している、などと偉そうなことを言っていたが、ガイムはそれも承知で遊んでいるように見えた」

「なんか、怖いんだけど……」

アリムも曲者《くせもの》だと思ったが、その上を行くらしい。ガイムを見たことがないので、頭の中に悪魔のようなイメージができあがる。

「おまえのことも訊かれた。男牝の具合はどうか、などと」

「具合？　具合って……。今ので悪趣味な男だってことはわかった」

悪魔の外見に、下ネタ好きのオヤジ要素が加えられる。

「その通りだ。聞きもしないのに、自分が過去に抱いた男牝の具合まで教えてくれた」

「え……。やっぱ他にもいるんだな、男の牝」

「いるが、会ってもおまえが得るものはないぞ。シンラーで生まれれば、最初から牝としての扱いを受ける」

ラシードは喜祥の表情を先読みして告げた。確かに、会って話をしてみたいと思った。しかし喜祥の葛藤は、二十年以上男として育ち、いきなり牝だと言われたがゆえのもの。共感は得られそうにない。

「ガイムも女の牝と大差なかったと言っていた」

「……あ、そう」

大差なかったのは、穴の具合が、ということだろう。そんな報告はいらない。

それを聞いてラシードがどう思ったのかは知りたかったが、コメントはなかった。

ラシードは不意に立ち上がると、こちらに背を向けて腕を組んだ。

「今回の件で、私の選択がいつも絶対的に正しいわけではなかったのだとわかった。対抗案が出ても、一部の重臣たちが検討もせずに却下していたらしい。予言の子の選択は正しいのだと。しかし今回は第一王子の意見だったため無下にできず、検討してみたら無視できなくなった、ということらしい。過去にも私が間違っていたことがあったのかもしれない」

淡々とした口調だったが、声に力がなかった。背中がひどく疲れているように見える。

「おまえが責任を感じることじゃねえだろ。おまえに丸投げして議論を怠《おこた》った奴らが悪い。信じるなんて都合のいい言葉で、おまえに全部やらせて、自分ではなにも考えず、判断もせず、責任も取らない。予言の子が間違えるなんて……と嘆《なげ》いて、体裁《ていさい》が悪いから国民には隠蔽《いんぺい》しようとか、最低だろう。そいつら全員罷免《ひめん》しろよ」

「私にその権限はない」

「なんだよ、中途半端だな。でも本当はそれが正しいんだよな。どんな些細《ささい》なことも話し合って答えを出すべきで、おまえがひとりで責任を感じるのも、ある意味傲慢なんだよ」

なんだかとても腹が立って仕方がなかった。そういう奴らのせいで、ラシードは精神的な孤独に追い込まれ、すべてひとりで背負うのが当然、なんて考えになってしまったのだ。

大きい背中だが、国ひとつ背負えば重いに決まっている。

ラシードが振り返り、目が合った。ひとり怒っている喜祥をラシードはじっと見つめる。

「……喜祥」

吸い寄せられるように近づいてきて、もう一度喜祥の頬に手を伸ばした。しかし、指先が触れる直前で拳を握り、手を引く。

「おまえの助言でいろんなことを知ることができた。褒美をやろう。なにがいい？」

「おまえなあ……褒美ってなんだよ。ナチュラルに上からだよな」

「では、お礼と言えばいいか。あ、国内で用が足せることにしてくれ」

褒美であっても日本に帰らせる気はないらしい。そんな執着は見せるが、触れてはこない。久しぶりなのに抱こうという素振りもない。

さっき自分が手を払いのけたせいか……？　いや、それくらいで引く奴ではなかったはずだ。単純に、抱く気がなくなったのか。それはやはり他で性欲が満たされたから……。

ぐるぐると変なことを考えている自分に気づき、ブンブンと首を横に振って切り替える。

「礼？　礼か……日本に帰る以外……あ、おまえが育った施設が見たい！」

「施設？　なぜそんなところに……」

「そりゃ楽しそうだから。子供がいっぱいいるんだよな？」

「それはまあ、いっぱいいるが……。いいだろう。連れていってやる」

「本当か!?」

喜祥はパーッと笑顔になった。この国に来て初めての満面の笑みだ。

「なにが楽しいのかわからないが、おまえのそんな顔が見られるなら容易いな」

ラシードがフッと微笑み、喜祥は目を泳がせた。不意打ちの笑顔に胸が騒ぐ。

「施設に都合のいい日を訊いてやる。今から私はまだ仕事があるが……独り寝できるか？　どうしても寂しいとか、身体が疼くから抱いてほしいとか、おまえが言うなら……」

ラシードがこちらに来ようとしたので、慌ててそれを止める。

「大丈夫だ。俺は独り寝大好きだから、心置きなく仕事に励め」

ラシードはなにか言いたげにしばし立っていたが、口を引き結んで部屋を出て行った。

それから、独りで寝て起きる、をさらに二日。合計で一週間ほどラシードに抱かれなかったことになる。数えてみて、たった一週間なのか……と思ってしまった。

すごく長い間放っておかれた気分。いや、捨てられたような気分だった。

ラシードが部屋にやってきて、「施設に行くぞ」と言った時、とても嬉しかったのだが、心のどこかに落胆《らくたん》があった。なにに落胆したのか……気づいて自分が嫌になった。

これじゃ自分は、夫に抱かれるのを家でじっと待っている貞淑《ていしゅく》ぶった淫乱《いんらん》な妻、だと。そんな企画倒れのアダルトビデオに出てくるような女になるのは絶対に嫌だ。

無理やり気持ちを切り替える。せっかく外出できるのだ。楽しもう。

車は四輪駆動の装甲車のようなゴツいやつで、見れば自然にテンションが上がった。内装も完全オーダーメイドらしい。

運転手と従者が前に乗り、後部座席にはラシードと二人きり。前後が電動のパーティションで仕切られ、後部は完全な密室になる。広いシートの座り心地はよかったが、ラシードとの距離が遠い。普通に座っているだけなのだけど。

喜祥は窓にへばりつき、ラシードとの距離をさらに開けた。視線は窓の外。

ここに連れてこられた時は、この砂ばかりの景色に、逃げられないという現実を突きつけられ、絶望的な気分になった。しかし今日は、風紋《ふうもん》を美しいと思う余裕がある。

「こんなところでも生きられるんだな……」

「そうだな。生きられなければ滅ぶだけだ」

ラシードの言葉に生きてきた環境の違いを思う。少し歩けば二十四時間営業のコンビニがあるような場所で育った喜祥は、滅びを意識したことなど一度もない。国や一族のために生きるなんて思ったこともない。

そして、なぜこんな砂漠の中に獅子族の国があるのだろうと疑問が浮かんだ。ライオンは砂漠で生きる動物ではないはずだ。長い年月で環境が変わったのか、ここに移動してきたのかは知らないが、滅ばずに生き延びられたのは、半分人間だったからだろう。

　環境に合わせて人間寄りに進化したのだとしたら、サバンナならどうなっていたのか。

「ラシードはサバンナに行ったことがある？」

「いや、ないな」

「サバンナのライオンの中に、人間になるやつはいないのかな？　サバンナなら、人間よりライオンの方が生きやすいだろ。だったら逆の進化をした獅子族がいるかも」

　ただの思いつきだったが、ラシードは驚いた顔になって真剣に考え込む。

「考えたこともなかったな。獅子族は我が国とその近隣《きんりん》にいるだけ。たまにおまえのように遠い国で先祖返りする者がいるが……。普段がライオンならわかりようがないな」

「だろ？　サバンナじゃ人間でいるメリットはなさそうだし、もうただのライオンかもな。ライオンにも人間にも生きにくい砂漠だったから、いいとこ取りで生き残ったのかも」

「そういう考え方もあるな」

　砂の中の道を跳んだり跳ねたりしながら車は進む。ジェットコースターに乗っているようなヒヤッという感じが時折訪れるが、ラシードは慣れたもので平然としている。

「この世に生きているものはみな、強く賢く尊いんだって、うちの親が言ってた」

「世界中の人間がそういう考えなら、戦争は起きないな」

「うん、平和だと思う。でも、異端を排除しようとするのは防衛本能みたいなもんだから、ない方がいいとも言い切れない。うちの親にはないけど」

「無防備一家だからな」

「うるせえ」

それは血の繋がりというより、一緒に暮らすことで似てしまった家族の気質だろう。

「なあ、施設にいる子はみんな親を知らないのか？」

「大半はそうだな。施設は日本でいう児童養護施設や孤児院とは少し違う。正式名称は『シンラー国継承者健全育成施設』。獅子族でも人間でも、子供は基本的に国が育てる」

「それって、親は平気なのか？　自分で子供を育てたいって言わない？」

「そういう者は自分で育てる。育児に必要な金も支給される。しかし子供は定期的に施設での生活を義務づけられ、ちゃんと育っているかチェックされる」

「ちゃんとっていうのは、身体が？　心が？」

「無論《むろん》、両方だ。特に愛国心は重要なチェックポイントだな。相手に情がなくても種付けをし、子を産むのは、国のために子供が必要だと皆が思っているからだ。もちろん情のある相手とも作るが、子を含めて家族となるという意識は薄い」

「うーん……、俺には理解や共感が難しい部分も多いけど……。国に子供が必要だから、産まれた子供のすべてを国が責任を持つっていうのは、耳が痛いな。日本も少子化問題は深刻だけど、子を産むのに躊躇する事柄《ことがら》が多すぎるから」

「日本は結局、本気で困ったことがないのだろう。我が国は滅亡の危機に瀕したことが何度もある。

国の未来のために必要なのは、まず人だ。国を愛する人の力だ」

「国全体が家族だって、そういえば言ってたな」

家族が多ければ、食い扶持《ぶち》も多く必要になるが、知恵や労働力も増える。大切に育まれた子供は、自然に家族を愛するようになる。

「おまえは、親が恋しいと思ったことはないのか？」

ラシード個人の感情をあえて訊いてみた。

車に乗り込んでからラシードは、普通に会話はしても、腕組みをしてずっと窓の外に目を向けている。自分もそうなのだが、ラシードがそうなのは不満で、踏み込みたくなった。

「親などいないのが当たり前だったからな。恋しがりようがない。甘えられる人がいなければ、甘えたいなどとは思わないものだ」

「そんなもんか……？」

子供は無条件に親を恋しがるものだと思っていた。施設で育つことが幸か不幸かなんて、他人には決められないと学習したが、喜祥にはやっぱり寂しいことに思えてならなかった。

「そんなものだ」

断言されれば、親のいる喜祥に否定する材料はなかった。

「しかし私は特別扱いだったから、一般の者の気持ちを代弁《だいべん》できているとは言い難い」

特別扱いという言葉が含むもの。特別に大事にされ、特別な責任を負わされ、特別に孤独で。いい意味だけではない。

「それって、予言の子だったから?」

「そうだな。完全体というだけで特別なのに、そこに予言まで付加され、周囲もどう扱えばいいか困っていたようだ。特別な力などなにも持ってはいないのに、迷惑な話だ」

「本当にないのか?　神のお告げが聞こえるとか、直感でビビビッと来るとか」

「ないな。多少勘はいい方だが……。予言の意味が、優秀なビジネスマンであるということなら、当たっているかもしれない。私は私欲《しよく》に囚われ、私情で判断を迷うことはない。常に冷静に、冷酷《れいこく》に決断ができる。おまえと違って」

「あ?　最後のいらねえだろ。人を私欲まみれみたいに言うんじゃねえ」

「出世したいとか大きい仕事がしたいとか、夢や野望というものはおおむね私欲だ。取引先の担当が可哀想だとか、もう少し負けてやりたいとか、そういうのは私情だ」

「それは……」

「おまえはビジネスマンに向いていない。人になにかを教えたり、世話したり……そういうのが向いている。嫁とか、母親とか」

「てめえ……」

睨みつければ、ラシードはちらっとこちらを見て、少しだけ笑った。

「冗談だ。しかし、子供や歳下の者を相手にする仕事がいいとは思うぞ」

「子供は好きだけど……仕事にするのは考えなかったな……」

そういえば前にも、教師が向いていると言われたな、と思い出す。ラシードの指摘は的確でぶれがない。いつも泰然《たいぜん》としていて口調も断定的だから、そうなのかなと思わされる。強い目力や態度も、神がかった力があるように思われる一因だろう。

しかし、最近のラシードは少しおかしい。どこかそわそわと落ち着きがなく、なんだかよそよそしい。仕事が忙しいせいかと思っていたのだが……。

自分が距離を置けば、詰めてくるのがラシードだった。連れてこられた時は、虫も通れないほどぴったりくっついていたのに、今は熊《くま》でも座れそうなほど間が開いている。

これは心の距離なのか……？

それならそれでかまわないじゃないか、と思うのだが、身体が抵抗する。触れられる距離にいるのに触れようとしないラシードに不満を訴える。わかりやすくいえば、身体が疼くのだ。下半身の、そのあたりが。

ラシードは仕事に没頭《ぼっとう》しているうちに性欲が薄れ、元の調子に戻ったのかもしれない。出会った頃は、人を裸にしても興奮していなかった男だ。

しかしラシードに開発され、触られることに慣れてしまったこの身体はどうなるのか。責任とって抱け、なんてことは言いたくないのだが……。

悶々とする身体を自分の腕で抱きしめて、ラシードに背を向ける。

窓の外には、どこまでも続く砂の海。この国で生きていくのは自分には厳しい。日本に帰りたいけど、捨てられるのは我慢ならない。それに、ずっとそばにいてほしいと言われるのは、ちょっとだけ嬉しかったのだ。

寒いほどに空調の効いた車なのに、身体が火照《ほて》ってしょうがない。無意識に首のあたりに触れては溜息をつく。ラシードが眉を顰めていることにはまったく気づかなかった。

砂の波頭《はとう》の向こうに石の砦が見えて、救われた気分になった。変化があれば気が紛れる。それが徐々に近づいて、アーチ型に口を開けた大きな門をくぐると、映画のセットのようなアラビアの町が出現した。

「わあ……アラビアンナイトだ」

思わず口にすれば、

「昼だが？」

冷静な突っ込みが入ってムッとする。

「イメージだろ、イメージ。そういう本とか映画に出てくる世界みたいだってこと」

近代化めざましいアラビア半島だが、ここには昔ながらの焼き煉瓦《れんが》や石積みの建物しかなかった。門から真っ直ぐに伸びるメインストリートは石畳。その行き着く先にそびえる塔のドーム型の屋根だけが赤く、砂煙の中に浮き上がって見えた。

砦に囲まれた小さな町は、その塔を中心としているようだ。

塔の前まで行くと、その両側に建物が翼のように伸びているのがわかった。塔は四階建てほどの高さで、両翼は二階建て。尖塔アーチが横に連なり、カラフルなアラベスク文様《もんよう》が施された、とても美しい建物だった。

塔の正面、車寄せの屋根の下に車が停まる。従者がドアを開け、ラシードが車を降りた。ほどなく塔の中から人が出てきてラシードを歓待《かんたい》する。

カンドゥーラを着た年配の男性とアバヤを着た女性が二人。後から降りた喜祥のことは目にも入っていない様子だった。

『今日はこの者が施設を見たいというので連れてきた』

ラシードがそう言うと、三人はやっと喜祥に目を向けた。何者？　という顔をされる。

喜祥もカンドゥーラを着ていたが、顔も姿も明らかな外国人だから無理もない。

『こいつは日本人だが、獅子族の血を引いている。白い尻尾の、牝だ』

そう言った途端に全員の喜祥を見る目が変わった。

『白い……』

『男の、牝』

なんにせよ珍しいらしい。

喜祥はわかる単語を拾って、会話を推し量っていた。ラシードの来訪を喜んでいる人たちと、無愛想なラシード。その温度差は言葉などわからなくても明らかだった。

自分に視線が集まったので、喜祥は愛想よくアラビア語で挨拶する。挨拶は返ってきたが、不審な顔は変わらなかった。

『中は私が適当に案内する。こちらにはかまわず、自分たちの仕事をしてくれ。行くぞ』

『あ、ラシード様……』

話しかけようとした女性を無視して、ラシードは歩き出す。項垂《うなだ》れて戻っていく人々。

「おまえは本当にドライだな。世話してくれた人たちなんじゃないのか？　なんかこう、思い出話とか、お礼とか……あ、久しぶりじゃないのか」

「いや、久しぶりに会った。しかし世話をするのは彼らの仕事だ。礼など必要ないし、昔の話などしてなんになる？」

「なんになると言われれば、なんにもならないけど……」

ラシードの言うことは正しいが、納得はいかなかった。普段よりも冷たい感じがする。

「おまえ、なんかイライラしてる？」

「別に。おまえこそ欲求不満の匂いがするぞ。抱いてほしいならそう言え」

ラシードが顔を寄せてきて、鼻の先が付くような久しぶりの距離にドキッとした。しかし表情には出さず離れる。

「俺の欲求不満は国に帰れないことだ。男に抱かれたいなんて欲求は、男の俺にはない」

きっぱり言い返せば、ラシードがさらにイラッとしたのがわかった。

「喜祥……」

伸びてきたラシードの手を咄嗟に避けた。触られると、なにかヤバイものが自分の中から飛び出しそうな気がして……。

先に立って歩き出せば、ラシードが背後で深々と溜息をついた。

施設の中は近代的で、空調も完備されていた。真っ直ぐな廊下を進んでいると、後ろから腕を掴まれ、ラシードが開けた横のドアの中に引き込まれる。

その部屋は真ん中に通路があって、両側がガラス張りになっていた。左右のガラスの向こうに小さなベッドがたくさん並んでいる。

「う、わ、なにこれ可愛い、めちゃめちゃ可愛い！」

ベッドの上の小さな生き物に目も心も奪われ、歓声を上げてガラスに近づく。

「生後三ヶ月以内の赤ん坊だ」

ベッドは空きも多く、通路の右の部屋に五人、左の部屋に三人いるだけだった。右の部屋にいるのは人間の赤ん坊。左の部屋はたぶん獅子族の子。尻尾が生えている子と、耳の形が違う子と、もう一人。いや、一匹。

『あ、ラシード様。ハフィを見にいらしたんですか？』

そこにスタッフらしい若い女性が入ってきて、ラシードに言った。

『いや。私が見てもしょうがない』

ラシードは小さなライオンを見下ろして冷たく言った。

「これが完全体？　すげーな、本当に子ライオンだ……。おまえもこうだったのか？」

小さな獣はフッと顔を上げ、くりくりの目でこちらを見た。じっとラシードを見て、それから喜祥を見る。

「そうだったんだろうな……」

「ああ、すんごい可愛い……。目がまん丸。耳も丸くて、毛がぽやぽや。でも手はわりと大きいな。この子は生まれてどれくらいなの？」

喜祥は子ライオンをじっと観察し、スタッフの女性に英語で尋ねてみた。
［三ヶ月です。でももう歩きますよ］
英語で答えが返ってきた。
［へえ。ライオンの時は成長もライオンなんだな。人間は首も据わってないのに］
獅子族側の部屋に入れてもらうと、子ライオンは鼻をひくつかせ、ベッドの上でぴょんぴょん跳ねた。喜祥は慌てて近づく。
［危ない、落ちちゃうぞ。この子、抱いてもいい？］
［いいですけど、気をつけてくださいね。ハフィは慣れない人が無理に抱こうとすると引っ掻くから……でも、大丈夫みたいですね］
子ライオンは抱けとばかりに喜祥に向かって前足を上げ、まん丸の目で見つめてくる。この可愛さに抗えるわけがない。抱き上げれば、ちょっと重量感のあるぬいぐるみという感じで、手触りはふわふわ。それが「にゃあ」と甘えた声で啼《な》いた。
「か、か、可愛いじゃねえかっ」
堪らず、頬ずりをする。柔らかい毛が気持ちいい。すると顔をペロペロと舐められた。
［わー、珍しい。ていうか、初めて見た。ハフィが甘えてる。しかも男の人に］
抱っこさせるのは女だけなのだと聞いて嫌な予感がした。
「こいつにとって、おまえは男じゃなく牝だということだ」
ラシードはハフィの首根っこを掴んで喜祥から取り上げ、ベッドへと放り投げた。

「おい！　赤ん坊だぞ、乱暴するなよ」

「ライオンは人間ほど柔じゃない」

ハフィはグルルと小さく喉を鳴らし、一丁前にラシードを威嚇したが、ラシードに睨まれると、黙ってその場に丸くなった。敵わないと悟っての寝たふりか。

「賢いな」

「動物の上下関係はシビアだ。人の牝に手を出すなど許されない」

「俺はおまえの牝じゃねえよ。てか、生まれたばかりの赤ん坊相手になに言ってんだ」

どうやらラシードはまだ喜祥のことを「自分の牝」だと思っているらしい。

牝と言われるのは不快だが、大人げないラシードの独占欲は心地よかった。喜祥は自分の中にいろんな矛盾があるのを感じる。

しかし次の部屋に入ればまた、最前のことは忘れて笑顔になった。そこはプレイルームらしく、やんちゃ盛りの子供たちが十四、五人、わいわいと遊んでいた。ここにいる子供たちはもうみんな完全な人間の姿だ。

『あ、ラシード様だー！』

ひとりがラシードを見つけて叫ぶと、子供たちがわらわらと寄ってきた。無邪気にラシードの周りを取り囲む。こんな小さな子供にまで顔を知られているらしい。

「おまえ、人気者なんだな」

子供たちの嬉しそうな顔を見て喜祥は言ったが、本人は少しも嬉しくなさそうだった。いつものことだ、という顔を見て、日本では本当に機嫌がよかったのだなと思う。

しかし無表情でもラシードの人気は変わらない。白いカンドゥーラを着たアラブの王子様は、立っているだけで絵になる。子供さえもポーッとさせる魅力があった。

喜祥も同じデザインのカンドゥーラを着ているのだが、まったく似合わなくて、怪しげな新興宗教に入信しちゃった怪しい人という感じになっている。しかし自分も日本の民族衣装ならそこそこ絵になるのだ、と張り合おうとしたが、着物を着たラシードを思い出して張り合うのをやめた。

ふと気配を感じて足元を見ると、小さな男の子が二人、こちらを見上げていた。

「ん？　どうした？」

しゃがんで笑顔で問いかければ、両側からピタッとくっつかれる。スンスン鼻を鳴らす様子からして獅子族の子なのだろう。次いで背中にも二人、ピタッとくっつく。

「お、俺ももててるぞ」

嬉しくなってラシードに自慢すれば、ラシードの足元では六、七人の女の子が揉めていた。その脚にしがみつく権利を争っているらしい。小さくても女だ。そしてネコ科の肉食獣だ。争奪戦《そうだつせん》は激しかったが、ラシードは冷めた表情で見下ろしていた。

しかし喜祥の方を見た途端、表情が険しくなる。ラシードがこちらに足を踏み出せば、女の子たちは取り残され、その内の二人が叩いた、叩いてないで喧嘩しはじめた。

『はい、はーい、みんなこっち見てー。これがなにかわかるかな？』

喜祥は慌てて立ち上がり、大きな声で自分の手元に注目を集めた。持っているのは篠笛。

子供たちに話しかける言葉は、あらかじめ調べておいた。しかし会話となると不安があるので、笛を忍ばせてきたのだ。

子供たちは変な人が変なことを言い出した、という目でこっちを見たが、『木!』『笛!』『うんこ!』などという無邪気な答えをくれた。喧嘩していた女の子たちもこちらに気を取られている。

「うんこじゃねえよ。口をつけにくくなるだろ」

喜祥はボソッと呟き、唇を舌で湿らせ、笛に息を吹き込んだ。高めの一音から一気に奏でる、明るい祭り囃子《ばやし》の旋律。日本の祭りなど知らない異国の子供たちは、はたして喜んでくれるのか。

多少の不安はあったが、ポカンと聴いていた子供たちの目が、徐々にキラキラ輝くのを見て安堵する。

『わー、おにいちゃん、すごいじょうずー!』

『しゅごい、しゅごーい』

幼い賞賛が嬉しい。やはり音楽に国境はない。珍しいものへの好奇心も強いのだろう。

アラビアの音楽に詳しくはないが、弦楽器や打楽器が多い印象だ。そして曲は、砂漠に落ちる夕陽を連想させる少し寂しげなものや、ベリーダンスに使われるようなちょっと濃厚なやつが思い浮かぶ。篠笛の祭り囃子は、珍しい音と旋律だったのではないか。

『もっとピーピー吹いてー』

子供たちにせがまれて、上機嫌で笛を吹く。日本の童謡やアニメの曲も吹いてみたら、アニメの曲で子供たちが沸いた。こちらでも見られるらしい。ジャパニメーション万歳《ばんざい》だ。

ラシードは子供たちの後ろで椅子に座って聴いていた。その背後には従者が二人立っている。部屋にはいつの間にか、年長の子供たちや、大人の職員も集まってきていた。

ラシードの周囲には女性ばかりが集まり、結果、喜祥の周りは男ばかりになる。

『もういいだろう、帰るぞ』

小一時間ほど経っただろうか。ラシードが立ち上がった。

『あ、ラシード様、申し訳ないのですが、設備の件で……』

年嵩《としかさ》の職員にそう話しかけられ、ラシードが足を止めたのを見て、喜祥は片手を上げた。

「俺、ちょっとトイレ行ってくる！」

ラシードに「待っていろ」と言われたが、「トイレくらいひとりで行かせろ」と部屋を出た。さっき通ったので場所はわかる。

しかし、トイレに入ろうとしたところで男の子に手を掴まれた。

『ん？　どうした？』

問いかければ、「こっち」と手を引かれる。角を二つ三つ曲がり、ドアを開けて中に入り、さらに進む。さすがに少し不安になってきたところで、白い大きなドアが現れた。それを開けると、正面にグランドピアノ。室内に目を転じて、目が点になる。

『ご苦労。戻っていいぞ』

そう言って子供にお菓子を渡したのはアリムだった。

その横には、まるで玉座《ぎょくざ》のような豪華なしつらえの椅子が置かれ、金の刺繍《ししゅう》の施されたカン

ドゥーラを身につけた男が座っていた。高い背もたれに背を預け、脚を高々と組んで下々を睥睨《へいげい》する。全身から「私は偉い」というオーラが滲み出ていた。
その背後に従者が二人、兵隊のように立っている。
[えーと……もしかして、ラシードの兄貴?]
英語で問いかけてみた。状況と雰囲気からの憶測《おくそく》だったが、玉座の男は薄い唇の端を上げ、ニヤッと笑った。酷薄《こくはく》そうな笑みだ。
緩くカールした黒髪、浅黒い肌、端整な目鼻立ち。なんとなくエジプトの壁画《へきが》を思い起こした。
[察しはいいらしい。そう、私は第一王子のガイム。きみがラシード秘蔵《ひぞう》の牝か]
[俺は加鳥喜祥。性別は男。牝呼ばわりは不快です]
次の王様相手でも、はっきり言いたいことは言う。怒るかと思ったのだが、
[私は牡の機能を有しているが、確かに牡と呼ばれれば不快だな。喜祥でいいか?]
すんなり受け入れられて拍子抜けする。話が通じない相手ではないらしい。
[いいです。で、俺になにか用ですか?]
[そうだな、まずはこの目で見てみたかったのだ。ラシードに我欲を教えた者を]
[我欲って……]
[非難しているのではない、喜んでいる。しかしこの見た目は予想外だったな。もっと高貴で品のいい感じかと思っていたのだが。強い光を放つ白い星のような……]
ラシードの好きなタイプが白百合だと知ってるのだろう。星と百合は形が似ている。

「庶民でがさつで輝きもなくて悪かったな」

「悪くないぞ。意外なことが私は好きだ。予想通り、予言通りなどつまらない。きみはラシードの予言を知ってるか?」

「次に生まれる完全体がこの国を導くとかいう……」

「そう、それ。その者に迷い生まれし時、導く牝が現れる――という予言は?」

「は?　知らないけど」

思わずガイムの隣にいたアリムに目を向ければ、アリムも驚いた顔をしていた。

「だろうな。今のは私が適当に言った」

「おい……」

思わず突っ込めば、ガイムはニヤニヤ笑っている。どういうつもりなのか、なにがしたいのか、まったくとらえどころがない。

「で、きみはラシードのことをどう思っているの?」

今度は直球の質問が来た。

「どうって……俺は振り回されてばっかりだ。いきなり牝だとか言われて、無理矢理この国に連れてこられて……」

「私が訊きたいのはきみの気持ちだよ。ラシードのことが好きか嫌いか」

「嫌い、ではないけど……」

「それだけ無茶苦茶されて嫌いじゃないってことは、好きってことでいいかな」

「よくねえよ。どっちでもないっていうより、どっちとも言えないっていうか……」

自分でも歯切れが悪いと思うけれど、実際そんな感じなのだ。

「まあ、そうだよね。きみは意地っ張りなようだし、現状ではたとえ好きでも好きだとは言えないよね。ラシードも自分で作り出した袋小路《ふくろこうじ》から抜け出せなくなって悩んでいるのが実に滑稽だった。国のためだと全知全能みたいな力を発揮するのに、己のこととなると憐れなほど無能だ。特に恋愛においては園児レベルだ」

「それに関して異論はないけど……」

その言われようには若干の腹立たしさも感じる。

「自分の感情と向き合ってこなかったせいで、自分がどうしたいかということに鈍いんだよ。あれが積極的になるのは、日本と百合に関することだけだった。なあ、アリム」

「はい」

「それにきみが加わった。そこできみにお願いがあるんだけど……ああ、もう来るか。あいつは鼻がいいからな……。ではちょっと先に失礼するよ」

ガイムはそう言って、後ろにいた二人に手振りでなにかを命じた。二人は無言で、喜祥の両側に移動して腕を掴んだ。

「な、なに……え？　なにっ⁉」

逃げようとしたが、屈強《くっきょう》な男たちに引き戻され、椅子に座らされた。座面が広く、背もたれと肘掛けが繋がり、全体に丸みを帯びたフォルムが真珠貝《しんじゅがい》を想起《そうき》させる、優美《ゆうび》な椅子。

その真ん中にミューズのごとく座らされる、だけではもちろんなく、肩を押さえつけられて、ふくらはぎ付近を掴まれ、高々と脚を持ち上げられた。それを左右に開かれると、カンドゥーラの裾はずり上がって、股間が丸見えになる。

動けない。股間に手も届かない体勢。渾身《こんしん》の力でもがいても、男たちは表情も変えない。

ガイムはその前に立って、開かれた股間に視線を落とした。

「おや、下着を着けているのか。なるほど、匂いが濃すぎるから少しでも遮断しようと……まあ、気休めにもならんな」

屋敷を出る前にステテコのような下着を渡されて穿いた。外出のための身だしなみかと思っていたが、匂い防止だったのか？

そんなことを考えていると、ガイムが下着に手をかけ躊躇なく引き裂いた。

「て、てめえ！　この国では人のパンツを破るのが常識なのか⁉　おい、触るな！　それは俺の大事な……」

ガイムの手が、喜祥の股間にぶら下がっているものを抓んで持ち上げた。

「私だって別に触りたくはないが、確認はしておかないと。人間も生まれた動物の股間を開いて、牡か牝か判定するだろう？　あれだと思え。ついでに機能検査もしてやる」

「いらねえよ！　俺は人間の男だ、判定とかいらないし、機能なんて……あ、バカ、そこは触ん……な、ぁ、ひあっ……」

牝の部分の入り口のところを、ガイムの人差し指がくるりと撫でた。それだけで快感に身体が震える。ラシードに放っておかれた身体が歓喜し、内壁がうねる。

それでも歯を食いしばって、抗議の目をガイムに向けた。が、指を突っ込まれると、

「あ、あぁんっ」

あからさまな声が出た。ゾクゾクッと背筋をなにかが這い上がり、身体を支える力が抜ける。あまりに簡単すぎる自分の身体が情けない。

「感度はいいんです、とても」

アリムが脇から余計なことを言う。

「そのようだな。この身体を落とせないとは……。おまえもラシードも遊んでいたのか？」

二人は喜祥の股間を見る。それはまさに珍しい動物を観察する視線。

「くそ、見てんじゃねえ、変態どもが！」

日本語で怒鳴りつければ、アリムが訳する。ガイムは眉を顰めた。

「下品だな。しかしここは確かに牝だ」

「あ、はぁ……ぁ、やめ……バカや、ろ……んんっ」

ガイムの指は柔らかい内壁を撫で、時に強く押し、入り口を引っ掻くようにして出ていく。感じるところも、どう感じるのかも熟知《じゅくち》している指の動き。ただでさえ欲求不満の身体はどうしようもなく感じて、声が漏れる。

「ぁ……も、もう離せ、俺に触るな」

口を閉じたいが、抵抗を示す術は声しかない。

「拒否か？　しかしこれは嫌がっている匂いではないぞ？　ここも、濡れて、ひくついて、早く牡が欲しいと訴えている。私が入れてやろうか」

　ガイムが再びそこに指を入れると、身体は歓喜してそれを締めつけ、奥へといざなう。

「て、てめえのくされチ〇ポなんか欲しくねえんだよっ」

　身体の訴えとは相反する罵声を浴びせかけた。それをアリムが訳し、ガイムが笑う。

「機能は上等でも、牝としては最低だな。……しかし面白い。拷問《ごうもん》にかけたくなる」

「最低は、てめえ、だっ」

　この国の牡は変態ばかりなのか。拒否されると喜ぶ。

「なるほど。牝が入れさせてくれないというのが、私には理解できなかったのだが、ラシードが下手なわけでも、牝が鈍いわけでもなく、きみが規格外に強情なのだな」

　牝に拒否されるなんてありえない、という大前提。どいつもこいつも……。

「俺は……男だ、から……嫌なん……だ！」

　牝としては珍獣《ちんじゅう》でも、男としては正常なはず。

　拒否すべく力を入れると、中の指の動きをより鮮明に感じ、ゾクゾクして声がかすれた。放っておかれた身体は刺激に飢えている。指を締めつけて、もっと欲しいと訴える。

　――でも、違うのだ。指の形が、触り方が、違う……これじゃ、ない。

　触ってほしい指はこれじゃない。

「嫌だ、違……」

ただひたすらに首を横に振る。

「そういうのは嗜虐心をそそるけど、遊んでる時間はなさそうだ。確認だけど、きみは国に帰りたいんだよね?」

「え? あ、うん」

指を抜かれて、思わず素直に答えた。

「私なら、きみをラシードから奪って、国に帰らせてやることができる」

「……なんであんたが、そんなことをする……?」

「もちろん条件がある。ラシードに言ってほしいんだ。おまえが国王になるなら添い遂げてやる、と。嘘でかまわない」

「俺は、嘘はつかない」

脊髄反射《せきずいはんしゃ》的に即答した。

「もちろん本当にそうしてくれてもいい。ラシードが次の国王になることが、この国の未来のためなんだ」

「なぜ? あんたが次期国王なんだろ?」

「順番的にはね。でも私は王に向いていない。参謀《さんぼう》とかフィクサーとか、そういうのが向いているし、格好いいし」

「格好いいって……。あんたも予言を信じてるクチか?」

「私は私を信じている。ラシードには国を導く力があり、私には適材適所《てきざいてきしょ》を見抜く力がある。国のため、ひいては子供たちのためだ。頼むよ」

「それが人にものを頼む態度か」

指は抜かれたが、大股開きのまま。見下ろしながら頼まれても聞く気になれない。

「そうだねえ。でももうちょっとこのままで。意外にラシードが遅くて……」

「ラシードに見せる気かよ⁉　こんなやり方……結局ラシードと同じじゃないか。いや、子供たちのためなんて、お為《ため》ごかしを言わないだけ、ラシードの方がマシだ。俺は絶対、そんなの引き受けないからな！」

「そうだった、きみは強情なんだった。お金で言うことは聞いてくれそうにないし、いたぶってる時間もないしねえ……」

ガイムに焦った様子はない。いったいなにがしたいのか、まったくわからない。

「なんだかんだ言って、王の重責を負いたくないだけじゃないのか？　だったら辞退《じたい》すればいい」

「私が辞退すれば、王になるのは次男だ。ラシードの王位継承権はあくまでも七位。私の下には、無能なのに権力を握りたがるバカと、できもしないのにできないと言うのはプライドが許さないバカがいてね。とてもラシードのところにまで王位は回らない」

「だったら、ラシードがやる気になっても……」

「なれる。あいつがその気になりさえすれば。私がバックアップするし、国民人気も高い。他はしょせんバカだし」

ガイムが他の王子たちを侮っているのはよくわかった。本当に国のためなのか。それとも他の企みがあるのか。ガイムの横にいるアリムに目で問うが、アリムも計りかねているようだった。確かにガイムはフィクサー向きかもしれないが、善か悪かは謎だ。

「とにかく離せ。俺は嘘をつかないし、そんな理由で王になるべきじゃない。ラシードなら本当に国のためだと思えば、自ら立つ。下手な策を講じるより、正面から掛け合うべきだ」

「なるほどね……。やっぱりきみだな。白い星……」

そこでまたガイムの指が穴に触れ、

「ぁ……」

不意打ちに声が出た直後、重厚なドアが板きれみたいに吹っ飛んだ。その向こうにラシードが立っていた。

端整な顔は見事なまでの無表情。しかし怒りのオーラが全身から立ちのぼっている。

ああ、すげえ格好いいな……なんてことを思う余裕があったのは、ラシードの目が自分を捉えるまでだった。自分の格好を思い出し、なんとか膝を閉じようとしたが、ガイムの命令なしに従者たちの力が緩むことはないようだ。

「殺すぞ、ガイム。その手を離せ」

ラシードが言った。グルル……という低い唸りは、人の喉から発せられているものとは思えない。それでもラシードが理性を失っていないのは、二度目だからなのか。

「この手は医者の手だとでも思えばいい。きみのために牝の機能を検査してやったのだ。言動はガサツで下品だが、ここは柔らかさも締めつけも上等だ。この甘い匂いも——」

「やめろ！　そういうこと言うな……」

　ラシードより先に喜祥がたまらず制した。誰にでも感じるのはラシードも承知していることだが、同じではないのだ。同じであるかのように言われるのは……。

　喜祥が唇を噛むと、ラシードの榛色の瞳がギラッと光った。

「ガイム。私は自分を呪ってる。おまえの助言を聞き入れた愚かさを……。今すぐその手を離し、二度と喜祥に近づくな。そうしないと」

「そうしないと、どうする？　この牝が気に入ったから私のものにする、と言ったら？」

　ニヤッと笑ったガイムの指が中で動き、喜祥はそれにビクッと反応してしまう。途端にラシードの髪が逆立ち、腕に毛が生え、爪が鋭く尖った。

「喉を咬み切れば、そんなバカなことは言えまい」

　声が不明瞭《ふめいりょう》なのは、声帯までも変化しかけているからなのか。

「やめろ、ラシード！　こいつは仮にも第一王子だ、おまえの兄だ、相手が悪い。どうなるか考えろ。アリムの時とはわけが違う」

　頭を使わせる。理性が少しでも働けば獅子にはなれないはず。

「そう。アリムとは違うぞ。私はきみより偉い。私がこの牝を所望すれば、きみは譲らざるを得ないし、私を殺せばきみは死罪だ。この牝もただでは済むまい」

　その言葉で、ラシードが人に戻る。しかしまだ髪は逆立っていた。

「弟よ、今日のところはきみの宝物を返してやろう。護りたければ地位を得よ」

ガイムが手を引くと、喜祥を拘束していた手もなくなった。力の入らぬ身体が椅子から滑り落ち、ぺたんと床にへたり込む。すると自分からモワッと甘ったるい匂いが立ちのぼり、眉を顰めた。こんな匂いに牡は誘われるというのか……。

そこにまったく違う匂いが近づいてきた。猛々しくも高貴で、この匂いに包まれればもう安心だ……と無条件に思える。無意識にそちらへ手を伸ばしていた。子供が庇護を求めるように。

抱き上げられてからハッと我に返る。今、自分はなにをした？

「ガイム。私は国を捨てることもできるのだ」

喜祥を大事に腕に抱いて、ラシードはガイムに告げた。

「できないよ、きみには。喜祥もそう思うだろう？」

ガイムに話を振られたが、なんと答えていいのかわからず喜祥は目を泳がせた。

「ラシード、下ろせ」

自分から手を伸ばしたことは忘れたような顔で言う。結果的にガイムを無視したことになったが、それはそれでいい。

「嫌だ。おまえは……手を離すとろくなことにならない」

ギュッと抱きしめられて、その力を心地よく感じた自分に戸惑う。

いや、もう戸惑う必要はないのかもしれない。理由は明白だ。

ガイムに触られて、それがわかった。誰にでも感じるが、誰でもいいわけではない。

「いいからとにかく離せ！」

がむしゃらに暴れて床に立つと、右の拳を左手で包み込んでならし、その拳をガイムの顔目がけて繰り出した。しかしスッと避けられたので咄嗟に、反対の拳を腹に突き入れた。
『クッ、とんだじゃじゃ馬……』
ガイムが眉間に皺を寄せ、従者が遅れて喜祥を拘束にかかる。それをガイムが手で制した。腹を押さえてはいるが、ダメージは大きくないはず。万全の体勢ではなかったし、利き手でもなかった。
ラシードはやや呆れ顔で喜祥を背に庇う。
「避けんじゃねえ！　おまえは殴られて当然のことをした。第一王子とか知ったこっちゃない。偉い奴ほど下衆なことすんな」
中学から高校にかけて、よく喧嘩していた時期があった。しかし無闇《むやみ》に人を殴っていたわけではない。周りに手を出さずにいられないような奴がたくさんいる環境だったのだ。
[喧嘩慣れしてる牝か……面白い。強い牝は好きだよ。本気で手に入れたくなる]
ガイムが言えば、ラシードが唸る。対抗心丸出しで抱きしめられ、喜祥はラシードの腕の中で、深呼吸のような溜息のような息をひとつ吐いた。
[喜祥、判断はきみに任せるよ。私の許《もと》に来れば、きみの望みは叶えてやる。子供たちの未来を任せられるのは誰か……よく考えてみたまえ]
[部外者に判断を押しつけんな]
[きみはもう当事者だよ。輝ける白い星]
[なんだそれ]

ガイムと言い合う喜祥を、ラシードはヒョイと持ち上げて歩き出した。子供を抱く時のような縦抱きで、喜祥の太腿あたりを片腕で支え、片手でドアを開けてすぐに部屋を出た。早足で歩きながらブツブツ文句を言う。

「牡ガキどもをタラシ込んだかと思えば、次はガイムか。おまえは誰とでもすぐに仲よくなる」

「は？　タラシ込むってなんだ？　どこをどう見たらガイムと仲よく見えたんだよ⁉　俺は変態王子にセクハラされたの！」

殴ったのを目の前で見たはずなのに、なぜそんな勘違いが起こるのか。

「おまえの変態王子は私だ」

「そこを競うのか⁉　……いかん、今のちょっと面白かった……けどな、俺は変態王子なんか嫌いだからな」

変態王子宣言がツボに入りかけて、慌てて表情筋を引き締める。

「では私は変態王子ではない。おまえに嫌われるのは嫌だが……今は早く抱きたい」

ラシードは一層早足になった。

「だ……って、ちょっと待て、下ろせ、おまえもぶん殴るぞ！」

威嚇しても歩みを止める気配はない。ラシードにとって自分の拳などじゃれつかれる程度のものだろう。

正面玄関には、ラシードを見送るために職員と子供たちが待機《たいき》していた。その前を、男を抱っこした王子が足早に通り過ぎる。みな唖然《あぜん》と見送ったが、子供は立ち直りが早い。「また来てねー」と手を振るのが、後ろ向きの喜祥にはよく見えた。かなり恥ずかしい体勢だが、ラシードが無反応なので仕方なく、「またね」と笑顔で手を振り返した。

そのまま車の中へ放り込まれ、ラシードも乗り込むと、ドアが閉められた。前の座席とのパーティションはすでに閉じられていて、後部は完全な密室になっていた。

「殴ってもいいぞ。しかし私はガイムとは違う。おまえを抱くのは嫌がらせではない」

覆い被さるような体勢でラシードは言った。車は静かに走り出す。

「じゃあなぜ抱く？」

喜祥にとってもガイムとラシードは違う。その違いをはたしてラシードは自覚したのか。じっとラシードの顔を見つめる。正面から見つめるのはすごく久しぶりな気がした。精悍《せいかん》さの中に、子供のような頼りなさがある。以前は自信満々にしか見えなかったのに……。

自分の見方が変わったのか、ラシードが変わったのか。

「わからない。……ガイムにそれは恋愛感情だと言われ、経験豊富な自分がアドバイスしてやるという言葉にうっかり乗ってしまった。おまえは押しすぎだから引いてみろと助言され、それは契約交渉のセオリーでもあると、抱きたいのを我慢して引いてみた。するとおまえの匂いが甘くなり、潤んだ瞳で私を見つめるようになって、効果があったと思ったのだが……。これもガイムの策略《さくりゃく》の内だったのか」

助言を聞き入れたことを後悔している様子に、せっかく外に向かって開こうとしていた心がまた閉じてしまうのではと、喜祥は心配になった。

「押してダメなら引いてみろっていう、ガイムの助言自体は正しいと思うぞ」

「じゃあおまえは私を好きになったか？　抱かれたくなったか？」

「それは、まあ……なんというか……好き、かもしれないけど、抱かれた、くはないというか……。俺は女じゃないから、そこんとこ難しいんだよ」

「ではどうすればいい。そもそも恋愛とは……いったいどういうものだ？」

惑っているラシードというのも珍しい。

「恋愛とは……か。改めて訊かれると難しいな。……あ、おまえ日本語できるんだから漫画読んでみろよ、少女漫画。あれには恋愛のドキドキが詰まってるぞ」

学生の時、女子に借りて読んで、一時期すごくはまっていた。定番だとわかっていてもドキドキした。自分の中に乙女的な要素はあるのかもしれない。

「少女、漫画……」

「そう。でもあれは乙女のピュアな恋愛だから、おまえに当てはまるかは……って、おい！　なんだその手は。おまえまさか、車の中でやる気じゃないだろうな⁉」

ラシードの顔がどんどん近づいてきて、後ろに避ければ身体が重なる。片手は腰、もう片手はカンドゥーラの裾から侵入してきて太腿を撫でる。

「やる気だ。もう我慢はしない」

「いや、せめて家に着くまでくらい我慢しろ。車の中は……」

「もう散々我慢した。そしたらあいつがおまえに触れて、おまえがビクッとなって殺意が湧いた。

それを我慢して殺さずにいてやったのだから、おまえは私に抱かれるべきだ」

「どういう論法《ろんぽう》だよ、おまえなんかいろいろ破綻《はたん》してるぞ。おい、あ、あ……」

太腿を這い上がってきた手が、その指先が、穴に触れた。濡れている方の穴。なぜ濡れているのかはラシードも知っている。

ひどい裏切りを犯したような罪悪感が込み上げてきて、戸惑う。

自分はラシードのものではないし、元はといえばラシードのせいでひどい目に遭わされたのだ。こちらが疚《やま》しく思うことなどない。のだが……。

「ここに、ガイムの指が……指が……」

そんなことを言いながら、ラシードは自らの指をそこに入れた。

「濡れて、柔らかく絡みついて……これをガイムも味わったのか」

いきなりのことに耐えきれず喘いだ喜祥を見て、ラシードはさらに愛撫を激しくする。

「ちょっ、待っ……あ、やめ、ろ……」

「それなら私にはもっと特別なものを入れさせろ。……おまえだって欲しいだろう?」

「ほ、欲しく、な……、あ、も、やめろって、俺は……」

「喜祥……私のものはたぶん、ここにすごく馴染むぞ」

耳元に囁かれ、想像した途端に、ズクン……とそこが反応した。

「ああ、たまらぬ……入れたい、喜祥……私のものにしたい」

指が激しく動き、喜祥もたまらなかった。入れて、と言うだけでいいのだ。それだけで満たされる。

「で、も……俺は、男だ……から」

自分の意地を曲げることがどうしてもできない。

「男だと私は受け入れられないか？　私は男でもいい」

「でもおまえは、牝が欲し……んだろ？」

「牝だから欲しいのではない。だが、牝でないおまえはこの世に存在しない。私はおまえのすべてが欲しいのだ」

至近距離で熱い言葉を吐かれると、思わず抱きついてしまいそうになる。ラシードが普段、そんな言葉を吐かない男だと知っているからなおさら。

服の前を開かれ、首筋へのキスも、乳首への愛撫も受け入れてしまう。久しぶりで気持ちよすぎて、あられもない声が出て、ハッと口を押さえる。

「大丈夫だ。前には聞こえない。見られることもない。匂いすら漏れない。安心して気持ちよくなれ」

ずっと我慢していた。ラシードにお預けを食らって、不安だった。だから触れられただけで感じすぎる。なんでも許してしまいそうになる。

ガイムの策略は間違ってはいなかった。攻略、されかけていた。

でも最後の砦は、そういうのとは次元が違う。自分の中に牝がいることは受け入れる。だけどそこに男を、牡を受け入れるのは、人生を変えることだ。牝として生きる覚悟は決まっていない。生きられるとも思えない。

難しく考えずに欲求に従う手もあるだろうが、喜祥にはどうしてもそれができなかった。

それは自分の運命だけでなく、相手の運命も変えてしまうことだから。

「ラシード……前は、ダメ……後ろ、なら……」

後ろなら許すと口にする。それだって初めてだ。しかも車の中で……。喜祥にしてみれば、すごく大胆《だいたん》で思い切ったことを言ったのに、ラシードは不満そうだった。

「喜祥、私と恋愛したら、前に入れさせてくれるか？」

「恋愛……そうだな」

今の少女漫画なら、身体から始まる恋愛もあるだろう。ラシードならヒロインの彼氏に不足はないどころか、足りすぎている。しかし自分には、ヒロインの要素などなにもない。

「ラシード……」

それでもこの男を抱きしめる権利を、抱きしめられる立場を、他の誰かに譲りたくはないと思っている。

この大きな男が可愛くてならなくて、泣かせたくない。独りで寂しい思いをさせたくない。そんなことを思ってしまうのだ。まるでヒロインみたいに。

「喜祥、後ろ……入れるぞ」

やっぱりちょっと不満そうなのだけど、前に入れることを無理強いはしない。たぶん、強引に押し切れないことはないと、感じてはいるのだろうが……。

喜祥から「入れて」と言われるまでしない。その約束を守る気なのだろう。それは誠実さなのか、ただの意地か。楽しみは後に取っておくタイプなのか……。

「膝の上、乗って」

ラシードの手に感じて、溶かされて、受け入れる心づもりもなんとなく整ったところで、ハッと我に返った。

「乗る?」

「この辺りから道が悪くなる。座った私の上に喜祥が乗った方がバランスがいい」

「バランスって……。道が悪いのなんて、ずっとだろ」

「入れたら、途中で抜けるのは嫌だ」

「は? なんだそれ。王子の言うわがままじゃねえだろ」

困惑しつつ文句を言う。膝の上に乗るなんて恥ずかしすぎる。しかも、後ろにラシードのものを受け入れて……。想像しただけで耳が赤くなる。

「私がわがままを言うのはおまえにだけだ、喜祥」

後ろの穴を弄りながら、耳元に囁かれる。

ラシードは基本的に「いい子」で、「いい男」、そして「人心を集める優秀な王子様」だ。国のために生き、無駄なわがままは言わない。そういう奴に、おまえだけにわがままを言う、なんてことを言われると、とても弱い。なんだかんだで喜祥の心を動かすツボを心得ている。

「ま、周りから、見えないんだよな?」

「ああ。私だけだ。だから……」

「クソ、わかったよ！」

破れかぶれの気分で自ら裾をめくり上げ、ラシードの上に座った。向き合うのは恥ずかしくて背中を向けたが、これでも充分恥ずかしい。

「喜祥、ただ座るんじゃなくて、私のを入れてくれないと……」

「は⁉　お、おまえが、入れりゃいいだろっ」

「あいにく手が塞がっている。協力して。前屈みになって……少し腰を上げて」

ラシードの手が塞がっているのは、右手で喜祥の乳首を、左手で喜祥の竿を弄っているからだ。

そんなのは別に頼んでいない。だが、なんとなく従ってしまう。

「片手で私のを掴んで、穴にあてがって。どっちでも、好きな方の穴でいいぞ」

眉根を寄せてラシードのものを握り、もちろん後ろの穴にあてがう。嫌々ながら……という顔で、内心期待していた。久しぶりに貫かれる。その快感を身体が覚えている。

しかし、悪路《あくろ》に車が跳ねて、浮かせていた腰が落ちた。ラシードの上に。

「ひぅっ」

あてがっていたものが一息に奥まで入ってゾゾッとした瞬間、白いものがラシードの手に散った。

それを見て喜祥は耳まで真っ赤になる。

「おや、イッたのか？」

ラシードがクスッと笑って、喜祥は苦虫を噛み潰したような顔になった。

「い、今のは不可抗力……だっ」

「喜祥、今一瞬、尻尾が出た」

「は？　そんなわけ……」

「ここから、ピッと出て、スッと消えた」

ラシードが名残惜しげに尾てい骨のところをグリグリと押す。

「あ、ああっ……や、めろ、そこぉ」

頭まで突き抜けるような快感が身の内を走り抜けた。イッたばかりの身体は敏感だ。

「喜祥は感じるところがいっぱいだな」

ラシードは笑いながら、うなじに、背中にキスをする。そういうのも感じる。

「クソ……ぁあっ……わ、わざと悪い道、走ってんじゃ……」

「だとしたら気の利いた運転手だ」

腰を引き寄せられ、ラシードの剛直がさらに深く刺さる。後ろからの挿入だと、先端が前の壁を強く押して、牝の部分と前立腺も刺激する。

「あ、あ……そこ、は……」

一度イッたとは思えないほど、喜祥の股間のものは硬くそそり立っていた。それをラシードの手が優しく包み、ゆるく扱く。

「今はこれも愛おしく感じるな」

これ、とは喜祥が男である証。その言葉にも喜祥は感じた。

ラシードは男の部分もまるごとすべて受け入れてくれている。この男の牝にならなってもいいんじゃないか……？　いや、しかし……。

「あ、あ、ああっ……ラ、シード、ラシード……」

覚悟が決まらなくて、自分を抱いている男の名前を何度も口にした。自分が受け入れるのはラシードだけなのだと伝えたくて。他の男は指でさえも不快だった。まったく受け付けなかった。

「喜祥……今日はなんか可愛いぞ。これが引いた効果か？」

「違……わかんな……けど、俺、なんかヤバい……」

放っておかれて、ラシードを求める気持ちは強くなった。このまま捨てられる……なんてことを思ってやさぐれ、もう抱いてもらえないのか……と思うと辛かった。

ラシードが好きなのだ。

そうはっきり認めると、内側から快感が増幅され、身体がジンジン痺れて、なにをされたわけでもないのにあられもない声が出た。

「喜祥……本当、ヤバい、ぞ。おまえ……」

喜祥の中のラシードが存在感を増す。さらに強く抱きしめられて、下から思い切り突き上げられる。

「あ、あ、ダメだ、壊れる……」

いろんなものが壊れてしまいそうで、胸の上にあったラシードの大きな手をギュッと握る。ラシードはそちらの手はそのままに、もうひとつの手でいろんなところを弄り倒し、屋敷に到着するまでの短い時間に、喜祥をもう一度イかせた。

しかしラシードのものは喜祥の中で剛直を保ったまま。車が止まると、それがズルッと引き抜かれて、喜祥は「ふぁ……」と息を漏らした。

「続きは中でするぞ」

車のドアが開かれ、先に降りたラシードは喜祥を肩に担ぎ上げた。

カンドゥーラはこういう時に便利な服だ。立ち上がれば裾が下り、身体を覆い隠してくれる。ただ、ラシードの股間は布を押して主張していたし、匂いもどうにもならないだろう。バレバレだ。

使用人たちは余計なことを言わず、微妙に目を逸らして主人を迎えた。もちろんラシードはそれを一顧《いっこ》だにせず、足早に寝室に直行する。喜祥も今だけは自分を荷物だと思うことにした。

ベッドに下ろされると同時に、服を脱がされた。あっという間に全裸だ。乾燥した部屋の中、股間だけが湿って、なおもラシードを誘う。

ラシードも服を脱ぎ捨て、逞しい身体とそそり立つものが露になった。大きく脚を開かされ、今度は正面から後ろの穴に入れられる。

すでにラシードの形に開いていた場所は、ラシードの逞しいものをすんなり受け入れた。そして待っていたとばかりに締めつける。

「動きたくて、焦れったかった」

ラシードはそう言うと、いきなり激しく動きはじめた。

「や、あ、あ……」

ラシードの強引さが、激しさが気持ちいい。

このベッドにひとり放置され、疼いて仕方なかった。身体よりも心が……ラシードに求められたいと疼いた。でもそれを認めたくなかった。

「喜祥……喜祥……私のものになれ」

抱きしめられ、貫かれ、思わずうなずいてしまいそうになる。しかし首を横に振った。今、その答えは出せない。

「もう私のものだ。他の者には、渡さない……絶対に」

出会いの時から人の意見など聞かない奴だったと思い出す。しかし約束は守ってくれる。傲慢だが優しい。ラシードのことはもうだいぶわかって、その腕に抱かれている。

「ラシード……」

その顔に手を伸ばし、近づいてきた頭を抱き寄せて、口を薄く開く。自分からキスをねだる、この意味にラシードは気づくだろうか。

ラシードの唇が襲いかかるように重なり、深く貪られた。舌を絡ませ、吸われて、吸い返す。言葉にできない心を肉体で伝える。

情交は、深く激しく際限《さいげん》なく続く。続きすぎて、音を上げてしまうほど。

「あ、あ、ぁ……ラシード……もう俺、無理、ギブ……」

何度イかされ、何度ラシードの精を受け入れたかわからない。その持続力に凡人はついていけない。

「ん？　もう音を上げるか？　喜祥、男だろ」

「てめ……」

都合のいい時だけ男扱いする。しかし今は、男だとか牝だとか、それが冗談で言えるほどに軽く、どうでもいいことのように思える。

喜祥は力の入らない拳を振り上げてラシードにぶつけた。しかしその手を取られ、指先から付け根へ、腕から腋へとペロペロ舐められる。際限ない。

その夜、精も根も尽き果てた二人は、互いの匂いに包まれながら、深い眠りに落ちた。

八

目覚めた時、カーテンの隙間から差し込む日差しはすでに強かった。

横に目を転じれば、間近にラシードと目が合った。

「見てんじゃねえよ」

なんだか照れくさくて目を逸らした。

「寝顔は姫百合という感じだった」

「あ？　どういう意味だよ」

小さくて可愛いなどと言われたら殴る気満々だったのだが。

「上に向かって小さな口がポカンと開いてる、という意味だ」

思いがけない答えに、怒るよりも脱力した。どうやら百合全般に詳しいらしい。

「マニアか」

「そうだ。マニアになってよかった。始まりはテレビで見た白百合だった。岸壁に唯《ただ》一輪、風雨《ふうう》に耐えて、凛と咲く姿に心惹《こころひ》かれた。百合について調べ、それが咲いていた場所についても調べ、日本にのめり込んだ。生まれて初めて、時を忘れるほど夢中になった。百合マニアになって、日本マニアになって、日本に行き、私の白百合を見つけた。これはもう運命だろう？」

大きな手が目尻に触れ、髪を梳《す》き上げて後頭部を掴み、強引に目を合わされる。榛色の瞳に見つめられると、まるで乙女のようにドキドキする。ほんの数時間前、淫らに抱き合った相手なのに。

「運命なんて思い込みだ。好きな日本でたまたま見つけた白百合っぽいのが、たまたま同じ一族の血を引いてて、運命だと思いたくなる気持ちもわかるが……たまたまだ」

「思い込みでもいい。私はなにかを個人的に欲しいと思うこと自体なかった。強引に連れ去るなど、自分がするとは思いもしなかった。私のエゴを暴走させるのは、おまえだけだ」

それはラシードの嘘偽りない本心なのだろうと思う。ラシードが初めて己のために欲したのが自分だというのなら、与えてやりたい気もするが、ことはそう簡単ではない。

「おまえが暴走したせいで、俺はだるくてしょうがねえよ、絶倫野郎め」

わざと現実的なことを汚い言葉で言い捨てた。運命だとかおまえだけだとか、歯の浮くようなことを真顔で言われ、また自分の中の乙女が騒ぎだしたから、抹殺したのだ。こんな精液まみれで純情ぶるのは余計に恥ずかしい。

ラシードの腕から逃れようとしたのだが、身体に力が入らなくて、逆に引き寄せられる。

「でも前には入れなかったぞ」

「なんだその我慢してやった、みたいな顔は。俺が褒めるとでも思ってんのか。相手の同意を得るのは当然のことなんだよ！」

「当然、か。しかし私はこれまで同意を得るなどしたことがない。得る必要がなかった」

「だからなんだ？　モテ自慢か⁉」

「いや。おまえは快楽に弱い。このままなら遠からず同意は得られる……気がする」

「はあ⁉　弱くないから同意してないんだろうが！　そもそも後から得るのは同意じゃねえ。服従させただけだ。対等な恋愛じゃなく、一方的な支配だ。それでいいのか？」

「よくない。が、おまえは私と恋愛する気がないのだろう？」

「それは……。ない、こともない、けど……」

「曖昧はよくない。ないの否定は、ある、でいいな？」

「じゃあはっきり、ないってことで」

「……曖昧にしておくか」

言いたいことを言い合って、笑い合う。ベッドの上でする小競り合いが楽しい。はっきりした進展はない、未来の約束もない曖昧な関係なのに、以前より通じ合えている気がする。このままずるずる流されても、二人の間には確かなものが生まれるんじゃないか……なんてことを思い始めている。

「もっと、おまえの子供の頃のことが知りたかった。アルバムとか見せてもらえばよかった。可愛かっただろうな、子ライオンのおまえ」

きっとハフィとの違いはあまりわからないだろうが、ラシードが見たかった。

「私の子供の頃など……今とそう変わらない。今の私を見ればいい」

「変わらないって、そんなはずねえだろ……」

「そういえば、子供のおまえは可愛かったな。いかにも悪ガキって感じで」

なにかを思い出したように、急にラシードの表情がほぐれた。

「は？　まさか俺のアルバム見たのか⁉　いつの間に……」

「母上に見せてもらった。おまえはいつも人に囲まれていた」

「まあそうだな。うちじゃひとりになる方が難しかったから。でも家族の中で俺だけ、明らかに毛色が違ってただろ？　子供の頃は露骨に……」

「そうだな」

　今は日本人に見えるが、子供の頃は外国の子に見えた。

「俺はそれが嫌で、いつおまえはうちの子じゃないって言われるのか怖かった。うちの神楽はさ、篠笛が一番重要で、みんなやりたがったんだけど、笛の名手《めいしゅ》だった祖父ちゃんは俺だけに教えてくれた。これが吹けるのは加鳥の人間の証拠だ、堂々としてろって……。それ聞いて、俺やっぱこの家の人間じゃないのかなって思った。本当のところは確認してないんだけど」

「それでおまえの笛は孤独の匂いがするのか……」

　ラシードに目尻をペロッと舐められて、苦笑する。

「吹いてると思い出すけど、俺は孤独じゃねえよ。岸壁に一輪で咲いてる白百合じゃない」

　ラシードが百合に惹かれたのは、その姿に自分を重ねたからではないか。孤独でも凛と立つ姿に憧れたのか、元気づけられたのか。

　でも自分は違う。ラシードが最初に見た時に、たまたま白い着物を着て、孤独を匂わせる笛を吹いていただけの、誰よりも孤独を恐れるヘタレだ。

「百合は本来、一輪だけで咲くものではなく、ひとつの株にいくつも花をつける。私が見た百合はたまたま一輪だけ咲いていたが、これから咲く蕾があったかもしれない。凛として見えたが、本当は寂しかったのかもしれない。日本に行き、家族を知り、そんなふうに見方が変わった。おまえがいなくなれば、私は寂しい。一緒に咲いてほしい」

これはプロポーズじゃないか。本人はまったく意識していないのだろうが。

ひとつの株にたくさんの花をつける運命共同体。ずっと百合は孤独な花みたいに言っていたくせに、急に家族の象徴みたいに言うのはずるい。寂しいから一緒に……なんて、下手に出るのはずるい。

「詐欺だ。百合詐欺だ。白百合になれとか言うから、俺はそんな気高い花になんかなれないって、百合に劣等感《れっとうかん》すら覚えてたのに」

「百合じゃなくてもいいと言ったはずだが？」

「言ったかもしれねえけど。寂しいなんて初めて聞いた」

「そう言えば、いてくれたか？」

「言えば……考えた。でも現実問題、一緒にいるのは難しい」

ラシードはムッとした顔になって、喜祥を抱く腕に力がこもる。離すものかとばかりに。今日はなんだか情熱的というか、素直というか。いろんな角度から押してくる。特に今の「寂しい」は効いた。強引よりも、縋られるのに弱い。絆されてしまいそうになる。

「ガイムに取られるのは絶対に嫌だ」

その言葉を聞いて喜祥は大きく息を吐いた。

「あいつは本気じゃないぞ。あれはそういうんじゃなくて……」

「確かに、あいつに譲れと命じられたら、私は逆らえない。そういう絶対的な序列《じょれつ》がある。獅子族の国といっても、今では国民の半数以上がただの人間。王族に獅子の血の濃い者を取り込むのは、稀少生物の保護のようなものだ。私は予言の子であり、優秀だったから、国の政にも参加しているが、それだけだ」

　王族の中にあっても、ラシードは孤独なのだろう。そんな男に王位を背負わせるのは、孤立を深めるだけではないのか。

「ガイムが次の王にならないと言ったら、おまえはどうする？　自分が、なるか？」

「私が？　それはない。順番的にも、やる気的にも。ガイムは性格に少々難があるが、大局《たいきょく》を見ているし、兄弟の中では一番、王の器だ。……なぜそんなことを訊く？　おまえはガイムになにを言われた？」

　大きな身体にぎゅうぎゅうに包み込まれた状態で問われ、逃げ道はなかった。

「ガイムは……」

「いや、それよりも先にガイムになにをされたのかを訊くとしよう。ここに、指を入れられて、なにをされたのだ？　機能検査とはどのようなことを……」

「ひぁっ、やっ……てめ、人が真面目な話を……やめろ、手、指、離せっ」

　手を股間に滑り込ませたラシードは、容赦なく牝の部分をなぞる。そこは喜祥の身体の中で唯一、昨夜からずっと欲求不満を訴え続けている部分。他は満たされすぎてぐったりなのだが、そこだけは触られて歓喜する。

「こんなふうに、ちゃんと濡れるのかを調べられたのか？」

「うっさい……」

「それともここの、柔らかいけどきつい締めつけか？　拒否しながら感じたのだろう？」

「うううっせえよっ」

喜祥は真っ赤になる。

「やはり許しがたい……ガイムめ……」

憎しみを込めた呟きは、なぜか人の胸に噛みつきながらされた。

「てめ、ガイムにかこつけて、なにしやがっ……ぁ、んんっ」

中に指を入れられて、思わずラシードの胸にしがみついた時、ドアがノックされた。

喜祥はハッとしたが、ラシードは聞こえなかったかのように指を動かす。

「バカ、今、ノックが……」

「気にするな。返事がなければ下がる」

しかし、少しの間を空けて、ドンドンドンドンッと容赦のないノック音が響いた。火急を思わせるその音に、さすがのラシードも無視できず起き上がった。全裸だが、これはラシードの普通だ。

喜祥はシーツを身体に巻きつける。

「おくつろぎのところ申し訳ございません。ガイム様が緊急でと――」

側近のファリドが頭を下げたまま、ラシードにタブレットを差し出した。ガイムと聞いてラシードの機嫌は最悪になり、タブレットを引ったくって下がるよう命じた。
タイミングが悪すぎる。しかしそれがガイムの狙いなのだとしたら絶妙だ。
［おーい、ラシード？　天井しか見えないんだけど？　おーい］
タブレットの中から声がする。どうやらテレビ電話的なことになっているらしい。
［うるさい、そのまま用件だけ話せ］
［おお、怒ってるねえ。どうせきみたち、私のおかげで盛り上がって、疲れて寝ていたんだろう？　だから私が無理矢理起こせと使用人に命じたのだ、責めないでやってくれ］
［起きていたし、責めてない。さっさと用件を――］
［はいはい。え、起きてたって、まさか寝ずにやってたわけじゃ……種付けはさせてもらえたかい？　あ、切るな、切るなよ。そのままテレビをつけて。喜祥と一緒に見てね］
ラシードはしばしムッと動かなかったが、不承不承《ふしょうぶしょう》というふうに、部屋にある壁掛けのテレビをつけ、ベッドの喜祥の横に座った。
『ガイム王太子より緊急の記者会見』というテロップ。会見場は王宮内の一室。そこにガイムが現れ、中央の椅子に座った。
どうやら会見直前に通信を繋いでいたらしい。
『私、第一王子ガイムは、心身の都合により王位継承権を放棄する。そしてその空位に第七王子ラシードを推挙《すいきょ》したい。次の王にはラシードが相応しいと思う。王にはすでに私の意思を伝えてある。国民にも、弟たちにも同意いただけるものと思っている』

ガイムはそう言ってニッコリ笑うと、「詳しくは書面で」と言い残して会見場を出た。イスラム語だったが、大体のところは喜祥にも理解できた。会見場は騒然とし、キャスターが早口でなにか言いはじめたところで、ラシードがテレビを消した。そしてタブレット画面に再びガイムが現れる。

「どういうつもりだ?」

ラシードは低い声でガイムに問いかけた。その声は明らかに怒っている。

「ん? どうって、そういうことだよ。きみが次期国王になるって話」

「バカな……」

「私は本気だよ。ねえ、喜祥?」

「あんた、判断は俺に委ねるって、昨日言ったばっかりだろ」

喜祥はシーツから顔だけ出した状態で、ガイムに文句を言う。

「悪いね。昨夜、星が変わってしまって、猶予がなくなったんだ。好機は逃せないから」

「また星か。もしかしてあんた、星占いマニアかなんかなのか?」

喜祥は呆れ顔で問いかけたが、ラシードは仏頂面を真顔に変え、身を乗り出した。

「ガイム、おまえまさか……」

「黙っていたかったんだけど、しょうがないね。そう、私は星読だよ」

「星読?」

喜祥がキョトンとした顔をすると、ラシードがそれについて説明する。

「星読とは予言者のことだ。我が一族は神に特別に愛されている——と思うには根拠がある。神は我々に、夜空の星を使って最良の道を示してくださっていたのだ。太古の昔からずっと。その星が指し示す意味を読み取れる星読も、必ず一族の中に現れていたのだが、前の星読が死んで、それらしき者が見つからなかった。滅びの前兆《ぜんちょう》と不安がる者もいたが、星読を信じない者も今は多い。ガイム、なぜ申し出なかった？」

「タイミングを逸《いっ》してね。それに私が星読だと言えば、次の王は誰だということになる。星読は王にはならないから。混乱を避けたかったんだよ」

「本当か？　面白がっていたんじゃないのか？　混乱させる機を窺っていたのだろう」

「えー、ラシードは私を誤解しているよ。前の星読だって、きみが王になるとは言わなかった。星読は見えたことをすべて言うわけではない。常に現状に配慮《はいりょ》している。予言という不確かな形で言葉を発するのも配慮だ。ただまあ、王となる教育を受けたのに、自分が王にならないことがわかって、ちょっと面白くなかったのは事実。憂《う》さ晴《ば》らしにおまえを弄ったり、王に相応しいか試したりもしたけどね」

ガイムは悪びれず微笑む。

「私を次期王に推挙しておきながら、自分が星読だと明かさないのも配慮か？」

「優しさだよ。私が星読だと明かせば、きみは確実に次期王の座に就く。なりたくない、と言える余地《よち》を残してあげたんだ。でもそれは、他の王子にチャンスを与えたことにもなる。きみが早々に判断しないと、揉めるだろうね」

ラシードはムッと押し黙る。ガイムの軽い口調からは深刻さが感じられないが、これは国の一大事だ。

「星の導きに従い、一族はこれまで生き延びてきた。しかし、従わずに滅びるのもひとつの道だ。きみが辞退すれば、第二か第三王子がなるだろう。どちらでも明るい未来は望めないが滅びるとは限らない。人は己が欲する未来に向けて、己が選んだ道を進めばよい」

ガイムはやっと星読らしい威厳を見せた。

「ということで、私は国外へ遊びに行ってくる。行くぞ、アリム」

また口調が軽くなり、ガイムは画面から消え、回線が切れた。真っ黒になったタブレットの画面を二人しばし呆然と見つめる。

「あいつ、国外に行きたいから星読だと明かさなかったな……」

ラシードがボソッと言った。

「え、どういうこと？」

「我が国では、国外に出ると神の加護が薄くなると信じられているため、国王、王太子など国にとって重要な人物は国外に出てはならないという決まりがある。星読も然り。私もそれでなかなか国外に出させてもらえなかった」

「だから嘘までついて出てきたわけか……。なあ、他の王子って、どんな感じなんだ？」

ガイムはバカばかりと言っていたが、五人もいるのだから、ひとりくらいまともなのがいるのではないか。

「第二王子は……ただの遊び人だな。自分を崇められて当然の人間だと思い、民を平気で愚民《ぐみん》と言う。第三王子はプライドが高い。しかし能力はなく、夢を語っては、それを実現できない周りを責める。第四王子は病弱で、第五王子は内気な性格のためほとんど外に出ない。第六王子はまともだが、イギリスに留学して帰ってくる気はないようだ」

「イギリスに？　王子でも期待されてないと外に出られて、永住までできちゃうんだ？　じゃあおまえも予言の子じゃなかったら、日本に永住できた？」

「無理だな。私はそもそも王族ではなかったのだから。贅沢ができるのは、国民の期待に応える義務を負っているから。庶民であったなら贅沢はできず、日本に行くことすら叶わなかっただろう」

「そうなのか？　石油が取れる国の人はみんな裕福ってイメージなんだけど」

「とんでもない。オイルマネーのおかげで福利厚生は充実しているが、貧富《ひんぷ》の差は大きい。仕事が少なく稼ぐ手立てはないが、生きていくことはできる。その結果、やる気のない民が増え、自殺者が増え続けている」

「え？」

「国のために生まれ、国のために生き、国のために子を作る。そういうことに疑問を持たぬうちはいいのだ。私も日本に行くまで、自分の生き方に疑問はなかった。しかし、家族を知り、人の温もりを知り、自由を知って、国のためだけに生きることの空しさを知った。それでも私には義務があるが、それすらない場合はなにを生きる原動力にすればいいのだろうな」

　ラシードは溜息をつき、答えを求めるように喜祥の顔を見つめる。

　喜祥はなにを言っていいのかわからなかった。やる気、生きがい、それは人それぞれだ。

「わかんないけど、根っこは家族かな……」

「私もそう思った。子供を施設で育てることは、あくまでも応急的処置とするべきで、長く続けてはならなかったのかもしれない。もちろん家族以外を原動力にしている者も多くいるが、根本的で原始的な生きる力は家族なのではないかと、おまえの家族を見て思った」

施設で見た子供たちはみんな元気で、育て方が間違っているようには見えなかった。

きっと、間違ってはいないのだろう。しかし、正しくもない気がする。

「どうするんだ？　おまえ……。たとえ王にならなくても、これからも国の未来を背負っていくつもり、なんだよな？」

「それが私の義務だからな。今は他にも生きる原動力があるが……、プライドを捨てて生きるということは、生き恥を晒すということだ。私はそんな生き方はしたくない」

ライオンの群れのこともプライドという。ラシードが自尊心と群れのどっちの意味でプライドと言ったのかはわからなかったが、どっちでも大きく違わない気がした。

ラシードにとって、国全体がひとつの群れであり、一度背負うと決めたそれを、重いからと投げ出すのは恥ずべきこと。誇りを捨てるということなのだろう。

群れを率いて崖の先端に立ち、雄叫びを上げている姿が浮かんだ。

「うん、おまえのそういうところ、格好いいと思う。好きだよ。男らしいし牡っぽくて」

「本当か？　好きか？　牝になりたくなったか？」

「それはならねえって言ってんだろ」

くっつくほど寄せてきた顔を、手のひらで押し戻す。笑いながら。しかし喜祥は不意に真顔になり、手を肩に移動させせて、榛色の瞳を見つめる。

「でも俺は、子供たちの未来を委ねるなら、おまえだと思う。星とか信じてないし、他の王子のことも知らないけど……。おまえなら、絶対みんなを不幸にしないって信じられる。能力的にも、ハートも。だから俺は、おまえに王になってほしい」

「喜祥……」

ラシードが思い詰めたように見つめ返してきてハッとする。

「いや、もちろんこれは俺が無責任に思ったことで、強制してるわけじゃないからな。まあ、俺が言ったからって、国とおまえの一大事を、簡単に決めるわけないけど」

肩から手を離し、顔も離そうとしたらラシードの両手に頬を挟まれ、顔が寄ってきた。

「喜祥、私にとっておまえの言葉は神の言葉にも匹敵する」

「え?」

「さっきまでまったくやる気がなかったのに、一気に傾いた」

「は?　いや待て」

「おまえが国民であれば、私は王になると、この場で決めただろう。しかしおまえは国民ではない。今のところ」

「じゃあなる、とは言わねえぞ」

頬の手を払いのければ、ラシードがチッと小さく舌打ちした。

「舌打ちってなんだよ、あわよくば、かよ。そんなことで王になるなんて決められないだろ。俺だって簡単には決められねえよ」

「そうだな」

沈黙が訪れたところで、それを破る静かなノックの音がした。

「王よりすぐに宮廷に来るように、とのお召しです」

一気に事態の重みと真剣さが増す。ベッドの上で戯れに決めていいことではない。

「行ってこい」

「ああ、行ってくる」

ラシードは顔を上げ、立ち上がった。榛色の瞳はすでに未来を見据えているようで、ひどく頼もしく見えた。


「……喜祥、国に帰れ。私はこれからやらなくてはならないことがある」

夜になって宮廷から戻ってくるなり、ラシードはそう言った。

「は？　帰れって……」

「帰りたいんだろう？　日本に帰っていいと言ってるんだ」

「おまえ……決めたのか？」

「決めた。少なくともあのバカ二人には任せられない。他に適任者がいないなら、私がなるしかない。もちろん、国民がそれを承認すれば、だが」

「バカって……ガイムもそう言ってたけど。宮廷でなにかあったのか？」

「なにも。ただ、少し話しただけで自分のことしか考えてないのがわかるような、オープンバカに国は任せられない。今の王のように、政には極力口を出さないという姿勢を貫くならいいが、ああも虚栄心《きょえいしん》が強いのではそれも無理だろう」

ラシードは辛辣《しんらつ》だった。よほど癇《かん》に障ることがあったらしい。

「そうか……」

「王位だけは血統なのだ。無用な諍いを避けるために。だから王の血を継ぐ子供は別に育てられる。そこの育て方が悪いのか、血が限界なのか。ガイムの言うとおり、血筋を優先すれば滅びを覚悟しなくてはならないようだ」

「そうなんだ……。まあなんか、ピンと来ないんだけど」

そもそも王族とか王位継承権とか、喜祥には遠い話だ。

「奴ら、顔を合わせるなり、男牝の具合はどうかと訊いてきた。下衆兄弟め」

「なるほど。わかりやすくなった。確かに下衆だな」

古から神の寵愛《ちょうあい》を受ける、特殊で崇高《すうこう》な一族。その王家だというのに、品がなさすぎるだろう。高貴な血統も長い年月で腐ってしまったのか。この兄弟がダメなのか。

「しかし最終的には国民が判断することだ。国民がそれでも血筋を優先するというなら、私は引くしかない。その時は日本に住むか……」

ラシードはニッと笑って、喜祥に顔を寄せる。

「それでもおまえは国を捨てない……気がするけどな」

思ったままを口にすれば、ラシードはキス寸前の距離で止まり、少し悲しげに微笑んだ。

「やっぱり私は、おまえにそばにいてほしい。……けど、帰れ」

「こういう時こそ、隣にいろってゴネればいいのに」

「ゴネたら、おまえはいてくれるんだろう？　おまえのことはだいぶわかるようになった。しかし、いてもらっては困る。足手まといだ」

「本当に勝手な奴だな。拉致しておいて、足手まといって……」

「気に入らないなら、アキレス腱《けん》と言い換えよう。おまえにバカどもの支配が及ぶ範囲にいられては、私は存分に動けない。だから私はおまえを捨てる」

「拉致されて、捨てられるのかよ」

「これも気に入らないか。では……、待っていてくれ。すべてが片付いたら迎えにいく、ではどうだ？」

「俺は出征《しゅっせい》した夫を待つ妻じゃねえんだよ。おとなしく迎えを待つなんてことはしない」

「それでも私は、絶対に迎えに行く」

その言葉に、キスを許した。抱きしめることも許した。これが最後になるかもしれない……と言われて、後ろへの挿入まで許してしまった。

最後、は最強の呪文《じゅもん》だ。そうならない保証はどこにもなく、切なくなって、これも最後、これも最後……と流されまくり、ラシードの好き勝手を許した。

死守《ししゅ》したのは最後の砦だけ。

「喜祥……絶対、また、抱く。絶対……」

きつく抱きしめられ、下から突き上げられて、その胸に縋りつく。

出会ってからたった二ヶ月弱。流れ流れてここまで来てしまった。自分の心が一番、かけ離れたところに来てしまったように思う。いや、ラシードの方が変わっただろうか。もう最初の頃が思い出せないほど、日々が濃密すぎた。

「おまえといた時間は、夢のように楽しかった……」

ラシードの言葉と笑顔に胸がギュッと締めつけられる。すでに己を諦め、国のために生きる覚悟を決めている顔だった。

これでやっと帰れる。日本に。我が家に……。嬉しいはずなのに、気持ちが弾まない。

理由はもうわかっている。それでも帰る。帰らないとなにも始まらないから。

「死ぬなよ……」

喜祥が送れるエールはそれだけだった。

空港には大きなモニターがあり、国営テレビの番組が流れていた。

この国では連日、ラシードの動向が取りざたされている。次期国王に名乗りを上げたカリスマ。獅子族の完全体であり、国の未来を担うと予言された人物であり、これまでも優秀さを国のためにいかんなく発揮してきた。人気は高いが、外様の王子。王となると話は別だ、という人も多いようだ。

『連れてきた牝？　ああ、あれか。貴重な男牝だったので連れ帰ったが、欠陥品《けっかんひん》だったので国に返した。子が産めないなら牝ではないからな。彼は男として生きていくだろう』

テレビの音声が耳に入った。皮肉《ひにく》なことにそのアラビア語は聞き取れた。

ラシードは淡々と、もうどうでもいいことのように言った。未練《みれん》も興味もない、という顔をする必要があることはわかっているのだが、嘘をつくのがうまくて、実は本心では？と疑ってしまう。嘘つきは嫌いだが、本心でも嫌だ。

「言い方ってもんがあるだろ？　牝の人権的に問題だぞ」

喜祥は歩きながらブツブツ文句を言った。

パスポートと篠笛、そして手切れ金……いや迷惑料だろうか。使用無制限のクレジットカード一枚を手に、喜祥はひとり帰国した。


久しぶりの我が家。「ただいま」と言えば「おかえり！」と、家族は笑顔で迎えてくれた。やはり喜祥には、国よりも家族だ。その顔を見て、帰ってきたなと実感する。

家族は喜祥が元気であること確認すると、「お土産《みやげ》は?」と訊いてきた。「ない」と答えるとみんな散っていった。あんまりだと思いながら、いつもの家族の様子にホッとする。

そして、まだ自分の席はあるのかと恐々《こわごわ》出社した。会社は良くも悪くも現実を思い出させる場所だ。しかしそこで、下にも置かぬ扱いをされて困惑する。

王室が揉めても、シンラー国とのオイルプラント計画の方は順調に進んでいるらしい。きみのおかげだと社長に礼を言われ、出世コースに乗ったなと周りに言われても、なにも嬉しくなかった。出世することに、最早なんの魅力も感じなくなっている……。

どこでも好きな部署に転属させてやると言われ、頭に浮かんだのは砂漠の国の駐在員だった。オイルプラントに携われば、ラシードに会えるかもしれない。

当然のようにそんなことを考えた自分を笑う。

しかし再びあの国に行くなら、相応の覚悟が必要だ。

ラシードが国の未来のために戦う時間は、喜祥にとって己の未来を考える時間だ。自分の心と向き合い、自分が欲しい未来を、自分の手で掴み取る。

この国で平凡に一生を終える方が自分には向いているのではないか、という思いもある。

自分は平凡な人間だ。穴が余分にあっても、尻尾があっても。非凡《ひぼん》極まりない奴に出会って、振り回されて、非凡な経験をさせられたけど、自分自身は平凡なのだ。

だから一国の王になろうという奴と釣り合うとは思えない。相性がいいとも思えない。

でも、もうラシードが恋しい。会いたい。心配で仕方ない。

恋に血迷《ちまよ》っているだけなのか。それはラシードだって……。

悩んだ時の常で笛を吹く。神社の境内で、沈む夕陽を見ながら吹いた。

砂漠の夕陽は、もっと苛烈で雄大だった。見渡す限り砂しかない、過酷な環境。でも、ラシードがいる。それだけで生きられるだろうか。

「いい笛を吹くようになったじゃない」

振り返ると母親が立っていた。その顔を見ると無条件にホッとして、喜祥は笑う。

「俺、腕を上げた？」

「腕は変わってないわね。ここが変わったのかしら」

母はそう言って胸に手を当てた。隠し事なんて昔からできたためしがない。

「俺さ、尻尾あったんだよな？　生まれた時」

今まで触れることのできなかったことを口にする。

「あら、その話する？　していいの？　あんたが嫌がるから封印してたのよ。気を遣って、ラシードにも尻尾の写真は見せなかったんだから。自慢したかったんだけど」

「自慢？　尻尾が？　ていうか、写真は俺も見たことないけど」

「話すだけでも怒るから見せられなかったのよ。赤ん坊の時のあんたは天使みたいに可愛くて、尻尾がまた可愛くてねえ。神様がプレゼントをくださったんだと思ったわ」

「プレゼント？　尻尾が？　不気味だろ、尻尾があるガキなんて。……育てるの不安じゃなかった？」

「ないはずのものがついてるんだから、プレゼントでしょ？　不気味だなんてとんでもない。すぐなくなっちゃって残念だったくらいよ。そりゃ不安はあったけど、人はひとりひとり違うんだから、子育てなんて何人目でもいつも不安だらけよ」

「そんなもん？」

「そんなもんよ。でも、尻尾があることで周りに変な目で見られるのは覚悟してたから、お父さんが喜祥って名前にしたの。めでたい名前の子をいじめたらバチが当たりそうでしょ？」

なにも考えてない能天気な両親だと思っていたが、いろいろ考えてくれていたらしい。

「それでもけっこういじめられたけどね。俺には家族がいたから平気だった……」

そう言った瞬間に思い出したのは無表情な男の顔。ここにいる時は楽しそうにしていたけど、今どんな顔をしているだろうか。

味方はいるだろうか。周りに心開いて、助けを求めることができているだろうか。独りっきりではないだろうか……。

「喜祥？」

母の心配そうな声と表情で、自分が涙を流していることに気づいた。

「あれ？　なんだろ……」

母に手渡されたタオルで顔をゴシゴシ拭いた。いい歳をして、母の前で泣くなんて。

「あのね、私にも生まれ育った家があって家族がいたのよ。すごく居心地のいい場所だったけど、そこを飛び出して、ここに嫁いだの。お祖父ちゃんが厳格《げんかく》だったから、最初のうちは苦労も後悔もしたわ。でもお父さんが大好きだったから頑張ったの」

少し照れたように笑った母の顔は、乙女のようでちょっと可愛かった。

「あんたたちが生まれて、いろんなことを乗り越えて、やっとここが居心地のいい場所になった。そこに行けば幸せになれる、なんて夢みたいな場所はないのよ。自分でそこを幸せな場所にするの。その力を私は五人の子供に与えたつもりなんだけど？」

「それ、出ていけって言ってる？」

嫁げと言っているように聞こえるのだけど。

「そう聞こえたのなら、そうなんじゃない？　行きたいところがあるんでしょ」

「ある、のかな……。でも自信がないんだ。もうちょっと、ここにいてもいい？」

「好きにしなさい」

母はポンポンと喜祥の頭を叩いて去っていった。

背中を押してくれるのはいつも母だ。父はおおらかだが、道を外れた行いには厳しかった。嘘をついてはいけないと言ったのも父だ。兄弟とは一緒に笑って、泣いて、喧嘩して……。確かに最初から居心地がよかったわけじゃない。

みんなで試行錯誤して幸せな場所を作った。だから自分には、それを作る力があるはず。

しかし、自信はない。環境が違いすぎる。

日が沈んで境内は真っ暗になったけど、ここにいることにはなんの不安もない。でもあの国では、日中でも不安だらけだ。人の考え方も、常識さえも違う。そこを幸せな場所にすることなんてできるのだろうか？

幸せのビジョンとして唯一浮かぶのは、砂漠のオアシスでくつろぐ牡ライオンと牡ライオン。じゃれつく子供たち。でも自分は牝ライオンじゃないし、子を産むのもありえない。

それなら他を考える。幸せの種類はひとつではないのだから。

まずはなにが自分の幸せなのか。どうすれば幸せになれるのか。その答えを見つければ、自《おの》ずとやることは見えてくるだろう。ラシードが彼の地で戦っている間に、自分はそれを見つける。

どんな過酷な場所だって、幸せな場所にすることはできる。そう信じて――。

九

飛行機のタラップを降り、初めて自分の意思でこの国の地面を踏んだ。

暑いというより、熱い。空を見上げれば、ギラついた太陽が強烈な光線を放っていた。日本の太陽と同じものだとはとても思えない。

確かに一年前……正しくは十ヶ月と十日前、自分はここにいたはずなのに、なにもかも初めて見るように感じる。気持ちが違うせいだろうか。

ついこの間、この国の王位継承順位が変わった。第一王子が王位継承を放棄し、第七王子をその空位に推挙したことに、第二、第三王子が怒り反対したのだが、これまでの悪行《あくぎょう》を明らかにされて次々失脚《しっきゃく》。第四から第六王子は権利を放棄し、国民は第七王子に王位継承権第一位を与えることを承認した。

第七王子の人気と実力、これまでの貢献《こうけん》を考えれば当然の結果だったが、バカンスから帰ってきた第一王子が、自分が星読であることを明かしたのも大きかった。

ただし、ラシードの在位は一代限り。その子に王位継承権は与えられない。

しかしそういった国の事情は、喜祥にはどうでもいいことで、決着がつくのをただひたすら待っていた。

そしてニュースを聞いた翌日には飛行機に乗り込み、それから丸一日近くかけてシンラー国に到着した。飛行機の中ではもどかしく、不安と期待でドキドキしていた。

空港に入ると、至るところにラシードの大きな写真が飾られていて、不安が大きくなった。榛色の瞳は自分だけを見つめているのではない。迎えに行くという言葉を信じていないわけではなかったが、待つ気にはなれなかった。

単純に、性分として。決めたら行きたいのだ、自分から。

一通りの荷物をスーツケースに詰め、「行ってくる」と笑顔で家族と別れてきた。

覚悟は決めたが、二度とここに帰ってこないなどという悲壮な決意はしていない。どこでも生きていけると柔軟に考えれば、足を踏み出すのは難しいことではなかった。双子には泣かれたが、遊びに来いといったら笑顔でバイバイされた。

急く気持ちのまま早足で歩く。スーツケースを引き、真っ直ぐ前を向いて。脇目《わきめ》も振らず……の度が過ぎたのか。空港を出る曲がり角で、横から走ってきた男と出会い頭に衝突《しょうとつ》した。

『す、すみません！』

アラビア語で謝った。咄嗟にでも出るくらい、ばっちり勉強してきたのだ。

「いえ、こちらこそ。学校に遅刻しそうだったので」

落ち着いた、聞き覚えのある日本語。ぶつかったのにビクともせず、吹っ飛んだ喜祥に手を差し伸べる。大きな手のその先を見上げて、喜祥はポカンとした。

「アホ面だな」

ラシードは目を細めて喜祥を見つめ、フッと笑った。

その顔を見た途端に鼓動は一気に跳ね上がり、現実かと何度も目を瞬かせる。

ちょっと野性味が増したように見えるのは、髭が濃くなったせいだろう。それでもやっぱり見惚れるほど格好いい。

「アホ面ってなんだ、いや、学校って、遅刻ってなんだよ？」

会ったら言おうと思っていたことがいっぱいあったのに、あまりに意味不明すぎて突っ込まずにいられなかった。

「ん？　出会いの定番なのだろう？　遅刻だと騒ぎながら食パンを頬張って走り、曲がり角でイケメンとぶつかる、というのが。急なことで食パンは用意できなかったが」

「おまえ、なに言って……」

「ここから運命の恋が始まるのだと、少女漫画で学んだ。違っていたか？」

「え？　あ、いや、それは……ええ!?」

確かに、少女漫画を読んでみろと言った。まさかそれを覚えていて、王位継承権争いの最中に読んでいたというのか。この男が、少女漫画を。しかも古典的な……。

「しかし我らの最初の出会いもこんな感じだった。やはり、運命の恋だったのだな」

ラシードの言葉に喜祥はフッと笑って、目の前の大きな手を掴んだ。触れ合った瞬間、出会った時とはまったく違う「ドキッ」があった。しっかり握り返され、その手を引かれて抱きしめられる。

ドキドキしながらもホッとした。自分の居場所に帰ってきたと感じた。

「そういう始まりの恋は、だいたい反発して喧嘩ばかりするんだぞ？」

「そう。それを乗り越えて必ず恋人になるのだ。続編で結婚したりもする」

胸を張って言われた。調べるならとことんのラシードらしい。

「私たちは反発も喧嘩ももう充分やった。あとは結ばれるだけだ、喜祥」

有無を言わさずキスされて、ぎゅうぎゅうに抱きしめられて足が浮く。

「て、てめ……殺す気、かよ！」

臑を蹴って呼吸困難から脱し、文句を言った。

「すまない。久しぶりで、つい夢中になった」

「死んだら続編もなにもないぞ」

「続編⁉　あるのか？」

期待に満ちた瞳が、子ライオンの丸い瞳を思い出させた。可愛い、かなり。

「おまえ、なんで空港にいるんだ？」

返事は保留して別のことを問いかける。落胆した様子も可愛い。

「おまえを迎えに行こうとしていた。プライベートジェットを待機させている。せっかくだから乗るか？」

「乗らねえよ。やっと着いたのに。おまえ、行動が遅いんじゃないか？」

「これでも最短だ。国外に出てはならない決まりをなくすのに少し手間取った。しかし、おまえから来てくれるとは……。そんなに私に会いたかったか？」

額を合わせ、ラシードが口の端を上げる。ラシードは人目などまるで気にしていない様子だが、喜祥は心が落ちつくにつれ気になってきた。人通りは多くないが、ラシードは目立つし、今この国で一番注目されている人物だ。

「俺はおまえに言いたいことがあって来た。どこか二人になれるところに……」

言った途端に手を引かれ、立派な部屋に連れ込まれる。どうやら王室専用のVIPルームらしい。ラシードは「誰も入れるな」と従者に言い置き、扉を閉めた。

高級感ある応接セット。大理石のテーブルの上にはフルーツが盛られている。壁際のチェストには白百合の活けられた花瓶が置かれていた。きっとラシード仕様なのだろう。

喜祥はフルーツに目を奪われ、椅子に座ってブドウを一粒口に入れた。乾いた機内にいた身に、果汁が染み渡る。

「くう……すっげえ高級な味がする。みんなに食わせてやりてえ」

言ってから少し寂しくなった。ここに家族はいない。いるのは、いつもこんな高級品を食べている、いつか王様になる男。身分違いも甚《はなは》だしい。

自分はこんなところにいていいのだろうか……。

「喜祥？　……遠慮せずに全部食べていいぞ。よし、私が食べさせてやろう」

ラシードは喜祥の表情になにか感じたのか、少し慌てた様子で喜祥の横に座り、ブドウの粒を口の中に突っ込んでくる。人に食べさせ慣れない男は加減を知らず、喜祥の頬がリスのように膨らんでも尚突っ込もうとする。呼吸困難になった喜祥がプーッとそれを噴き出すまで。

「て、てめ、やっぱ俺を殺す気だろ」

キスの次はブドウで窒息死《ちっそくし》するところだった。

さらに文句を言おうとしたら、横から腕が巻きついてきてギュッと抱きしめられた。

「喜祥、どこにも行くな……ここに、私の横にいろ」

絶対離さないという強い腕の力。それでいて縋りつくような声音。喜祥の心に一瞬よぎった寂しさや不安を敏感に感じ取ったらしい。

喜祥は腕の中で溜息をついた。

「行かねえよ。もう散々悩んだし、いろんなことを考えた。で、自分の意思でここに来た。俺はおまえと心中する覚悟でここに来たんだ」

「私と心中、してくれるのか？」

本当に？　本気で？　とラシードは顔を覗き込んでくる。くりくりな目で。

「ああもう決めた。おまえとここで生きる。ここを俺の最高に幸せな場所にする」

「幸せな……？」

「そう。でも、おまえの理想の白百合にはなれない。俺は、地面を這ってしぶとく生きる白詰草《しろつめくさ》だ。白詰草も同じ茎から白い花を咲かせるんだが……それでもいいか？」

田んぼのあぜ道を覆い尽くす白詰草は、春に白い花を咲かせる繁殖力の強い雑草だ。どんな場所でもよく育つ。別名はクローバー。幸せのシンボルでもある。それが、喜祥が見つけた幸せのイメージだった。

「おまえはすでに俺の理想の白百合だ。でも、そばにいてくれるなら、なんでもいい」

抱きしめられ、満たされていく。ここが自分の居場所なのだと確信する。

国も気候も、種族も身分も関係ない。この腕の中が新しい幸せを築く場所。

「おまえは私が護る」

しかしそう言われるのには違和感があった。

「おまえに護ってもらう気はない。俺がおまえを護る。ライオンは牝が働くんだろ？」

「なってくれるのか、私の牝に」

「ガキは産まないけどな」

「それはまあいい。私も当分子供はいらない」

当分というのが若干引っかかったが、キスされて霧散《むさん》する。ねっとりした舌使いと、猛々しさを増す匂いに、エロい気分が盛り上がる。

ずっと渇いていた。この腕に抱かれることに飢えていた。

「おまえのせいで他じゃ満足できない身体になったんだ。責任取れよ」

「もちろんだ。……他を試してみたのか？」

「教えない」

「おまえにそんな甲斐性《かいしょう》はない、か」

「は⁉　てめ……俺はこれでもわりとモテるんだぞ！」

カッと来て言い返す。無論、ラシードとは比べようもないが。

「わかってる。言い間違えた。おまえは誠実だから、試すなんてことはしない」

「そんな言い間違いがあるかよ！　……って、おまえ、ここではまずいだろ」

シャツを脱がせにかかるラシードの手を止める。

「別にまずくない。ベッドもある」

「え、あるのか⁉　いや、でも……おまえんち行こう。帰ろう」

喜祥が言うと、ラシードは不満げに眉を寄せたが、溜息を吐いてシャツを戻した。

「帰ろう、か……一番の殺し文句だな……」

ラシードは呟き、ドアを開けて従者にすぐ車を回すように言った。

空港から車に乗って、砂漠の宮殿へ。

最初の時は飛行機の中で好き放題され、車の中では暑苦しいくらいにくっつかれていたが、それは半ば逃走防止みたいなものだった。施設に行く時は両側に離れて、帰りはくっついて……というか重なっていた。

そして今日は、どちらかに身体を寄せすぎることもなく、くっついて座っている。

「じゃーん、ほら、見てみろ」

喜祥はショルダーバッグの中からはがきを取りだしてラシードに見せた。

「保育士試験合格通知？」

「そう。俺も未来のためになんかやろうと思って、通信教育で保育士資格を取った。一発合格！　勉強するの楽しかったし、やっぱ子供相手の仕事向いてるのかもって思った」

「向いてるとは思うが、それは日本での資格だろう？」

ラシードは肩を抱き寄せ、若干不安そうに訊いてくる。

「心配すんな。日本で使おうと思って取ったんじゃない。この国で資格として意味がなくても、知識や技術は無駄じゃないだろ。国が違っても、子供は子供だ」

「それはそうだが」

「俺はこの国の子育てのベースを変えたいんだ。施設から家族に。児童心理とかいろいろ勉強して、やっぱり子供は親に育てられるのがいいと思った。国の子供って考えも悪くないと思うし、郷に入っては郷に従えなのかもしれないけど……」

「いや、私もそう思っている。今も三割くらいは親が育てているんだ。その比率を逆転させたい。もう国のために子を増やす時期は終わっている。国の施策を考え直すべき時だ。簡単にはいかないだろうが……一緒に考えてくれるか？」

「もちろん。俺はすべての子供に幸せになってほしい。すべてってのは無理かもしれないけど、目指さなくちゃ始まらないからな」

「おまえらしくていいと思う」

ラシードは笑って、喜祥の目元に口づけた。そして手を太腿の上に置き、内側に向かって撫でる。

喜祥はピクッと反応して、ラシードを睨む。

「ここではやめろ」

「わかってる。家に帰ってベッドの上で、だろう？　わかっているが、気が急く」

「まあ、それは俺も……」

と思わず言ってしまったら、シャツの上から乳首をキュッと捏ねられた。

「はぅっ」

声が出てしまって口を押さえる。今日も前の座席との間のパーティションは下りていて、声も匂いも漏れないはずだけど。

本当に久しぶりなのだ。制御が利かなくなりそうで怖い。今の刺激だけで鼓動は跳ね上がり、ダイレクトに下半身に響いた。もうすでにヤバい。

久しぶりに帰ってきた宮殿、使用人たちとの再会。しかし感慨に耽る暇はなかった。そのままベッドに直行させられる。

それをクスクス笑いながら見送る使用人たち。

ベッドに押し倒され、あっという間に裸に剥かれた。ラシードも服など鬱陶しいとばかりに荒々しく脱ぎ捨てる。

乳首を口で貪られ、さっきより大きな声が出た。

「喜祥……もう私のものだな?」

ラシードの余裕のない様子が嬉しいけど、少し怖い。

抵抗しても流されたのに、抵抗しなかったらどうなってしまうのだろう。不安でいっぱいだが、止める気はない。すべて受けとめる覚悟をしてきた。

「おまえのものに、なってやるよ……。でもおまえだって、俺のものだからな」

好きになってしまったのだからしょうがない。どんなに理不尽な始まりでも。意に沿わない経過でも。落ちてしまったら逃げられないものなのだろう、恋というのは。

「ああ。おまえが枯れれば、私も枯れる」

「運命共同体か……。いいな、それ……あ、は……あぁっ……」

肌と肌が触れ合うだけですごく感じてしまう。漏れる吐息が熱い。

「喜祥……」

「んっ、あ、あぁ……」

ざらついた舌で胸の先を舐められると、身体が震えた。

気持ちよくて、恥ずかしい。でも、もっとしてほしい。

逞しい背に手を回し、筋肉の隆起を撫でる。抱きしめると、身体よりも先に心が満たされた。このまま寝てしまいたい……なんてことを、寝不足と時差ボケの脳は思うが、それは自分の身体とラシードが許さない。

「もう逃げないな?」

「ああ。もう逃げねえよ。……文句は、言うけどな」

顔を覗き込んできたラシードに、極上のスマイルを返してやる。ラシードは一瞬驚いた顔をして、それから歯止めを失ったように暴走しはじめた。

鼻息荒く、どこもかしこもペロペロ舐められる。

「おま……くすぐったい、って……」

思わず笑ってしまって、しかしすぐに自分の中がじわりと濡れるのを感じた。くすぐったいのと性感は紙一重。加減によって、猫のイタズラは男の愛撫に変わる。

「あ、ぁ……ああっ……」

もうすでにどこが感じるのか知られている。肌の上を滑る指は、いいところを刺激したり、はぐらかしたり。喜祥の身体がビクッと跳ねるのを、ラシードは楽しそうに見ている。

「俺、で、遊ぶなっ」

「喜祥は面白い。口うるさいのも、敏感すぎる身体も……きれいな顔も」

「面白いって……日本語おかしいぞ」

「じゃあ教えろ。こういうのはなんと言う？　おまえを見ているだけで嬉しい。おまえがいるだけで、すごく、中まで潤う」

「潤う……それは、まあ……幸せっていうんじゃないか」

口にするとなんだか恥ずかしい。

「幸せ。そうだな……私は今とても幸せだ」

ラシードは真っ直ぐに喜祥の目を見て、正しい日本語を復唱した。なんの照れもなく。喜祥はそのストレートな言葉に頬を染めた。ラシードを幸せにしたくてこんなところまでやってきたのに、幸せだと言われたら、どんな顔をすればいいのかわからなくなった。

「それは……よかった」

固い声でそう返すのが精いっぱい。ずっと否定的なことばかり言っていたから、この甘くて幸せな空気に、素直に呑まれることができない。

「喜祥……喜祥……」

だけど、いつも無表情な男が、自分の名前を呼びながら幸せそうに笑うのだ。それを見れば自然に口元は緩み、心も緩んだ。恥ずかしがり続けるのも恥ずかしい。

「ラシード……もっと幸せに、なるぞ……」

甘さの中に、思い切って飛び込む。そしてもっと甘くすべく微笑んだ。

「喜祥、今の顔はすごく、よかった」

「ん？」

「射精しそうになった」

「あ？」

「入れていいか？」

そう言ってラシードが指を入れたのは、前の穴だ。

「ふ、ふざけ……ちょ、待っ……」

それについてだけは、まだ覚悟が決まっていない。焦ってその手をどかそうとしたが、中を指で擦られて……力が抜けた。下半身だけでなく、心までふにゃっとなる。

「すごく濡れてる。ここに、入れてほしいんだろう？」

攻撃的なのに甘い顔が間近に迫り、首筋を甘噛みされて身体が震えた。気持ちいい。もっと、してほしい。

「ち、違っ、そうじゃ、なくて……」

欲しい。「もう許しちゃえよ」と唆す声が聞こえる。でもまだどこかに、男の意地が引っかかっている。

「ここで繋がれば、より一層幸せになれるぞ？　私も、おまえも」

「……子供が、欲しいのか……？」

「いや。おまえのここに入れたい、種付けしたい、という強い欲求があるだけだ」

「じゃあ、ダメ、だ……」

「では、ゴムをつければいいか？」

その提案にちょっと心惹かれたのだが。

「ただ、我が国に避妊具は売られていない。おまえ、持ってきたか？」

「持ってくるわけねえだろっ」

そんなこと思いつきもしなかった。

「やっぱ、今日は……う、後ろに、して？」

ラシードの顔を見上げ、妥協案を持ちかけた。

「まあ……今の上目使いが可愛かったから、しょうがない」

ラシードは苦笑して、指を後ろの穴へと移動させた。ホッとしたけど物足りなくて、前の穴が抗議するようにヒクつく。

ラシードは傲慢になりきれない。己の強い感情に振り回され、喜祥のことも振り回すが、最後の最後は譲る。それは優しさなのか、余裕なのか、嫌われるのを恐れているのか……。

しかし、やや性急に後ろの穴を解されて、かなり性急に大きなものを突っ込まれた。

「おま……ひさしぶり、なのに……んうっ、くっ……」

「すまない。けど……早く繋がりたい。とにかくおまえの中に入って、もっと……」

そんなに簡単に受け入れられるほど小さくはないのだ、ラシードのものは。

しかしラシードは、謝りながらも奥に奥に突っ込んでくる。ちっとも優しくない。まったく余裕のないその様子に、文句を言うより笑ってしまう。ラシードの鼻息の荒ささえも愛おしく思えてしまう。

腰を掴んで持ち上げられ、ガンガン突っ込まれる。硬くなった自分のモノがそれに合わせてブンブン揺れるのが見えて、ちょっと恥ずかしくなる。

「あ、あ、あああ……いや、いい……っ」

前はほとんど触られてもいないのにガチガチで、後ろに入れられても少しも萎えない。

自分のを見ているのが物欲しそうに見えたのか。ラシードがそれを掴んで擦りはじめた。

「はぁ……あ、あぁぁ……ラ、ラシード……ラシード」

気持ちよくてたまらない。ラシードに向かって手を伸ばせば、その手を掴まれ、指をしゃぶられた。しゃぶりながらじっと見つめられて、その強い眼差しにゾクッとする。

「あ、もう、ヤバ……」

「私もだ。……こんな、あっという間に果てそうなのは、初めて、だ……」

吐息混じりの告白。ほとんど身体が宙に浮いているような状態で容赦なく突かれる。

「あん、あ、あ、ああっ……ダメ、も、イく……」

逞しい身体に腕を回し、無意識に爪を立てる。ギュッと強く抱きしめれば、その状態でまた、貫かれ、揺さぶられて、頭の中が真っ白になる。

きっとこの国で今自分が一番潤っている。一番気持ちいい。一番幸せだ。

「あ、ああ……んっ、ラシードォ……」

甘ったれた声を出して、ラシードのものを強く締めつける。

「きしょう……いい、すごく……」

ラシードが初めて吐息のような声を出した。今までとは違う。明らかに緩みきった声。

一層深く中を突かれた。脳天まで突き上げるように。大きくなったそれが中を行き来すると、もうひとつの穴まで擦られているように感じて、至るところに快感が生まれる。

「あ、あ……いい、いい、……い、いく――っ」

ラシードにしがみついて精を放ち、滴らせる。

「喜祥……気持ちよかった？」

耳元で囁かれ、目を閉じたまま何度もうなずいた。ほとんど夢心地で。

そして彼を締めつけて催促する。おまえも気持ちよくなれ、と。

「ああ。もう出そうだ……」

力強い律動《りつどう》。男に貫かれて、どうしようもなく昂揚《こうよう》する。浅ましいと思うけれど、理屈ではないのだ。こいつが好きで、欲しい。男なのに、抱かれたい。

ここが自分の生きる場所。誰にどう思われようと、なんと言われようと、ここが自分の運命の場所。ここ、ラシードの腕の中が——。

包み込んだ熱い猛りに、凶暴に擦られるのが気持ちいい。

「出る、出すぞ、喜祥……」

ラシードが身を震わせ、中に幸せの種が注がれる。潤っていく感覚。

でも、もどかしさは残った。本能の叫びなのか。それを受けとめるべき場所はそこではなく、もっと奥の……と訴える声が聞こえる。

「喜祥……」

顔を、首筋を、ペロペロと舐められる。自分のものだという主張なのか。愛情表現なのか。ラシードには獣の部分が多く残っている。

くすぐったくて気持ちよくて、口元が緩んだ。身体の奥が不満を訴えても、心は幸せだ。

それよりも緩んだ顔が目の前にあって、笑う。

「ラシード、おまえ……顔、やに下がりすぎ……王の威厳、どこにもないぞ」

「しょうがない。おまえの前では、顔も身体も緩んでしまう。王とか関係ない」

腕の中に包み込まれる。

「まあ、いいけど。……俺はそういう方が好きだし」

次期国王も、自分の前ではだらしなくなる。それが嬉しい。

「好き？」

「ああ。キリッとしてるのは格好いいけどな。腹を見せてだらだらしてるおまえは俺しか見られないだろ？」

「そうだな。喘いでいる可愛い喜祥は私しか見られない。とてもいい。他の男には絶対見せない。もう誰にも触らせない」

入ったままのラシードのモノが中でグンッと動き、奥の壁を突いた。

「んぁ……、あ、そこはダメ……」

突いた壁の先にたぶん子宮があるのだろう。キュウッと収縮して、こっちに来いと訴える。変な声が出てしまいそうだ。

「喜祥、思うんだが……我らが家族の見本を見せた方がよいのではないか？」

「は？　そ、それは……」

「おまえはいい母になれる。絶対だ」

「いや、そういうことじゃ……」

「それに、種付けしたからといって、できるとは限らない。着床率はきわめて低いと言っただろう？　案ずるより産むが易し、だ。日本人はいいことを言う」

「それ、産んでるじゃね、かっ……俺は、産まな……ん、ああっやめろ、指っ……」

ラシードの指が穴の入り口をなぞり、唇が耳に触れる。

「一度だけでいい」

「嘘つけっ」

甘い囁きに即答で返す。ラシードはクスッと笑った。

「よく嘘だとわかったな」

「開き直んな、俺は、嘘つきが、きら……だって、言って、ああ……」

じわじわと腰を揺らし、前の穴に指を入れてくる。力が抜けた下半身は、ジンジンと痺れたようになる。それはもう本当に堪らなくて、腰をモゾモゾさせる。

するとラシードが指を抜いた。切ない顔になった喜祥に、真剣な顔を近づける。

「喜祥……私はおまえが好きだ。すべて愛しい。おまえの、すべてが欲しい」

砂漠より渇いていた男に、熱く潤んだ瞳で見つめられ、失いたくない人などいないと言っていた口でそんなことを言われたら……もう拒否するなんてできない。

降参、するしかない。好きなのだから。本当は欲しくてたまらないのだから。

ラシードの、すべてが。

「……い、一度だけ……だぞ」

それでも往生際悪く制限をつけた。

「喜祥！」

ラシードの表情が一変する。初めて見る満面の笑みに、喜びと同時に危機感を覚えた。

「一度だけだぞ。約束しろ」

「わかった。一度だけ、な」

ラシードはにっこり笑って、後ろから己を抜くと、前に指をいきなり二本入れた。中を掻き回され、内壁を抉るようにされたら、それだけでイってしまいそうになる。

「あ、待て、そんないきなり……ば、ばか、ぁ、ああっ……」

「いいんだろう？　もっと感じろ」

自分が濡れているのがわかる。音がする。そのいやらしい水音にまた煽られる。

「うるさ、ぁ……もう、や……さっさと終わら、せ……あ、あぁ……」

「ヴァージンだからな、優しくする」

「ヴァージンとか言うな！　あ、もうそういうの、いらな……や、ぁ……」

濡れているのだから、後ろよりも入りやすいはず。なのに、やたらと時間をかけられて、どうにも居たたまれない。ひと思いにやってほしい。

「痛いらしいぞ？」

囁くように言われる。

「え？　嘘……後ろ、よりも？」

「さあ、私は体感したことがないのでわからないが。だから優しく……優しく、時間をかけてやる。大丈夫だ、私はうまい」

「おまえに下手くそ、なんて言う女、いないだろ。やっぱやめる、おまえ嫌だ」

自分で他の女のことを口にして、ラシードに抱かれる女を想像し、それに今の自分を重ねて、同じなのかと嫌になった。決めた覚悟が霧散する。

「今さら……止まるわけないだろう？　武士に二言《にごん》は格好悪いぞ」

「俺は武士じゃ……あぁ、な、なにす……、あ、それは、ダメェ！」

ラシードは喜祥の片足を大きく持ち上げ、開いた股間に顔を埋めた。舌で穴から袋の裏まで舐め上げ、穴の中に舌をねじ込んだ。

「あ、あ、あん……ああ、あああっ」

どうしようもなく声が出る。ラシードのざらついた長い舌は、中で生き物のように動いた。指とは違う。ねっとり絡みつくように這い、ザラザラと刺激し、喜祥はその動きに応じて無意識に腰をくねらせる。

「あ、もう……さっさと……」

感じすぎてわけがわからない。中がジンジンする。早く、もっと大きなもので激しく擦ってもらわないと、気が変になりそうだ。

「入れてほしい？　言って。この口で」

ラシードは長い指を喜祥の口に入れて、言葉を催促する。その言葉は、ゴールであり始まりだ。

「い……入れ、入れてっ」

絶対に言わないと思っていた言葉を、気づけば口にしていた。

「ああ。入れるぞ、喜祥」

潤んだ瞳で己の股間へと視線を落とせば、ラシードが濡れた唇を笑みの形に引き上げ、舌なめずりするのが見えた。

獲物を貪る獣が、人間の知性を有している。それが如実《にょじつ》にわかる表情だった。

畏怖《いふ》にも似た恐れを感じながら、期待する。襲われたい。征服《せいふく》してほしい。自分のアソコを、淫らに、激しく……。

「喜祥、前からするのと、後ろからするの、どっちがいい？　一度だけだからリクエストに応える。獣らしく後ろからもいいが、私はおまえの顔を見ながらしたい」

獣は冷静に問いかけてくる。意地が悪い。もう我慢ならないのだとわかっているくせに。

「も、そんなの、どっちでも……」

「そう。じゃあ、どっちもってことで」

問いの意味を考える余裕はなかった。とにかくどうにかしてほしくて、自らそこを露にする。はしたなく、ねだる。

不可侵《ふかしん》の穴に熱い重量感のあるものが押し当てられた。

ああ、やっともらえるのだ……と思ったら、安堵に口元が緩んでいた。小さく口が開き、赤い舌先が覗く。

「いい顔だ……」

ラシードは前から覆い被さり、一気にそれをねじ込んだ。

「や、あああああ――っ」

穴の入り口から奥まで、そして腹の奥から脳天まで、電撃のような快感が突き抜ける。

「あ、あ、あ……」

喜祥はしばし感電したように放心した。

しかし中に入ってきたものは、おとなしくしてはいなかった。

最初は小刻みに、徐々に大きく動きはじめ、それに合わせて喜祥の腰も揺れる。気持ちよすぎて全身に鳥肌が立つ。濃厚な匂いに包まれ、喜祥の牝の部分は柔らかく蕩けていた。

「あ、ダメ……もう動かな、でっ……変になる」

「では、やめるか？」

「いや、ダメ、もっとして」

「どっちがいいんだ？」

「して、もっとして、もっと激しく」

「仰《おお》せのままに」

そう言いながらラシードは、一旦己を引き抜いた。

自分を満たしていたものが失われ、喜祥は切ない声を漏らす。しかし俯せにされ、すぐにまた入ってきたものに歓喜する。

違う角度で入ってきたものは、凶暴性を増していた。

柔らかいベッドに胸から上をめり込ませ、天に尻を掲げ、濡れた穴を容赦なく貫かれる。

「やっ、あ、あ、ああ……」

獣の交尾、と呼ぶには喜祥の腰のラインが柔軟すぎた。手を前足のように伸ばし、胸の粒をシーツに擦りつける。

「あ、あっ、すごく、い……」

ラシードの激しすぎる抽挿も、今は快感を生むだけのもの。理性は完全に飛び、誰かに見られていたとしてもやめられはしない、という点では、獣の交尾だったかもしれない。

一番欲しかったところに、一番欲しかったものが与えられ、それが激しく動いて熱を生み、身体の奥が燃えるように熱くなる。指では決して届かぬところを何度も何度も突き上げられ、得も言われぬ快感に、ただただ夢中になる。

「あ、あ、あ、気持ち、い……いい、あっ、あ、ん、んんっ……んっ！」

そして熱杭は一番奥深いところにまで到達した。なにかを突き破られたような、なにかから解放されたような、不思議な感覚に襲われて、喜祥はブルッと身を震わせる。

「きれいだ……やっぱりおまえは、私の白百合」

うっとりしたようにラシードが呟いた。

その視線の先には、ピンと伸びた白い尻尾。尾てい骨のところから天に向けて真っ直ぐに伸びていたそれが、一度二度、左右に揺れた。

誘われるようにラシードはそれを掴み、根元から撫で上げ、先端のふさふさに噛みつく。

「やんっ、あ、あぁあ……」

喜祥はシーツを握りしめ、背をのけぞらせて達した。

無防備な股間から白いものがボトボトと零れ落ち、そしてシーツの上にくずおれた。

「喜祥、イッた？」

「ん……」

朦朧《もうろう》としている喜祥をラシードはまた仰向けにして、自分の膝の上に抱き上げた。背骨が溶けたような身体を抱きしめ、正面からキスを交わす。

喜祥は無意識にそれに応えた。今度は下から挿入され、突き上げられる。

「あ、あぁ……」

ラシードの逞しい首に腕を回してしがみつく。ラシードが顔を覗き込んでも、隠すことなく感じている顔を晒す。

「ラシード……ラシード……」

譫言《うわごと》のように名を呼びながら喘ぐ。普段の喜祥からは想像もつかない甘ったれた痴態に、ラシードの鼻息は荒くなり、自然に前のめりになって律動を速くする。

「喜祥……中に、出すぞ」

かすれた声で宣言すれば、

「あ、……ぅん、……出して、中に……」

喜祥はしがみついて促す。柔らかな内壁もラシードにしがみついた。早くくれ、とばかりに……。

「初めてだ……種付けしたくて、するのは……、喜祥っ……」

ラシードは感極まったように言い、喜祥の尻尾を掴んで己を打ち付けた。奥に、深くに――。

「にゃ、にゃっ……」

喜祥の口から漏れた小さな声に、ラシードのものは大きさを増し、さらに激しさを増した。一番深いところに突き立て、そして爆ぜる。

「ふぅ……ヴルル……」

満足げな吐息と、喉が鳴る音。喜祥の尻尾はするすると消えた。

ラシードは名残惜しそうに尾てい骨を撫でる。それに喜祥の身体は反応するが、意識は半ば飛んでいた。

「喜祥……また、するぞ」

「ん」

小さく答えて、ラシードの胸の上で気絶するように眠りに落ちた。


その日見た夢は、広い広い草原でだらしなく眠る牡ライオンの姿だった。金のたてがみが風に揺れているのを、寝ぼけ眼でずっと見つめている。それだけの夢。

目を覚ませば、夢の続きがあった。

その胸の上で眠りについたはずが、起きた時には横向きで抱き合っていた。牡の獅子と。人の姿だと仰向けでも頼もしいが、獅子の姿で腹を見せるのは、だらしなくて可愛らしい。

猛々しい姿より好きかもしれない。これは自分にしか見せない姿だ。

カーテンの隙間から射し込む日差しを浴びて、たてがみが金色に光っている。きれいなそれにそっと口づけると、ふわっと草原の匂いがした。思わず顔を埋めて深呼吸する。

存分にもふもふを堪能《たんのう》して顔を離すと、獅子は目を開けていた。

「たてがみが好きなのか？」

人間に戻ったラシードは、顔を赤らめた喜祥を胸元に抱き寄せた。

「に、人間はみんな、もふもふが好きなんだ」

「恥ずかしがらなくていい。存分に懐け」

厚い胸板に顔を押しつけられる。

「人間のおまえじゃ、したくならない」

「昨日は『にゃー』って私に甘えたのに。あまりの可愛さに理性が崩壊した」

「はああ⁉　そんなわけあるか！」

喜祥はさらに顔を真っ赤にして怒る。

「覚えてないか。まあ、そうだろうな」

「い、言ってない！　にゃーってなんだ、それ猫だろ、言うわけない」

「知らないのか？　ライオンも機嫌のいい時はにゃーと啼く」

「嘘⁉」

「そんなつまらない嘘はつかない。それと『またするぞ』と言ったら、『うん』と答えた」

「は？　そんなわけ……」

ない、と言おうとして、ほのかに思い出す。それはちょっと記憶にある、かもしれない。

「覚えているのか。嘘がつけないというのは難儀《なんぎ》だな」

「その顔で難儀とか言うな」

なにか言い返したくて、明後日の方向に文句を付けた。

「どんな子だろうな。完全体かもしれないな」

ラシードの手が喜祥のお腹の辺りを撫でた。

喜祥は施設で見た獅子の子を思い出し、頬を緩める。

「可愛いかったな。でも赤ん坊はどんなでも可愛い……じゃねえよ！　できてる前提で話してんじゃねえ！」

「できてる気がする」

「俺はしない」

「じゃあもう一回するか……」

「しねえよ、馬鹿！」

迫ってきたラシードの唇を押し戻す。しかし力でラシードに敵うはずもなく、あっさり組み敷かれた。優しい笑顔で見下ろされると、居たたまれなくなって目を逸らした。夫婦、みたいな感じが恥ずかしい……。

「俺は男だから。たとえ子供ができても、男だから」

「わかっている。女になれと言ったことはないはずだ」

「でも、牝とか、母親とか……」

「それはしょうがない。事実おまえは牝で、たぶん母親になる。とてもいい母親に」

「言うな……」

「きっと国民が憧れて真似したくなるような幸せな家族になる。私が保証する」

言われて思い出した。自分はここを幸せな場所にしに来たのだと。

「しょうがない。女じゃないが……俺にできる限りのことはする」

あらゆることが未知で、自分になにができるのか、なにをどう頑張ればいいのかもわからないけど、なんでもできるような気がする。どんなに多難でも、ラシードが一緒なら。

「じゃあ、巫女姿で舞ってくれ」

「はあ？　てめえ、調子に乗ってんじゃねえぞ」

「では笛を吹いてくれ。兄上にいただいた白装束を着て。私はあれを着ていたおまえに一目惚れしたのだ。まさに凛とした白百合の花だった。……見た目は」

「しつこい。白百合じゃないって言ってんだろ」

「私の目にはいつだって白百合に見えるが。そう見えるのが私だけだというのなら、むしろ好都合だ。みんながさつなドクダミだと思っていればいい」

ラシードは口の端を引き上げ、機嫌よさそうに笑う。その顔が下りてきてキスされた。それは抵抗せずに受け入れる。

「ドクダミとも言ってねえよ、白詰草だって。おまえは……タンポポかな。ダンデライオン。いや、そんな可愛いもんじゃねえな。なんだろ……あ、いいのがあった。菊！　黄色くて大輪のやつ。日本らしくていいだろ？」

「大菊は確かに、日本の伝統美という感じはするが……」

ラシードは難しい顔になった。ちゃんと花の姿を想像できているようだ。言ってから、男同士で抱き合って菊はちょっと意味深だと気づく。もしやラシードはそういうことも知っているのか。知識の豊富さは孤独の裏返しだと思うと、切なくもなるのだが。

「まあ、なんでもいい。おまえが白詰草なら私も白詰草だ。同じ茎に花を咲かせ、繁殖して砂漠を緑で覆い尽くす。おまえとなら、私はどんな不可能も可能にできる気がする。国《プライド》を明るい未来へ導くことができる気がする」

ラシードも自分と同じようなことを考えたらしい。二人ならばなんでもできると。それが嬉しい。自信に満ちた顔には百獣の王の風格があった。もうそこに孤独の陰は見えない。国という重い荷を背負っても、大きな足で軽快に歩いていけるだろう。

「俺はここを幸せな場所にすると決めたんだ。おまえと、俺と、そして大家族《プライド》のみんなが笑える場所にする」

血が繋がっているとかいないとか、そういうことは関係ない。全部まとめて引き受ける。それは加鳥家にも、この国にも共通するところだろう。

「頼もしいな。さすが私の牝だ」

「牝って言うな」

「では、我が番《つがい》と言おうか。呼び方など、私はどうでもいい」

「なんか俺が小さいことにこだわってる小さい奴みたいじゃねえか。まあ……牝でもいいや。子供は産まないけど」

「もうできてるって」

「できてねえよ！」

じゃれあって、笑い合う。それができれば、どこだってそこが幸せの場所だ。

おわり

■あとがき■

この度は「獅子王子《ししおうじ》と運命《うんめい》の百合《ゆり》」お手にとっていただき、誠にありがとうございます。

作者の李丘那岐《りおかなぎ》です。私の中の陰タイトルは「獅子王子とがらっぱち」ですが、売れそうにないので日和《ひよ》りました(笑)。

そして、ここで断らずとも読んでいただけばわかると思いますが、なんちゃってアラブです。国も宗教も異次元のものであります。フィクションです。ご了承ください。

このお話はいつにも増して、と申しますか、いつも通りに、と申しますか、難産《なんざん》でございました。いや、産むこと自体は楽しかったのですが、時間がとにかくかかりました。

最初にエンドマークを打った時点で、ページ数がすごいことになっていたので、スリム化のために改稿を始めたところ、なぜか後半が丸々違う話になり、最終的にページ数は改稿前と同じになる、という……間抜けな奇跡《きせき》を起こしまして。ページ数的にはただ時間を食いつぶしただけに終わりましたが、お話的にはより良いものにできたと信じております。

でも結局ページ数はオーバーだから、抓《つま》んで削って、この厚さです。どんだけ……。

改稿前の無駄《むだ》にハリウッドアクションしてた後半部分も、いつかどこかでお見せできたら……無理かな。無理ですね。

今回の攻めは、アラブで、王子で、顔よしガタイよし頭もよし、金持ってる上に「もふ」。一番重要なのは「もふ」。そんなスーパー攻め様だというのに、あんまり格好よく感じないのは、ずっと受けにボロクソに言われているせいなのか、オタク変態だからか。

そんな攻めも、口の悪い受けも、顔はいいと書きましたので、麗《うるわ》しいビジュアルをいただくことができました。北沢《きたざわ》きょう先生に心より感謝申し上げます。そして、ご迷惑と余計なお手間をお掛け致しましたこと、深くお詫び申し上げます。

担当様、編集部の皆様、印刷所並びに関係各位にも、この場を借りてお詫びと感謝を申し上げます。すみません。そして、ありがとうございます。

私がひとりで妄想《もうそう》を捏《こ》ねくり回し、これ面白い？　ねえ面白い？　と迫ったところで誰も相手にしてくれないけど、拙《つたな》い文章を補正、監修してもらい、素敵なイラストをつけてもらい、立派な装丁の本という形にしていただいて、嘘《うそ》も方便《ほうべん》的に「これ面白いよ」と宣伝してもらい、全国の書店様に置いていただくことで、素敵カバーが目に留まり、お買い上げいただく……という奇跡が起こるわけです。本当にいろんな方のおかげ様なのです。

そんなわけで改めて、「お、面白かったですか？」ビクビクしながら問いかけます。

少しでも楽しい時間を過ごしてもらえることができたなら、それが私にとって、本文中の「家族」に相当するものです。できてなかったら、ごめんなさい精進《しょうじん》します、と言うしかないです。読んでくださったあなたにも、ご尽力《じんりょく》いただいた皆様にも——。

それでは、またご縁がありますようにと切《せつ》に願いながら。

二〇一七年　豪雨と猛暑の狭間の日に……

李丘那岐

初出
「獅子王子と運命の百合」書き下ろし

CHOCOLAT
BUNKO

この本を読んでのご意見、ご感想をお寄せ下さい。
作者への手紙もお待ちしております。

あて先
〒171-0014東京都豊島区池袋2-41-6
第一シャンボールビル 7階
(株)心交社　ショコラ編集部

獅子王子と運命の百合

2017年9月20日　第1刷

© Nagi Rioka

著　者:李丘那岐
発行者:林 高弘
発行所:株式会社　心交社
〒171-0014　東京都豊島区池袋2-41-6
第一シャンボールビル 7階
(編集)03-3980-6337 (営業)03-3959-6169
http://www.chocolat_novels.com/
印刷所:図書印刷 株式会社

本書を当社の許可なく複製・転載・上演・放送することを禁じます。
落丁・乱丁はお取り替えいたします。

好評発売中！

光の竜は闇を抱く

李丘那岐
イラスト・笠井あゆみ

逃げるなよ。気持ちいいんだろ？

近衛騎兵連隊に所属するイオリは、隣国ガリエラの祝賀パレードに参加する自国の王女の護衛中、ガリエラの王子ジクムントを貧民が投げた石から護る。貧民に同情し助命を願ったイオリに気まぐれな王子が求めたのは身体を差し出すことだった。ボーディングスクール時代に彼に見透かされた通り、貴族の叔父に引き取られるまで娼館にいた過去を持つイオリは「自分を抱いたら汚れる」と必死に思いとどまらせようとするが……。

小説ショコラ新人賞 原稿募集

賞金

大賞…30万
佳作…10万
奨励賞…3万
期待賞…1万
キラリ賞…5千円分図書カード

大賞受賞者は即文庫デビュー！
佳作入賞者にも即デビューのチャンスあり☆
奨励賞以上の入賞者には、担当編集がつき個別指導!!

第15回〆切
2018年4月9日(月) 消印有効

※締切を過ぎた作品は、次回に繰り越しいたします。

発表
2018年8月下旬 ショコラHP上にて

【募集作品】
オリジナルボーイズラブ作品。
同人誌掲載作品・HP発表作品でも可（規定の原稿形態にしてご送付ください）。

【応募資格】
商業誌デビューされていない方（年齢・性別は問いません）。

【応募規定】
・400字詰め原稿用紙100枚～150枚以内（手書き原稿不可）。
・書式は20字×20行のタテ書き（2～3段組み推奨）にし、用紙は片面印刷でA4またはB5をご使用ください。原稿用紙は左肩を綴じ、必ずノンブル（通し番号）をふってください。
・作品の内容が最後までわかるあらすじを800字以内で書き、本文の前で綴じてください。
・作中、挿入までしているラブシーンを必ず１度は入れてください。
・応募用紙は作品の最終ページの裏に貼付し（コピー可）、項目は必ず全て記入してください。
・1回の募集につき、1人1作品までとさせていただきます。
・希望者には簡単なコメントをお返しいたします。自分の住所・氏名を明記した封筒（長4～長3サイズ）に、82円切手を貼ったものを同封してください。
・郵送か宅配便にてご送付ください。原稿は返却いたしません。
・二重投稿（他誌に投稿し結果の出ていない作品）は固くお断りさせていただきます。結果の出ている作品につきましてはご応募可能です。
・条件を満たしていない応募原稿は選考対象外となりますのでご注意ください。
・個人情報は本人の許可なく、第三者に譲渡・提供はいたしません。
※その他、詳しい応募方法、応募用紙に関しましては弊社HPをご確認ください。

【宛先】 〒171-0014
東京都豊島区池袋2−41−6
第一シャンボールビル 7階
（株）心交社 「小説ショコラ新人賞」係

CHOCOLAT BUNKO